秋声拾岁

胡芳芳 ◎ 著

中国文史出版社

图书在版编目（CIP）数据

秋声拾岁 / 胡芳芳著 . -- 北京：中国文史出版社，
2025. 2. -- ISBN 978-7-5205-5022-2

Ⅰ. I267

中国国家版本馆 CIP 数据核字第 2024A2H332 号

责任编辑：牛梦岳

出版发行：中国文史出版社
社　　址：北京市海淀区西八里庄路 69 号院　　邮编：100142
电　　话：010-81136651　81136602　81136603（发行部）
传　　真：010-81136655
印　　装：廊坊市海涛印刷有限公司
开　　本：787mm×1092mm　1/16
印　　张：17.5　　　　字数：240 千字
版　　次：2025 年 2 月第 1 版
印　　次：2025 年 2 月第 1 次印刷
定　　价：68.00 元

诗化语言的完美叙事及其他（代序）

王　英

读芳芳的散文是一种享受。

先说书名——《秋声拾岁》，秋声，自然是秋天的声音，这一点毋庸置疑，可秋天里有什么声音，作者又听到了什么声音呢？在那些声音里作者捡拾到了什么？哦！是岁月，是一个个如歌的岁月，这足以令人期待。作者都是拾到了怎样的岁月片段呢？这不禁令人向往，想要一读为快。

作者娓娓道来，先是讲述了一个"买表"的故事。《可怜天下父母心》表达了对母亲的理解及对人生的感悟，对母爱的真情流露，就在这字里行间。在她心里，母亲"真是个长不大的孩子"（《母亲的味道》）。作者叙事灵活自如，只一句"这个场景是那么熟悉，时光倒流到40年前……"就把现实一把"拽"回到了对往事的叙述之中了。

作者还将叙事与抒情完美结合，看望母亲后等车时母亲依依不舍地追着送别，作者写道："我一手握着这两朵玫瑰花，另一只手和母亲轻轻摆手。晨风吹乱了母亲的白发，那雪白的发丝在我的心头层层缠绕着，勒得心生生地痛了。

1

眼前渐渐模糊，车越走越远，回头看看，我那白发母亲还伫立在街头的大树下，那么慈祥，那么孤独，那么柔弱。"

作者具有高超的语言概述能力："老妈找出一沓厚厚的照片，翻看着照片，不时感慨时间流逝得好快呀，照片上有我的老父亲，有孩子的奶奶，有母亲的青春，有我们的少女时光，有孩子们稚嫩的童年。"这可是作者的整个童年啊！"躺在母亲的身边，内心出奇地踏实。有白发娘亲牵挂着，我永远是孩子，真想这样的时光永不老去……"（同上）"儿时，父母是圈住我们的围墙，总怕我们跑丢；长大后，父母是系住我们的丝线，不时地牵挂着；后来，我们成了父母手中的拐杖。"（《牵手》）原来，儿媳在牵婆婆的手：牵着婆婆的手去医院看医生，牵着婆婆的手去洗澡，在大庭广众面前走着……那手牵出了一个婆婆老年的无奈，也牵出了一个儿媳的贤淑美德！"哎！时光最是无情，记得我刚结婚时她还那么年轻，走路快得像一阵风，而今，虚弱得就像一个小孩子，一步都不敢离开大人。'妈，别急，攥紧我的手，慢慢走……'"（同上）

作者对景物的描写也有独到之处。作者游览黄河石林时写道："河水拥抱着沙石、水草、游鱼，清晰得就像玻璃隧道里的海底世界，如此清澈，美得都不像黄河了。河水莹润如碧玉，粼粼的波纹犹如玉石的纹理，随着晨风一圈圈荡漾开去，微微闪着银光，好似撒了满河的钻石……石林三三两两簇拥在一起，如亲亲热热的母子，如甜甜蜜蜜的情人，如和和美美的家人，一处有一处的风景，一处有一处的别致，或苍老如耄耋老人，或俏皮如可爱的孩子，似动物的生动，又似植物的丰茂……旷古的寂寞被黄河水抚慰着，黄褐色的石林偎依着碧绿的河水，它们若即若离，是那么和谐，那么亲密，或许，前世，它们是恋人，却幻化成山与河，只能默默相守，却不能牵手。"（《炳灵寺问禅》）

作者文思泉涌，表达精妙，描写文字无不来自细微的观察，例如她写炳灵寺的文字："壁画生动、立体、高雅且富有生机。壁画运用中原地区传统的线描法，用墨线勾勒，并与西域晕染等技法相结合，线条流畅奔放，挥洒自如，明暗对比强烈，色彩浓烈，却不艳俗。颜色以青色、墨绿、赭黄等为主色，深深浅浅、浓浓淡淡，或渐变，或对比，形成自己独特的色彩符号，有一种说不出的高雅与端庄，却透着一种孤傲，一种穿透时光的力量……石窟中的佛造像大多为石雕和泥塑，面部丰满圆润，有的是国字脸，唇薄耳小。菩萨的体形较为修长，衣饰宽松飘逸，裙褶匀称自然流畅，褶皱立体有序却不杂乱。佛造像既有北魏的秀骨清像，也有唐代的丰腴盈润……"（《炳灵寺问禅》）

作者鲜活灵动的诗化语言皆来自其对眼前景物的细微观察，其出神入化的观察，竟让她对眼前一个藏族女孩产生了母女般的真情流露："密如灯海之中，一个妙龄女子在点酥油灯。那画面真像一幅油画，美得让人不忍呼吸。女孩酒红的禅袍缠裹不住身姿的婀娜，清秀白皙的皮肤，闪亮的大眼睛，长长的睫毛一闪一闪，那纯净的眼神，宛如青碧的青海湖啊，小巧的嘴巴轻抿着。她把神台上的酥油灯一个一个地摆到供桌上，耐心又细致……细细端详着这个美丽的藏家女孩，看到她剃度的光头，那可是芳华的年岁啊，莫名地心里涌起了一阵一阵的潮汐。虽然没有交流，我却真实地感到，这是我前世的女儿，似乎与她有着千丝万缕的相通……女孩静静地忙碌着，我静静地欣赏着，真想把她拥在怀里，喊出潜藏已久的那句烫心的呼唤：孩子，跟我回家吧，好想你啊……莫名地，有泪流到嘴角，苦涩、冰凉……幸好殿里光线昏暗，幸好，只有我们两个，我悄悄拭去，依然在静静地看着这个女孩，把那翻腾的思绪压了又压……我默念六字箴言，默默祝福这朵白莲花吉祥如意，希望我再来高原，依然能与她相遇。我不知道前世她是否与我有母女缘，但我已然在心里把她当作了我的女儿，在心里千遍万遍拥抱她，孩子，我的女儿……"（《邂逅卓玛》）

风土人情展现在作者的妙笔之下。她眼中的甘孜玉隆拉措湖是这样的："青山绵绵，碧水潺潺，薄纱般的雾霭在山腰缠绵，在山顶飘荡，星星点点的帐房，悠然自得的牛羊，眼前宛若一尘不染的仙境。寂静的草原上不时能看到一片片黑牦牛帐篷，一群身着五颜六色节日礼服的藏民在唱歌跳舞。"多么美丽的一幅画卷！作者眼中的藏民生活是这样的："在靠河、空旷、平坦的草原上，一个村子一个营地，大大小小的黑牦牛帐篷、白帐篷一字排开。大家把家里最肥的羊羔、最醇的美酒拿出来共享，烤着滋滋流油的手抓羊肉，大碗喝着青稞酒，弹着弦子，唱着动听的敬酒歌，跳着欢快的锅庄。"(《高原草甸节》)作者去游玉隆拉措湖，由于此湖关闭，"在外面看了一眼玉隆拉措湖，湖水洁白细腻就像羊脂玉雕刻的一条玉龙在青山间蜿蜒。青山怀抱着玉水，玉水映衬着青山，真像是绝尘的仙境"。(《远望玉隆拉措湖》)

作者对养育了自己的地方有着难以割舍的情怀："陇西，我来了，踏着父母的青春足迹，再一次回归。我在找寻父母的献身西部建设的精神，我是第一批西部支边人的后代，父母的教育已深入我的灵魂，我生在渭河源，长在黄河边，我骄傲，自己是支边人的孩子，我自豪，我是甘肃的女儿！"(《陇西》)

作者具有忧国忧民的情怀："留在北大荒的群体中，盲流的子女众多，他们的处境堪忧，用'艰苦'这个词形容已不够深刻，艰苦的是生活，而他们精神的无力感更是深入骨髓……北大荒留守者的艰难处境，远远超出了我的想象，如果有一点办法，他们也不会继续在这里生活。可是，不在这里，又能到哪里？这样的环境，如何培养孩子学习？这些看得人心酸不已，令你无法不流泪。"(《北大荒守望者》)"穿行在古屋里，宛如走在迷宫中，虽然屋里静悄悄、空荡荡的，我却感到无数双眼睛在注视着，空气里弥漫着声声叹息，那是他们的先祖们难诉的惆怅啊……春雨轻轻地落着，落着，陪伴着老屋……"(《湖湘漫步》)

当作者回想起乘车驶过沙海、翻过沙丘、看过沙雕、爬过沙山的感受时，不禁写道："深沉的沙海中，每一座绵延向远方的沙峰都是历史的旁观者，每一个海子都是岁月的眼睛，每一缕风都是时光的刻刀，历史的痛楚在时空的长河里沉淀凝固，柔情在泉水中复苏，曾经的辉煌化作花朵摇曳在清风里。"(《行走大漠》)这些诗化的语言竟显得那么优美！当她看到有一队驼队走来的时候，又展开了想象的翅膀："悦耳的驼铃叮当叮当地仿佛在诉说旅途的寂寥，那可是行走在丝绸古道上的商队？骆驼上坐着的可是美丽的楼兰新娘？那遥远的楼兰古城是否依然繁华如昨？茂密的绿洲，清澈的沙湖，稠密的人烟，繁忙的商旅，云朵似的羊群，还有那个骑着黑骏马放牧的少年郎，如今你们都在何方？"

作者的抒情真诚细腻，让读者从文字里触摸到那颗柔软火热的心："海啊，我看不到你的眼眸，却摸到你苦涩的泪滴，它流淌到我的脸上，滑入我的心底。……海啊，我看到了你的无奈，我是你心中的那株海藻啊，伴着你的呼吸起舞，随着你的心跳悲欢。我是你怀里的那颗珍珠，那是你前世的泪珠被我收藏。……海啊，我读懂了你的心语，你可看到我心中那撕扯的疼痛。翻卷的浪涛你要冲破堤坝，随我去远方吗？"（《听海》）

书中亦有"瑕疵"之处，比如《飞回大河之北》之后的几个章节或有略显琐碎，或过于平实，或三五行成篇，令人产生了肤浅之感，没有很好地抓住或挖掘出其景点的一两处精彩亮点，并集中笔墨刻画之。即便是去某超市购物也不是不可以叙述，也应以诗化的语言，提炼出一个观点，达到"化腐朽为神奇"的效果。作者对"大先生"刘绍本的怀念之情呼之欲出，但由于与其接触毕竟很少的缘故，并没有感人的事例向读者传递这种真实的感受，因而使得对自己所崇敬的老师只是"悲哉痛哉"的泛泛情感，不能令人感动。每一篇文章都应该是经过作者反复推敲的经典之作。

文章不在长短，都应该给人留下深刻印象，如欧阳修《醉翁亭记》开头的一句："环滁皆山也。"老舍笔下的老北京、茅盾的散文各有精妙之处，令人一见便永生难忘。当然，这些绝不会削减半点芳芳作为一个擅长散文描述的优秀作家的形象。

是为序！

2025 年 2 月

（作者系中国作家协会会员、河北省霸州市作家协会主席）

目录

第一辑·那些人

可怜天下父母心

殚竭心力终为子，可怜天下父母心。

——题记

"父母之爱子，则为之计深远。"最近常读一些家教方面的书，颇有感慨。也许因为人生到了怀旧的季节，看到一篇回忆童年的文章，有所触动，情不自禁地想到自己年少时的任性，让母亲为难得像个孩子一样哭泣。

那年，我 17 岁，暑假里，妈妈带着我和读小学的妹妹去吴桥的姥姥家探亲，我们在天津转乘晚八点的火车，妈妈看时间尚早，就带我们去河西区看望二姥爷一家。

路过步行街，妈妈给二姥爷家买礼物，我一眼看中了亨得利钟表店的电子表。那时刚流行从日本走私过来的电子表，爸爸给读高中的哥哥姐姐都买了，却说我还小用不上，没舍得给我买。为这个事，我赌气一周不搭理爸妈，宁可在学校的食堂瞎凑合，也不愿意回家吃晚饭。

这次终于又看到了电子表，我再也迈不开腿了，不错眼珠儿地盯着手表："妈妈，就给我买一块吧，开学我就读初三了，没表怎么看时间？班里同学人手一块。姐姐去年就买了。""等你读高中再买，你哥哥姐姐也是读了高中才买的。""妈，是不是我要考不上高中，这辈子就不配戴手表？""你这丫头，咋说话呢？供养你们五个读书容易吗？爸爸妈妈就差卖血供你们读书了，不让你缺衣少食就不错了，再不好好读书，再把理科考那么低，就别读书了！"

我和妈妈在亨得利钟表店越说越激烈，我也越来越气愤。姐姐只比我大两岁，我们从小就像双胞胎，穿一样的衣服，用一样的文具，就连书包都是一样的。可是，自从姐姐读高中，我俩终于拉开了距离。姐姐的文具和工具书越来越好，而我却只能用她淘汰的东西。渐渐地，我的心理失衡了。在甘肃时，没有奶奶和姑姑们宠爱，我只能忍着，可是回到河北，仗着有奶奶和两个姑姑的偏爱，我可不再逆来顺受。我的愤怒终于爆发了："妈妈，我是您捡来的孩子吗？哥哥和姐姐是爸爸的宝贝，妹妹是您的心肝儿。你们让我上敬哥姐，下让妹妹，而我就是多余的。你们不爱我，干吗生我？"

我心里压抑的怒火终于爆发了，朝着妈妈咆哮起来。妈妈也怒不可遏，她是知识分子，很看重面子，怎么能忍受女儿在大街上和她撒泼顶嘴。啪！一个大巴掌狠狠地抽在我的脸上，我捂着热辣辣的脸蛋呆呆地看着妈妈，不争气的眼泪成串成串地落下。我用喷火的眼神盯着妈妈，那团愤怒的火焰足以把这个世界烧成灰烬。我猛地转身不看方向地朝前猛跑，任凭妈妈和妹妹喊破喉咙。

我没有方向地跑着，终于被前面的人群挡住，我立在路边抽抽噎噎地哭着。这时，妈妈从后面赶了上来，一把拉住了我，妈妈急得脸色煞白，上气不接下气地喊着："你这个孩子，咋就这样任性啊！你要急死妈妈啊？妈妈没说不给你买，亨得利太贵，咱们换一家小店铺，好吗？快跟妈妈回来，行李和妹妹还在那个店里没人管，丢了咋办？"

妈妈一边小声地央求着，一边拿出手绢给我擦着眼泪，揉着我那红肿的脸蛋儿，眼里满是懊悔。脸上的红掌印经过妈妈爱抚，也不那么痛了。我是个急脾气，发泄完，又恢复成乖乖女，我跟着妈妈回到店里，接上六神无主的妹妹，背着行李又转了几个小店，终于买到了令我满意的电子表，虽然只花了10元，但是妈妈那时的工资才40元。

晚上，在火车站候车，妈妈给我和妹妹买了盒饭，自己却就着白开水啃干馒头，还说她不喜欢吃外面的盒饭。原来妈妈探亲的花费都是计划好的，给我买了手表，经费就变得紧张，她宁可自己饿着，也不忍女儿伤心。

记得那天我们是半夜到的姥姥家，舅舅舅妈都去火车站接我们。姥姥在家里焦虑不安地等我们，我们一到家门口，姥姥就激动地喊了起来："孩子啊，你可回来了，可把妈妈想死了。"妈妈扑到姥姥怀里失声痛哭，那委屈的样子，真像个比我大不了几岁的孩子。

妈妈从小成绩优秀，在吴桥老家小学毕业后考到天津读中学，后来考到北京读大学，她一直在外地读书，与姥姥姥爷聚少离多。后来响应国家号召，妈妈和爸爸一起支援大西北建设，两三年才能有机会回家看姥姥。原来，妈妈也是有人宠爱的孩子，她也是姥姥掌心的宝贝，被父母当作眼珠子一样宠爱。长大后，我才明白当年妈妈的哭泣，有生活的艰难，有工作的压力，更有打了宝贝女儿的懊悔，妈妈满腹委屈，只有自己的娘最懂她啊。

"十年动乱"期间，坚持正义的爸爸遭到迫害，含冤失去自由四年，妈妈不离不弃地守着小家，苦苦地等着爸爸。万般无奈的妈妈把我和两个哥哥送回老家，让奶奶和姑姑照看，但是这也导致我们仨不愿亲热爸妈，这个事是爸妈心上永远不能触碰的伤痛，至今大哥和妈妈都无法释怀。

1984年，爸妈从甘肃调到霸州，千里迢迢举家搬迁到陌生的环境，一切从零开始，由一家五口突然增至八口，让爸妈这对书呆子身心俱疲。他们是单位的骨干，爸爸是独子，诸多的家事梳不顺理还乱，一地鸡毛的生活让妈妈很是焦虑，不知不觉更年期提前，妈妈身心疲惫，有点儿不知所措，每天都在咬牙坚持。奶奶家人丁单薄，为了家族的兴旺，要强的妈妈竟然一咬牙生了五个孩子，无论多难多苦多累她都舍不得放弃一个孩子，我们都是她的宝贝。

小女孩最好哄，转眼就长大了，不用再哭哭啼啼要礼物。后来，我又有了无数的手表，一块比一块精致，一块比一块有名气，唯独这块电子表成了我心里的一道刺。那次是我第一次挨妈妈的打，也是长这么大妈妈对我唯一一次打骂。那次，我终于懂得了，妈妈真的很难，为了这个家操碎了心。我太不懂事了，不但不帮妈妈分忧，还任性撒泼赌气要离开妈妈出走。我知道那天妈妈扑在姥姥怀里哭，就是因为我这个不省心的丫头让她着急生气。

成年后，我总想给妈妈认错，可是，一提起这个事，妈妈总是乐呵呵地说："啥时候的事，我咋不记得了？"如果时光能倒流，我绝不和妈妈任性耍浑，不让妈妈为难，我要让妈妈依偎在姥姥怀里舒心地笑成向阳花。

妈妈的记忆是有选择的，她只记生活的美好，一些苦难和委屈，她都给删除了。而今，我也是做了母亲和婆婆的人，更能体谅妈妈当年的不容易。亲爱的妈妈，就让我在文字里喊出压抑心底近40年的心声："妈妈，请原谅女儿当年的年少无知，我知道您打在女儿脸上，痛在自己的心上。"

往事摊晾在阳光下，那些酸楚的泪早已蒸发得无影无踪。而今，我的妈妈已年逾九旬，变成候鸟年年冬天来我家过冬。女儿在哪里，她的家就在哪里，我是她的小太阳，一定要把妈妈照得暖洋洋。

2023 年 7 月 11 日

母亲的味道

那天老妈看到我身上被蚊子咬了好几个红疙瘩，知道我在古镇办公，环境潮湿，需要每天敞开窗户通风，却难挡柿子树上的蚊子。

于是老妈从花市给我买来一盆薄荷，让我养在办公室。可我总是马虎，好几次都忘记端这个花。中秋节，儿子陪我去看老妈，才把花搬回家，我却想不起按时浇水。母亲常在电话里问："薄荷好着吗？记得用薄荷叶擦蚊虫叮咬的部位哦。"

哦，薄荷，差点儿忘记了它，等我再去看它，曾经郁郁葱葱的枝叶已经枯萎凋零……

剪下枝干，倒出花泥，竟然发现它的根依然充满生机，于是又给它换了一个漂亮的花盆，每天按时浇水，两三天就钻出好几个小绿芽，好顽强的生命力啊！

多么有良心的花儿，只需一点点水，它就给你回报绿色。这小花多像我们的母亲，只给了她一点点关心，她马上就心花怒放。

面对这些娇嫩如婴儿的小芽芽，心中总会涌出诸多感慨。轻轻嗅着薄荷那独特的清香，眼前浮现出母亲的笑脸，似乎又听到母亲的唠叨：丫头，写文别太劳累哦……

我与母亲

岁月就像一把筛子，无情地淘洗着人世间，时而悲欢离合，时而空空荡荡。有的人走着走着就散了，有的人走着走着就丢了。唯有亲人，千里万里，被一条看不见的丝线牵挂着，不远不近，不离不弃。

昨天爱人买了一大兜海螃蟹，想到母亲喜欢吃，赶紧打车给母亲送去。母亲看到大螃蟹，乐得合不拢嘴。

母亲很喜欢吃海螃蟹，拿着螃蟹爪一板一眼掏着吃，四两重的大螃蟹一会儿就吃了两个，如果不是我拦着还想接着啃呢。真是个长不大的孩子啊！

母亲一再拣大的螃蟹给妹妹吃，妹妹却把最大的留给她未归的孩子。哎，母亲疼自个儿的孩子，天性啊！

傍晚，妹夫开车去市里接学习的小外甥，我和母亲、妹妹跟着去逛街。我给母亲看了一套漂亮的丝绸衣服，喊她过来试穿，很合身，看着母亲在镜子前左照右照，眼里满是欢喜。这个场景是那么熟悉，时光倒流到40年前，爸爸妈妈带着我们姐妹仨去商店买衣服，我们那欢喜的情景和此刻的母亲那么相似，只是我们和母亲已互换，我们长大了，母亲变小了。母亲对着镜子前前后后照着，一会儿揪揪前襟，一会儿拽拽裤脚，还不时询问："真的好看吗？合适吗？"我悄悄付了账，说："老妈，太美了，别脱了，直接穿着回家吧！"于是，老妈美滋滋地穿着没剪商标的衣服出了服装店。

老妈穿着新衣服乐呵呵地跟着我在商场里溜达，商标在衣角一晃一晃，就像挂了一个吉祥符。其实，老妈的衣服很多，我们给她买的，她自己买的，衣橱里都是她的花衣服，但她依然喜欢，总也美不够。哎，别看老妈已是86岁的老人，却有着20岁的心态，每天就琢磨着怎么快乐，对自身的保养非常重视。老妈勤快爱活动，虽然干不了多少家务活，但她整天闲不住，还是大家的开心果，能说能笑，连唱带跳，和她在一起，准保逗得你腮帮子疼。

从街上回来，天已黑透，晚风悠悠吹着，很是舒爽，我和母亲坐在院子里聊天。母亲拿出两盘蚊香搬弄点燃，我摇着大蒲扇，刷着手机新闻。不一会儿，蚊子一波又一波来轰炸，腿上、胳膊上、脖子上，一溜一溜的红包，"妈呀，您的蚊香点到哪里了？简直要吃了我啊！""谁让你老不来，蚊子闻到陌生气味，肯定死叮。我们是自个儿人，先让着外人。"妹妹在一旁打趣着，又

7

是一阵笑闹。

睡前，我和母亲去卫生间洗澡。"园园，给我拿洗面奶！园园，给我拿毛巾！园园，给我拿擦脚布！"我一遍又一遍指使妹妹，老妈说妹妹忙着打理生意，她来伺候我。于是，老妈一趟又一趟在正房和卫生间之间奔跑，想到院里的台阶，我担心老妈走不稳，可她自信满满，没问题，走习惯了。哎，我就知道，我来看老妈，就是给她添麻烦，可她就是喜欢这样伺候我，不在一旁伺候着，她还不自在呢。老妈还隔三岔五给我打电话，催我回家看她。哎，老妈越来越黏人啦，和我小时候一样，那时我是黏人的小妖精，现在换成妈妈啦！

晚上和母亲聊天到深夜才入睡，半夜想起要约顺风车回家，赶紧约了早晨7点的，哪知6点半就有人打电话，司机已到大门口接我。于是，赶紧手忙脚乱地洗脸刷牙，背起包就往大门外跑。妈妈正睡着，听到我在接电话，一骨碌翻身起床，一面嘟囔着："干吗这么早就回家，还没吃早饭呢，再陪妈玩一天呗。"

老妈知道拦不住我，只好问我，要这个吗？要那个吗？好像我是来扫荡的日本兵。"妈，不要，不要，啥都不要，我嫌沉。""臭丫头，带着几个笨鸡蛋吧，阳阳爸爸喜欢吃。"

好吧，捧着10个小土鸡蛋，我一路小跑赶到街边的顺风车前，刚钻进车里，老妈竟然又追赶过来。由于防疫要求，外来车不让进入，我跑了一条大街，竟然没注意我的小脚母亲在后面紧追慢赶，她气喘吁吁地敲着车窗，我摇下玻璃，母亲递给我两朵盛开的玫瑰花："把花放到裙兜里，走到哪里都香香的，让人喜欢。回家，把花瓣揉揉，泡水喝，养气血。"

我一手握着这两朵玫瑰花，另一只手和母亲轻轻摆手。晨风吹乱了母亲的白发，那雪白的发丝在我的心头层层缠绕着，勒得心生生地痛了。眼前渐渐模糊，车越走越远，回头看看，我那白发母亲还伫立在街头的大树下，那么慈祥，那么孤独，那么柔弱。

愿时光不老

吃完早饭，老公开车陪我来妹妹家看老妈。以前每次来看老妈，我都是提前一天告诉她，让她在家里等我，结果老妈每隔15分钟就去大街上看看，总怕错过了，还不断打电话问我走到哪里了。真不忍心让母亲如此惦记，后来，我只在出发前一个小时才告诉她，别外出等我哦。

原以为这样母亲就不惦记了，哪知她还是打电话催问走到哪里了。唉，可怜天下父母心啊，母亲对孩子的牵挂就像棉花，越抻越长。

很快我们就来到妹妹家，母亲早已等在大门口，看到我们，母亲笑得像个孩子："啊，多巧啊，我刚到门口，你们就来了。"哼，不用问，我就知道母亲在大门口站了许久。

母亲拉着我的手走进客厅，一会儿沏茶，一会儿拿零食，一会儿要给我切瓜。"妈，别忙活了，我就想和您安静地待一会儿……"

我们围着母亲坐着聊天，她一会儿开电扇，一会儿开空调，总像照顾孩子一样照顾我。我们9点在家吃的早餐，才刚10点，母亲非要上街采买，我拦了几次，她还不高兴了，说："你不懂母亲的心，总想让孩子吃好，吃得开心。"我最近有点儿疲倦，总想躺着，拦不住母亲，只好再三叮咛，少买，真吃不了多少。一会儿我做饭，别担心！

母亲蹬着三轮车去街上了，我懒洋洋地躺着，迷迷糊糊听到母亲喊："芳芳，快帮妈拿菜来。"我的天啊，母亲买了火腿肠、两盒炒菜、黄瓜、西红柿、豆角、花卷、玉米面窝头……

"妈，您咋买了这样多的菜啊，我啥时候在乎过吃喝，就想陪您待会儿……""不弄几个菜，不喝点儿小酒，哪叫回娘家啊！你就别拦着我，你们吃好了，我就开心，你要理解当妈妈的心啊……"

好吧，不再唠叨，赶紧扎进厨房帮老妈做饭，以实际行动来哄老娘开心。老妈提前活好了做拉条子的面，我打了卤，弄了几个青菜码子，不到半小时就整了一桌子菜。我和老妈、老公还有两个外甥围坐在一起，喝着红酒，聊着天，老妈乐得眼睛都睁不开了。老公直夸母亲做的抻面好吃，我说："老妈用传统的兰州拉面的秘方做的，当然好吃。你赶紧歇年假，我陪你去吃真正的兰州拉面。"

一番热闹，风卷残云一般，我们把一桌子的菜吃完了，两个外甥洗碗，我陪老公观赏老妈种的花。

一会儿外甥洗完碗，在我们的一再要求下，给大家表演架子鼓。小家伙从六岁就开始练鼓，如今已练了六年，敲得有模有样。小家伙拿着鼓槌悠然自得地敲着，很有艺术范儿，大家听得津津有味，热烈的掌声给了他更多激励，敲得更带劲了。

我们围坐在老妈的身边，欣赏着小外甥精彩的表演，说着，笑着，客厅里溢满欢声笑语。老妈找出一沓厚厚的照片，翻看着照片，不时感慨时间流逝得好快呀，照片上有我的老父亲，有孩子的奶奶，有母亲的青春，有我们的少女时光，有孩子们稚嫩的童年……

妹妹他们做生意回来了，他们和老公在院子里聊天，我和母亲在卧室休息，我们随意地聊着天，不一会儿母亲就打鼾了，躺在母亲的身边，内心出奇地踏实。

有白发娘亲牵挂着，我永远是孩子，真想这样的时光永不老去……

2020 年 6 月 26 日

母爱伴我品书香

暑假里一个飘雨的午后，闲来无事就和妈妈去逛书店。跻身于书海，看得我眼花缭乱，一口气挑了20多本书，美滋滋抱回家。

吃过晚饭，我就喜不自胜地钻进书房两耳不闻窗外事了。随手拿起一本《文化苦旅》，打开扉页顿时愣住了，只见上面有两行娟秀的题词：

"读风读雨品霜雪，听雷听涛嗅花香。——母亲"

呀！是妈妈写的，我说怎么逛街回来以后，她一进家门就钻进书房，几次叫她出来吃水果看电视她都不理会，今天做晚饭也没有给我打下手，原来是要给我一个惊喜。一股热流涌上心头，我的眼睛湿润了。爸爸的去世让我难过多年，我一直为爸爸没有为女儿留下只言片语而遗憾。

妈妈的心好细，以前我总是因为幼年在奶奶身边生活，得到母爱太少而耿耿于怀，每次说起这些往事，我都会哽咽，好像把痛苦又咀嚼了一遍。妈妈也是委屈地抹泪，喃喃地解释说，不是她不爱我，也不是不要我，是工作的无奈。可我从来不听她的辩解，任性得像个毛驴，总是冷冷地注视着妈妈，一字一顿地说："你不是一个称职的妈妈，我要是你绝不会这样做，是你和爸爸的自私和偏心，让我这样忧郁和懦弱。我不愿意做你们的孩子，不愿意！"后来，伤感的童年成了我和妈妈的禁区，我们都在小心地回避着这个禁区。

有一段时间，我和妈妈的话很少，彼此感到了陌生。慢慢地，我们中间有了一道看不见的隔膜。妈妈岁数大了，心脏不好，我再也不敢用话语刺激她，有时我的好心还常被她误解。妈妈也像个任性的老小孩儿，焦急地寻找着与我沟通的方式，却总是适得其反，我们都感到累了。

因为我性格温柔随和，妈妈还是喜欢在我们家住。我和妈妈都在努力改变自己，呵护对方，特别是最近我时常梦见去世多年的父亲，那种永失我爱的伤痛常令我夜不成眠。梦里爸爸很少说话，就那么微笑着默默地看着我，眼睛里却噙着泪水，似乎有许多话要对我讲，却终是无语。每次醒来泪水打湿枕巾。爸爸最牵挂的人是妈妈，爸爸相信我一定能照顾好妈妈。

其实，我能快乐地守在妈妈身边，妈妈健康快乐就是我的幸福。每天下班按动门铃甜甜地喊声"老妈"，门马上打开，看到妈妈慈祥满足的微笑，听到妈妈亲热的回应，就是幸福。我还有什么不能释怀的呢？难道还要等妈妈也成了梦中的回忆，等到再也看不到妈妈的笑容，听不到妈妈开心地喊"芳芳"的时候再醒悟，再夜夜垂泪思念？不，我不要人生再有懊悔，我要珍惜与妈妈相守的分分秒秒！

于是不管平时多忙，我都要陪妈妈说话，听妈妈一次次地重复着她和爸爸年轻时的趣事。虽然我早已背下她要说的内容，但我不再厌烦地打断她。妈妈喜欢做各种小吃，我就和她一起忙碌。早晨我也改了睡懒觉的习惯，陪妈妈去早市买菜。周末带妈妈去公园散步、照相、划船，看到妈妈高兴得像个孩子一样，我也快活得如同鸟雀一般。

每天晚上我都陪妈妈去公园里跳交谊舞。自从爸爸去世，我和妈妈都冷落了舞裙，远离了舞池。那天的月好圆，我依偎在妈妈的怀里，随着悠扬的华尔兹曲子飞舞，在旋转中，妈妈变年轻了，我也回到了少女时代，恍惚中爸爸也在舞池旁乐呵呵地为我们打着节拍。

于是，我又急忙打开《辉煌的湮灭》："读风雨人生，创人生辉煌！——母亲"

《一个世纪的阅读体验》："堆积感情，沉淀历史。品文化之韵律！愿女儿做生活的有心人！——母亲"

《二十世纪中国文学史论（第一卷）》："细读，慢品，辩证接受。——母亲"

《二十世纪中国文学史论（第二卷）》："爱文学，晓历史，好学深思，阔步前进！——母亲"

《二十世纪中国文学史论（第三卷）》："祝女儿在文学方面取得辉煌成

绩！——母亲"

《徐志摩文集》："品味风雨人生，书写诗意情怀！——母亲"

《中国诗画》："人生如诗，岁月如画！愿女儿拥有诗情画意的人生！——母亲"

《顾准传》："他写一部历史，更留下一种卓尔不群、独立思考的精神。愿女儿做一个有浩然正气的人！——母亲"

《从英伦三岛到枫叶之国》："他山之石可以攻玉！——母亲"

《抒情诗选》："面向大海，春暖花开！——母亲"

《泰戈尔诗集》："愿女儿做一个热爱生活，热爱自然，热爱一切美好的事物，懂得感恩的人！——母亲"

《于丹〈论语〉心得》："拥抱阳光，晾晒心灵！——母亲"

《张爱玲文集》："夜来风雨声，花落知多少？访春莫忘归路！——母亲"

《诗经三百首》："青青子衿，悠悠我心，但为君故，沉吟至今。——母亲"

《走进黑非洲》："读万卷书，行万里路！——母亲"

《读禅语有感悟》："菩提本无树，明镜亦非台。本来无一物，何处惹尘埃？用心智获取自己的一片蓝天！——母亲"

《山居笔记》："与秋雨一起进行心灵的跋涉，借山水风物与历史精魂默默对话，寻找在辽阔的时间和空间中的生命坐标，把自己抓住！——母亲"

轻轻地抚摩着妈妈的题词，感觉那是一朵朵美丽摇曳的康乃馨，散发着阳光的芬芳。深夜捧书静坐灯下，我沉醉在母爱的氤氲里，没有了子夜的孤寂与清冷。那是我心中燃烧的小太阳，让我的文字也有了几分灵秀与柔美。

此刻我在静静地敲打文字，妈妈戴着老花镜还在耐心地翻看图书，细致地写着题词。于是，我停止敲打，目不转睛地注视着妈妈，妈妈也停下了忙碌的笔，我们相视一笑。

2007 年 8 月 10 日

书卷多情似故人

宁可食无肉，不可居无书。今天夫君无意中说，你看看家里到处都是书，客厅、卧室、餐桌、门厅、阳台，就连厕所里也都是书，也就厨房没有。嘿！厨房有报纸。

经过他的提醒，我特意打量了一下。他还真没说错，三个沙发，一个上面一本。为了随手拿来就看，我把书放在各处，看着方便，多惬意啊，总比抱着手机浪费时间强多了。

我对书的痴迷，完全是受爸爸的熏陶，他生前爱书如命，工资下来，第一件事就是买书，整套买，买平时舍不得买的书，妈妈虽然颇有微词，但月初银两充裕，日子不至于捉襟见肘，她也就不再勒令爸爸上交财政大权。

1984年，父母从甘肃调回河北，日子一下子紧张得不行，五个读书的孩子，奶奶常年有病，妈妈恰巧更年期，那几年的日子不堪回首。记得那是1985年的夏天，我无意中在书摊上看到了爸爸的一套《三言二拍》，用报纸包的书皮，还有爸爸用钢笔题写的潇洒帅气的名字，包括里面的印章，一点儿没错，就是爸爸的藏书。那是"文革"刚结束时爸爸托舅舅在北京找关系从内部购买的，当时市面上很难见到。我像抓住贼一样，拿起书质问摊主这套书哪里来的。

摊主没好气地说："别人托着卖的。你想买，赶紧掏钱。""是谁让卖的？他姓什么？"摊主看我对他兴师问罪，连忙去打理生意，不再理我。"这套书你别卖，这是我爸爸的藏书，我回家拿钱来赎！"我含着泪，默默地朝家跑着。

"妈，我在书摊上看到了爸爸的一套《三言二拍》，是让人偷了吗？"

"芳芳，别跟你爸提卖书的事，是我好说歹说，他才割肉一样把书柜的钥匙给了我。我随意挑了一套标价高的，委托朋友代卖。"

"妈，为什么要卖书？咱家放不下爸爸的一箱藏书吗？"

"丫头，你们马上开学了，那么多的学费，我和你爸的工资都交了，我们吃什么？还有你哥哥们的住宿生活费，你二哥每天锻炼特长，需要补养身体，你们姐妹都在长个，也需要营养，还有你们换季的衣服，你奶奶的药费……"

妈妈还在喋喋不休地说着，我不知何时眼泪成串成串地落下。原来是我们把爸爸的书吃了，穿了。我们就知道每天衣来伸手、饭来张口，却从没想过家里的日子有多艰难，生活的负担已把爸爸压倒了，导致他接二连三地生病。都怪我每天稀里糊涂忙自己的学业，从来没注意过爸爸有多久没有看书写文，有多久没有弹琴唱歌，有多久没有和我坐下聊天，有多久没有欢笑……

最终爸爸的书没能赎回来，我的小兜比脸蛋还干净。我不知爸爸的书遗失了多少，但我能想到爸爸心里的痛。那时，我就发誓，绝不愧对自己的每一本书，我的书要像宠物一样自由、尊贵，每天陪着我。爸爸去世前，把藏书都送给了我。我知道，那不仅仅是书，而是责任，是期望，是我人生之舟的压舱石。

我的藏书一天天地增多，一个书架，两个书架，乃至现在的整面墙壁上都是书，沉浸在书海里，我的心博大而富有。多希望爸爸能看到女儿的今天，能看看女儿对书的痴爱，多希望能与爸爸交流写作的快乐……

2019 年 7 月 2 日

我给娘磕头洗脚

今天是我的生日，生命已逼近知天命的年岁，渐渐地看开放下许多的不平和憋屈。

早晨，各种祝福接踵而至，我深深地陶醉在亲朋好友的关爱中，有些飘飘然，有些忘乎所以。

昨晚风凉吹好梦，不知不觉受了风寒。清晨醒来，头昏沉沉的，每个关节都痛得无法触摸，整个人仿佛被煮了，母亲找来体温表，39度，我的乖乖，水煮虾啊……

朋友快递来了玫瑰花，捧在怀里，似乎轻松了许多。诗歌、书法、绘画等形式的各种祝福、各种礼物不断地撞击着我的心绪。佛家弟子包老师赠诗一首，劝诫我吃素念佛，让我向家里的老菩萨叩拜。犹豫了一下，我让母亲安坐在沙发上，然后向她深深磕了三个头。母亲有些惊慌失措，她和父亲都是无神论者，过年过节从未让我们叩拜过。

第一次给母亲叩首，报答养育的恩情，我也有些惊慌，以前总以为是封建迷信，最近几年，我想明白了，没有形式，何来行动？

母亲美美地看着我，我们俩的眼睛里都含着泪光。感恩上苍，让83岁的老母亲陪我过生日。第一次给娘叩头，我们心里都美美的。心安处，是故乡。

我又跑到卫生间接了一盆热水，我把母亲按在凳子上，母亲说什么都不让我给她洗脚。"妈，您给我一个孝敬的机会吧。百年之后，我不遗憾啊。"

母亲羞答答地脱下鞋子，我抚摸着母亲苍老的双脚，心底涌起愧疚……我为母亲做得太少，从来不知道给她叩首、洗脚会让她那么幸福，幸福得连说话都不利索了。我轻轻地擦洗着母亲的脚，就像母亲当年抚摸襁褓中的我。

　　我和母亲默默地忙碌着，她也渐渐地变得自然。母亲满是皱纹的脸上洋溢着幸福的阳光，暖暖的，柔柔的，就像窗外的秋阳……

　　一个电话，惊醒了我。朋友在微信上看到我过生日，特意赶了七八十里地，给我送来自己做的泥娃娃——梦娃。见面，才想起来，多年前，我帮她修改过展品的简介。当时她要给我钱，我没有要。

　　做泥娃娃的朋友说，她早就做好了，后面刻着我的名字。原来滴水之恩，人家一直记挂在心里。原来人与人之间，除去钱，还有真情。

　　虽然昨天的夜风抽去心底的热度，但心尖上依然是暖的。

　　我抱着泥娃娃来到诊所，开了一堆药。大夫说："你这是受了夜风，难受就别下楼了，一个电话，我给你送家去啊。"

　　抱着泥娃娃回家，母亲说，我抱回了童年的自己，是吗？

2018 年 8 月 25 日

九月心结

九月是丰收的季节，收获和喜悦，让这个季节如诗如画，让这个季节的人儿忙碌又幸福。母亲的九月原本美好而静谧，可是，自从十多年前哥哥因为救人意外离世，母亲的九月变得灰涩而阴冷。

母亲是个坚强的人，很少为小事走心烦恼，整天乐呵呵的，几乎没有隔夜愁。可是，十多年前的中秋，哥哥因为抢救落水的同事意外逝去，从此秋天就成了母亲心里的一道坎儿，无论身体还是心理都在这道坎儿上跌得头破血流，任我们如何苦口婆心，总也放不下、丢不开。连续五年，每到哥哥的祭日前后，母亲总会被思儿的悲伤击倒，心脏病复发，反反复复住院。每病一次，身心也随之更加衰老。

其实，母亲住在医院里更是煎熬，楼上的脑外科就是哥哥曾经工作的科室。看到一个个和哥哥年纪相仿的穿着白大褂的医生，母亲心里更是煎熬，尤其是同屋的病友问起家中的子女，母亲总是眼含热泪。那一刻，我真想拿针把他们的嘴缝上，说什么不行，干吗非得往母亲的心上戳。哎，他们也没错啊，谁会想到母亲的儿子曾经就是这个医院的主治大夫呢，谁让哥哥好心眼儿救了别人牺牲了自己，留给母亲一生的苦痛呢。

其实，哥哥走后，母亲已渐渐放下，她已多年不在这个季节被思念击倒。每年的这个季节，我总是想方设法带母亲去旅游，去北戴河看海，去南方看小桥流水。哪知最近三年有疫情，不敢再带母亲出门，母亲的世界变小了，心眼儿也变小了，又开始胡思乱想，终于把自己一竿子撂倒，住进医院里，也把我们困在了这个小地方。此刻的我嗅着消毒水的味道，焦急又无奈地数着点滴。

躺在母亲身边，眼睛的余光瞄着输液瓶，与母亲有一搭没一搭地聊天。

药液静静地滴答，缓缓地输入母亲苍老的脉管，母亲苍白的面容有了血色。我和母亲天南海北地聊着，一会儿聊到我的童年，一会儿聊到外孙的童年，一会儿聊到我们在甘肃的家，一会儿聊到现在。也许，在母亲的心里，时间就是一个个小屋，推开一个门，就是打开了一段岁月，曾经的日子再一次变得鲜活。

母亲越来越像个黏人的孩子，总想我们能时刻陪在她的身边。哥哥刚去世的五年，母亲连续住院输液，过量的药液让母亲的耳朵变聋。不过，她也真怪，喜欢的话，她都听得清楚，不高兴的事，她就听不见。也好，选择性耳聋，也是自我保护，省了闲言碎语的叨扰。有时和母亲说事，她总是打岔，闹出笑话，把我们逗得合不上嘴，她自己也乐得前仰后合。

细想，母亲真是聪明，她知道世上除去生死都是闲事。于是，她把严肃的事变成小事，把小事变成趣事，把烦事变成屁事，哈哈一笑，都能放下，没啥了不得，想干就干，不想干，傻笑一番，烦恼烟消云散。

你说，如此聪明豁达的母亲，为什么就承受不住白发人送黑发人的悲痛呢？

今年夏天异常炎热，我陪母亲的日子不多，没有我这个活宝哄着，她的心里就不爽。其实，我与母亲的心是相通的，母亲说她难受了半个多月，总觉得不是大毛病，就没告诉我。可是那段时间，我连着三次梦到母亲病了，把我急得哭醒了。与母亲视频，她笑眯眯地和我聊天，我根本没注意到她不舒服。这个暑假疏于陪伴母亲，真是内疚，她的世界越来越小，就喜欢我们陪在身边，我应该多来看母亲啊。

别人的秋天充满喜悦和收获，母亲的秋天却是绕不开的痛。如果可以选择，真想带母亲去海南，让热烈的海风拂去母亲眼角的忧伤，让翻滚的浪花淘去母亲心头的哀痛。

母亲，请您快点好起来，女儿还要陪您去看世界，品美食。属于母亲的九月一定是美好的，我相信，苍天一定护佑善良的母亲。

2022 年 9 月 4 日于母亲病床前

牵 手

儿时，父母是圈住我们的围墙，总怕我们跑丢；长大后，父母是系住我们的丝线，不时地牵挂着；后来，我们成了父母手中的拐杖……

婆婆念叨了许久说眼睛模糊，看东西重影，我们觉得她去年才做了白内障手术，应该没什么问题，都没往心里去。

最近，她说一只眼睛几乎看不清了，这才把我们吓毛了，赶紧开车去北京同仁医院。半个月内，没有号，无奈花高价买了票贩子的号。

马不停蹄地排队、挂号、缴费，拥挤的人群，热烘烘的空气，让人烦不胜烦。担心婆婆摔跤，我牵着她的手慢慢走。她开始有点儿迟疑和羞涩，只把指尖放到我的手心，攥着她那枯瘦冰凉的手，我的心猛地一颤，猛地拉住了她整只手。

婆婆人长得瘦小，手也很瘦，以前也牵过她的手，在她做手术昏迷不醒的时候，在她洗澡时怕她滑倒的时候，但牵着她的手走在大庭广众之下，还是第一次。走下楼梯，婆婆想抽回自己的手，我拦住了，怕她一个不慎踩空了。

慢慢地，婆婆的神色也变得自然了，不再羞涩，不再扭捏。在电梯里，我牵住了她的右手，我感觉她在微微颤抖，我有些迟疑，牵了一上午的手，她已习惯了，怎么还紧张得发抖呢？我都冒汗了，肯定不是寒冷啊。

"妈，您怎么在发抖啊？""嗯，这个手就是这样啊，好多年了……"

"什么？好多年，那这些年您儿子常带着您去天津，都是去检查什么呢？"

"唉！这样多的人，我要知道这样，我就不来北京检查了……"

原来婆婆的右手总在不由自主地颤抖，她却从不言语，只有在实在忍不住的时候，才让我们陪着去天津检查，每次都是头痛医头脚痛医脚，很少会做综合检查。

我带着她找科室，怕她走冤枉路，就把她留在原地，我去问路。远远地，我看到婆婆在人流里是那么无助和胆怯，就像与大人失散的孩子。我赶紧喊了一声："妈，我来了。"她马上把手伸过来让我牵着……

婆婆年轻时也是十里八乡能干又识字的巧姑娘，读了几年书，在村卫生室负责拿药。结婚后，又被大队派到县妇幼保健院学习妇科接生。可是因为家人嫌她做接生员太脏，她硬是放弃了这个职业。

婆婆虽然文化程度不高，却干啥像啥，跟着公公开服装厂，裁剪、缝制、拢货、算账，买卖、家里，样样拿得起来。

她没什么本事，却用一把剪刀剪出了一座座楼房，打拼出一个和谐幸福的大家庭。婆婆说，她的手颤抖，是年轻时没黑没白地剪布干活累的，没啥大病，歇歇就好了。

我更愿意相信病因是她说的那样，累的，歇歇就好了……

马不停蹄地忙碌一上午，我们三个竟然忘记吃喝。从医院出来，我突然想起，因为怕婆婆抽血化验，一上午一滴水都没让她喝。赶紧给她买了一瓶水，她把水递给我："帮我拧开吧！"

哎！时光最是无情，记得我刚结婚时她还那么年轻，走路快得像一阵风，而今，虚弱得就像一个小孩子，一步都不敢离开大人。

"妈，别急，攥紧我的手，慢慢走……"

2018 年 5 月 14 日

歌声里的怀念

"冰雪遮盖着伏尔加河，冰河上跑着三套车……"歌曲《三套车》曲调优美深沉，哀伤豪放，洋溢着浓郁的俄罗斯民族气息，旋律就像俄罗斯的广阔大地一样，深邃宽广。

《三套车》是父母最喜欢的苏联民歌之一，他们上学的时代正是中苏友好时期，那时苏联派出许多专家来中国援建，父母中学、大学都学习俄语。苏联歌曲、列宁服、布拉吉、交谊舞是那个时代的时尚，受父母的影响，我们兄妹从小能歌善舞，都喜欢苏联歌曲。无意中看到前年写父母的文字《永恒的爱情》，听到《三套车》的曲调，眼睛顿时变得潮湿。

记得那是我10岁时深秋的周末，父亲带我们去黄河边游玩。一路上父母都在说着老家的奶奶、姥姥等亲人。河边小路上的杨树叶子已经变得枯黄，秋风拂过，黄叶飘飘悠悠地随着南去的雁鸣一起飘落，落到父亲的肩膀上，落到母亲的秀发上。父亲拾起一片落叶放到嘴边轻轻地吹了起来，那忧伤的旋律让小小的我都有些伤感。我安静地走在父亲的身边，不时地捡拾着落叶，捡拾那飘飞的愁绪。

我们一家很快来到了黄河边，我和姐姐、妹妹去河边捡绮丽的黄河石。夕阳铺满河面，堤岸近处就像撒了一片碎银子，远处的波浪一层攒着一层，不断涌来。看着夕阳下如诗如画的黄河，我们激动地扑到河边，兴奋地拍打着水面，一边捡拾着绮丽的黄河石，一边忙不迭地捕捉着顽皮的小鱼。

黄河石是中华奇石的一种，特殊的地理环境打磨出其粗犷、大气、深沉、高雅等艺术特点。每次父母带我们去黄河边散步，我都要捡拾一些小巧的黄河石，放在枕边、书桌旁把玩。我如同走入了童话世界，端详着石头上的花纹，想象着那些奇妙的故事。我不断地捡起、琢磨，或留下，或丢弃，每发现一枚图案独特的小石子，我都像中了大奖，紧紧捏着石子连蹦带跳。文静的姐姐在一旁默默捡着，就像乖乖的淑女；而我却是个粗线条的假小子，看似在捡拾着一枚枚可爱的小石子，不如说是捡起童话世界的小仙子。

突然我的心似乎被什么撞击了，身子一个趔趄，脚下一滑差点儿摔倒，一种莫名的酸楚涌向心头。

"冰雪遮盖着伏尔加河，冰河上跑着三套车……"深沉忧伤的歌声从身后传来，那是父亲的歌声。远处逆光里，堤岸上的父亲站在一块巨石上深情地唱着，母亲坐在一旁随着小声哼唱，虽然看不到他们脸部的表情，我却感到有泪落下，那是父母的思乡泪，滴落在我的心上。

歌声如蝶，在夕阳下的黄河上飞舞，化成黄河石，落在我懵懂的童年记忆中。父母思亲的愁绪如同一条丝带紧紧地勒住了我的心，我的目光追着父母的乡愁飘荡在河面上，静静地流向了遥远的故乡。从三岁到七岁，我和两个哥哥在河北老家跟着奶奶和姑姑生活，自从爸妈接我来甘肃读书，我已有多年没有回家看望奶奶、姑姑和两个哥哥了。平时，我忙着上学、写作业，没有时间想念故乡的亲人，那天，爸爸的歌声唤醒了我心底的思念。我默默地转到大石头后面，依着石头坐下，望着飞落的鸥鸟，眼泪一串一串地落下。以前，我受了委屈，总是扯着嗓子哭号，但是从那天开始，我的眼睛成了风泪眼。

从此，夕阳、黄河、小石子还有那个忧伤的旋律就再也没有走出我的梦。

亲爱的爸爸，女儿好久没有和您说话了，您还好吗？我知道您一定能感知女儿的思念，我看到窗外的一颗明亮的星儿，那是爸爸的眼睛，每当女儿孤独寂寞时，您都会深情地注视着，默默地陪伴着女儿。

爸爸，女儿好想回到承欢膝下的岁月，好想回到黄河边的那个小家。多少次和姐姐流着泪说起那个永远也回不去的故园，多少次心痛，多少个无眠，却再也呼唤不回天边的爸爸。颗颗清泪化作天边的孤星，默默地找寻着爸爸的踪迹。

爸爸，如果今夜您的梦里在落雨，那一定是我们思念的泪珠。也许此刻它们已经化作银河边一行迷路的小鸟，爸爸，请伸出手收留它们吧，离开了爸爸，它们也无家可归。

恍惚还是昨天，爸爸还在兴致勃勃地弹着钢琴，妈妈带着我们兄妹几个放声高歌。那时的爸爸有着用不完的精力，每天忙不完的工作，却依然步履矫健，谈笑风生；那时的妈妈是世界上最美丽、最幸福的女人，似乎不知道什么是烦恼。那时的房子不大却溢满欢笑，每个角落都洒满阳光。每个清晨爸爸都早早地把饭做好，我们听着悠扬的音乐，吃着可口的饭菜。那时，真不想长大。晚上听着爸爸的故事入梦，梦里的花儿都会欢笑说话。

那时，我以为自己的一生都将这样度过，每天疯玩，高兴了就跳，难过了就哭，忙着读书，忙着学习，却忘记了生活里还有秋风秋雨，还会飘雪。

记得爸爸给我买的第一本杂志是《小朋友》，那时我才上一年级，就被那些美丽的歌谣迷住，一生再也没有走出诗意的生活。慢慢地我拥有了《儿童时代》《少年文艺》《儿童文学》《读者》《科学与生活》《人民文学》《大众电影》等众多的杂志伴随我的成长。渐渐地，杂志不能满足我阅读的需求，我又拥有了《一千零一夜》《西游记》《聊斋志异》《红楼梦》《三国演义》《水浒传》等。

阅读让我渐渐地远离了人群，走进难言的孤寂。也许书已经成为我生命里最忠实的恋人，只有把它捧在掌心，幽闭的心门才会渐渐敞开。记得上小学时为了让爸爸给我买《海的女儿》，我答应爸爸将来也写自己的书给他看，而这个梦不知道还有多遥远。

乘着歌声的雪橇，我的思绪在记忆的雪原驰骋。挥动手中的鞭儿，却不忍心抽打那匹老马，它曾陪伴爸爸度过人生最艰难的岁月。父亲走了，马儿老了，山林老了，但脚下的路却在延长，这架雪橇将载着我走向梦不落的地方。

奔跑吧，孩子

这几日，小外甥成了我关注的焦点，为他喜，为他忧，总想为他敲响战鼓，促他勇敢地奔跑。

成长中的孩子非常需要鼓励。鹏鹏，我妹妹家的孩子，从小乖巧懂事，但由于父母每天风里来雨里去地忙生活，根本无暇顾及孩子的学业，孩子正是贪玩的年纪，钻了父母疏于管教的空子，荒废了学业，初中毕业就辍学了。

当时，我是既着急又生气，接连帮他找了几个学技术的学校，却被他一概拒绝。他急于向父母证明自己的能力，和小伙伴开了一个冷饮店，哪知一次意外导致店铺关闭。于是，小小年纪的他开始体验生活的艰难，在工地上开吊车，打零工，那时他还不满18岁，每次去妹妹家，看到他那忙碌又疲惫的身影，很是心疼，正是求学的年纪啊，就要为生活打拼，我这个当姨妈的真是舍不得。

我们兄妹四人，培养出两个研究生、一个大学生，个个都是让父母省心的孩子，只有妹妹的孩子过早离开了校园，我真不甘心啊，如果父亲活着，他一定会心痛，那是他最小的女儿啊！

看着鹏鹏每天为生活奔波劳碌，我是既着急又无奈，总在暗暗想办法给他整回校园去，再加上母亲一次次地在我耳畔唠叨：帮帮园园吧，她太累了，给鹏鹏找个学校吧。去年冬天，当得知石家庄铁路运输学校正在招生，而且还招往届毕业生时，我欣喜不已，连夜给妹妹妹夫打电话，第二天亲自跑到她家做动员，不管他们什么态度，我以无可商量的强硬态度替他们拍板，必须让孩子去上这个学，就是混，也要给我混下来。为了增强效果，我发动了母亲和姐姐轮番给他们一家做工作，我还亲自陪他们一家去铁路学校查看并报名。

　　鹏鹏已在社会上散养了两年，已会挣钱、交友，重新关进笼子里，野性难驯，很是不适应，几次三番闹着要退学，都被我们劝阻了。我还多次叮嘱儿子，多开导鹏鹏，把他当成自己的亲弟弟。每次打电话或去妹妹家时，我都不忘追问一句，鹏鹏踏实了吗？听到不好的消息，我的心里都是酸酸的，傻孩子啊，你什么时候才能懂得二姨的这片苦心呢？

　　渐渐地，好消息不断传来：鹏鹏考试成绩不错啊，鹏鹏当三好学生了，一个班就他一个，鹏鹏当班里的团支书了，鹏鹏在竞选学院的学生会主席……

　　悬了一年多的心，终于放下了。我把小外甥当成了自己的小儿子，喜欢他身上的真诚与淳朴，看到他就像看到妹妹那憨憨的童年。我从未给父母保证过什么，但我一直在努力当合格的老大姐，默默地扶助着爬坡的妹妹，愿她的家庭安康幸福，少一些辛劳。

　　鹏鹏终于长大了，真好啊，他和阳阳一样，是我的小儿子，都是我心爱的人。期望鹏鹏如愿以偿，成功当选学生会主席。我的父母是新中国第一批支援大西北的爱国者、勇敢者，做老胡家的孙儿或外孙，必须争气，一辈子不服输，做大写的人！

2019 年 12 月 1 日

守护苍生

　　青藏高原的玉树，三江之源，那是离太阳最近的地方。似乎得到了神的眷顾，这方水土多了灵性和神圣。圣洁的雪域高原上有一个叫才仁格加的才子，他是高原的雄鹰，与小麻雀结下奇异的不解之缘。

　　高原雄鹰有着矫健的双翼，翱翔于天地风云间，生出无尽的勇气和力量。天空有多大，他的世界就有多辽阔，他在苍穹盘旋，寻找着远古时的来路。他常孤立于山顶，俯瞰大地，芸芸众生的悲欢与苦痛令他牵肠挂肚。他多想敲千遍晨钟暮鼓惊醒世间名利客，诵万句经声佛号唤回苦海迷路人。

　　麻雀是人们最熟悉的小鸟，无论城市还是乡村，几乎随处可见。圆溜溜，胖乎乎，娇小机灵，叽叽喳喳，蹦蹦跳跳，稍有风吹草动，呼啦一声，没有了踪影。

　　没想到玉树禅古寺的格加师父也养了一群小麻雀，多的时候，遮天蔽日，甚是壮观。也不对，这群麻雀并不是格加师父私人豢养，师父心疼小麻雀在冰天雪地里无处觅食，于是，他每天早晨起来第一件事就是在院子里撒米喂食。最初是在自己卧室外的窗台上撒米，再到小院里，没想到小麻雀一传十，十传百，来觅食的越聚越多，后来从小院子里转移到庭院门口的草场上，一对对、一群群，成千上万的小麻雀汇聚到禅古寺，觅食闻经，不亦乐乎。

　　每天清早，格加师父一手提着米袋，一手用力撒米，天女散花一般把米均匀地撒到地面。小麻雀随着师父的手势起起落落，师父扬手，它们抖着翅膀飞起，又随着米粒落地。小麻雀越聚越多，随着米粒撒出的弧形列队啄食，仿佛有人喊着口令，"一二一"，众麻雀同进共退，动作整齐划一，煞是有趣。一群吃饱飞走，另一群又赶来，小麻雀如潮水般一波赶着一波。师父默念着佛

27

经，有节奏地撒米，小麻雀也随着节奏起起落落，就像一幕恢宏的大合唱，师父是总指挥，播撒着爱和智慧，收获着和谐与美好。

格加师父每天在佛学院教课，带学生编译经卷，设计建筑图纸，给弟子讲佛法，诵经，读书，思考，等等。师父每天的时间安排得满满当当，常常忙到深夜。可是，无论夜里多忙、多累，睡多晚，第二天都得起早。天蒙蒙亮，淘气的小麻雀没看到师父的影子，就会一队又一队飞到师父的窗前，用喙轻轻而又执着地叩击玻璃，笃笃笃……

"师父啊，快起床啊，小乖乖们要吃饭哟！"

"师父啊，赶快起床，早起三光，晚起三慌。"

"师父啊，早起的鸟儿有虫吃！"

小麻雀七嘴八舌地叫喊着，那期待的眼神，那深情的呼唤，催促着师父赶紧披上袈裟捧出粮米。

一天天，一月月，一年年，格加师父乐此不疲地喂养着小麻雀。小麻雀来了，走了，一代又一代，生生灭灭，一直热烈地眷恋着禅古寺佛学院，依恋着格加师父。格加从少年到不惑之年，成为老成持重的大法师，数不清他喂养了多少代小麻雀，但一直与这些高原小精灵和谐相处。

白天，格加师父看书诵经的时候，小麻雀收起顽皮的天性，闭紧小嘴巴，躲在屋檐或椽柱上，静静地听经悟道。小麻雀一天又一天听经，天长地久，经卷上的文字也化成米粒，被小麻雀吃进肚子里，消化吸收后化作爱的血液，变成智慧，又被小麻雀带到高原的每个角落。

青藏高原氧气稀薄，如果从内地突至高原，稍做运动就会有高原反应，头晕眼花。青藏高原的小麻雀是不是比平原的同类肺活量大呢？它们飞上飞下，会不会缺氧啊？高原的小麻雀叫得欢快，飞得疾速，没有丝毫的迟钝。一方水土养一方生灵，生在高原的小麻雀，定是有着博大的胸襟，飞多快多远都不会气喘吁吁。

格加师父喂小麻雀时，先用藏语念咒语和各种佛号，希望小鸟们听到佛号的呼唤之后在生命里种下一个善根。小麻雀歪着脑袋听着，似乎能听懂每一句藏语。你听，高原的小麻雀也是叽叽喳喳叫啊，只是声音似乎比平原的小麻雀叫得直爽高调，难道它们也会说藏语吗？

看似很平常的喂鸟行为，没想到意义深远呢。格加师父用佛法理念讲解了给小麻雀喂食的缘由。

如果种下相续善根，它们往生之后会有一个解脱的机会，这也是难得的佛缘啊。所以师父喂鸟时就念一些佛号或者咒语，然后朝米吹一口气，把佛的加持融入米中，小麻雀吃了米就会跟佛结缘。

格加师父童年时家里经济条件不错，每天吃饭时，他和妹妹总会在地上掉落一些馍馍渣或肉末，很是浪费。父亲总要批评他们俩："看你们吃得多浪费，掉的渣子能喂饱好几只麻雀呢。"他就好奇地问父亲："这么一点点小渣子，麻雀能吃饱吗？""小麻雀当然能吃饱，你们不能浪费粮食，那真的非常不好。我们家有家神，财有财神，灶有灶神，食物有食神等，各种神都有，不能浪费，不然神会怪罪呢。"从小受到父亲的严格教育，他和妹妹非常爱惜粮食，喜欢喂小麻雀。

师父喂鸟的时候，总是让它们吃得特别饱。高原的冬天是一片冰天雪地，最寒冷时能达到零下 30 多度，尺把深的积雪，很难找到食物，弄不好小麻雀会冻饿而死，所以师父就要多喂它们。夏天食物丰富，可师父依然坚持给小麻雀多喂食，并且每天都要起大早。原来师父是想让小麻雀吃饱之后，尽量少吃一点虫子，这样小麻雀往生之后就会少遭罪。怀着这样的目的，不管冬夏，他都给小麻雀喂得饱饱的，这是师父的一个心愿。

关于给小麻雀多喂食还有另一种说法。小麻雀身形小，胃口不大，吃不多，消化快，特别容易饿，饿急了就会不顾危险，饥不择食。藏族民间有一种说法：在烧得非常热的灶上，用热沙子炒青稞的时候，热气中夹杂着青稞诱人的香味，饥肠辘辘的小麻雀在一旁焦急等待，实在忍不住时，它们忘记了热锅的烫，就想冒险跳到热锅里面觅食。可怜的小麻雀，饥饿令它火中取栗啊！

还有这样的一个说法，格加师父喂小麻雀也是把功德回向众生。

在格加师父心里，众生平等，小麻雀和小昆虫都是生命，都需要人类的善待。师父性情温和，阳光、乐观、豁达，总是笑语盈盈，他的眼睛依然保持着清澈明亮，闪着智慧的光，那是因为他有一颗慈悲心啊。

格加师父乃高原的雄鹰，是藏地不可多得的人才。出家前，他是个品学兼优的阳光少年，如果坚持读书，定能叩开 985 大学的大门。可是他厌倦了每日在题海中拼杀，不想一辈子被名缰利锁困住。1998 年初中毕业后在家长的提倡下，他自愿来到玉树禅古寺剃度修行。他一步步成长，在寺院修行学习，他非常勤奋，无论诵经还是演奏法器，他学得又快又好。他的聪慧好学，很得师父赏识。别人需要六年才能学成的知识，他竟然用了不到一半的时间就掌握了，这使他从众多的小和尚中脱颖而出。

2010 年 4 月 14 日，玉树大地震，整个玉树城的建筑大多坍塌，他所在的禅古寺也在一瞬间成了废墟。一名远道而来传道授业的高僧在那次大地震中圆寂。到处是残垣断壁，到处是悲伤哭泣的百姓，那惨烈的画面深深地刺激了格加师父，更坚定了他留守高原为家乡出力的决心。

灾后重建的难题着实令人焦虑，为了完成重建青海禅古寺、佛学院等重大工程，寺院各方商议决定，培养自己的建筑设计师，选派佛学院的青年僧才到内地学习深造。格加师父获得报考北京师范大学的机会，并成功入学，经过历时三年半的学习，他以优异的成绩圆满毕业。2013 年格加再次考入北京理工大学建筑学院就读远程教育，获得了室内外设计师证书。他在校时已发表作品《玉树禅古寺创古仁波切行宫》《玉树地标建筑禅古百塔》。毕业时，同学们大多留在北京或上海等一线大都市开设计公司，老师和同学们也一再挽留，可是，他执意回到了禅古寺。格加师父的心魂在高原，他知道偏远的玉树能走出一个藏家建筑设计师非常不容易，大都市不缺人才，但玉树能培养出的建筑师凤毛麟角。家乡需要他，寺院需要他，禅古寺佛学院的孩子们也离不开他。

格加师父不负众望，终于回到了生养他的青藏高原，他的师父悬了多年的心终于放下。毕业后，格加师父迅速投入重建寺院、佛学院的工作中。格加师父的设计才华得到了施展，他废寝忘食地给寺院、店铺、民居等各种建筑设计图纸，尤其是无偿地给寺院建筑设计绘图。经过他的精心设计，青海省禅古寺重现昔日风姿。另外他还完成了仁青岭寺、曲冷寺、仲让寺、歇武多干寺佛学院、拉沃寺、河北白塔寺、玉树阿玛啦小区、诺布文德酒店、如意宾馆以及私家住宅等众多风格独特的藏建作品。如今，无论走到玉树什么地方，都能看到格加师父的杰作。

2015年8月寺庙重建开光后，格加师父从禅古寺佛学院圆满毕业，并获得"优秀敬业藏建创新者"称号。随后寺庙安排他到成都闭关中心做负责人，同时兼任佛学院助理，从事对外交往工作，他曾到马来西亚、新加坡、泰国、尼泊尔、日本等亚洲国家和中国内地、香港各地传法，并负责佛学院的藏汉语音、文字翻译等工作。2016年10月，格加师父加入中国民族建筑研究会、藏式建筑专委会，并成功取得资深会员证书。

2017年8月7日，在堪千创古仁波切的安排下，格加师父在禅古寺任佛学院教授，同年他前往欧洲四国交流建筑技艺，在德国包豪斯大学和柏林理工学院、奥地利维也纳、瑞士苏黎世等地学习和交流。2018年格加师父在中国民族建筑研究会年会上获得"中国民族建筑优秀藏建设计师"荣誉称号。

2019年8月20日，格加师父从玉树州佛学院圆满毕业，达到高等专科佛学学历水平。2020年8月，经堪千创古仁波切的安排，格加师父升座阿阇黎学位。

羽翼丰满的格加师父挥动强健的翅膀，从数千里之外的繁华大都市飞回了三江之源，回到离太阳最近的地方。每天，他带着一群小鹰练翱翔，喂养一群又一群的小麻雀，也许这些小麻雀前世就是高原的芸芸众生啊。真羡慕它们可以日日听经闻道，自由地享受高原的阳光。

格加师父在禅古寺佛学院教授学生们藏汉互译，主要是佛教方面的藏汉互译。个别学校开设了计算机班，他便为学生们讲授计算机、App应用和书籍排版，还教给学生建筑设计、平面设计、房屋设计等相关知识。师父学以致用，毫无保留地把自己学过的知识都传授给学生，尽心竭力教会他们每一门课程。

遥远的青藏高原，有一只雄鹰在云端翱翔，他的身后跟着一群雏鹰，白云之下，还有一队队小麻雀起起落落，他们衔着智慧和力量的种子，撒到哪里，哪里就会生长智慧与美好。

2021 年 1 月

从此天上有诗声

从此，天上有诗声，从此，人间再无大先生。

——题记

"最是人间留不住，朱颜辞镜花辞树。"一转眼，我参加河北省散文学会已快20年，学会里的大先生就像树上的果实，一个个熟透了，掉了下来；而我们也从昔日的意气风发到如今的满目沧桑。昨夜惊闻刘绍本老师仙逝，甚是悲伤。

如果没有特殊情况，我几乎每个散文年会都会参加，每次都能看到刘绍本老师。先生讲文学，谈笑风生，而且有真知灼见，让人非常受益。先生低调朴实，儒雅亲和，他是我尊敬和佩服的师长，他的音容笑貌犹在眼前。

我认识先生十多年，很喜欢与先生聊天，只是先生是大家，围在他身边的人太多，不好占他太多时间，再加上先生年岁太大，说话多易疲倦，我与先生更多是礼节性谈话。很想坐下来，向他请教写作，与他探讨文学，只是不忍心过多打扰，总觉得以后还有相聚的机会，哪知岁月无情，竟然冷酷地带走了先生。

清晨醒来，默默怀念着与大先生的过往，忍不住热泪滚滚，多好的人啊，就这么匆匆地走了，从此世间再也看不到先生，这个精神矍铄、谈笑风生的老师。

痛哉痛哉！我与先生话没说够，酒未喝透。先生生前是河北师大中文系教授、河北省散文学会副会长，多想做他真正的学生，哪怕是他的半个学生，跟随他畅游古今中外的文学之海，聆听他的教诲，只是缘分不够啊！读书时不努力，无缘考入他所在的大学，先生与我是云泥之别。我从事文学创作后，很想得到先生的指导，却又自感拙作水平太浅羞于启齿，一次次错过了向先生请教的机会，总以为来日方长，总想让先生等待我的成长。而今，我终于挺直腰板有底气捧出自己的作品，可是，先生却已离去。

小女子从事文学创作 20 余年，认识的文学大家不少，但真正令我敬佩的并不多，也许是我对老师太过挑剔，自己都有不少毛病，却期望老师人品与文品俱佳。

刘绍本老师是我敬重的大先生，也是我渴望拜为老师的第一人，只是感觉自己水平太低，不愿老师为难，一直羞于启齿。如今，老师已仙逝，我就大胆说出来，又何妨？

记得 20 岁那年，我参加河北省供销系统的业务培训活动，培训地点就在河北师大附近。5 月，一年中最美的月份，我在省里学习了一个月。每天课余，我都跑到河北师大去散步，哥哥高中的两个好友在这里读书，我来找他们玩。

每当走到文学院的大教室前，我都忍不住驻足，非常羡慕坐在课堂里的学子们，多少次梦到自己也坐在文学院的课堂里听课。我不知道那段时间绍本老师是否在这里上课，我是不是在窗外听过他的课。后来，得知他是河北师大的教授，我非常惊喜，却始终没有与他谈过这段往事。

多想，我在窗外听过绍本老师的文学课，也算他的半个学生，那样，我的青春将少了一份遗憾啊！

痛哉，痛哉，岁月无情催人老啊！是我的修行不够，是我的文学缘浅，今生无缘做先生的学生！

先生，能否告诉我：我可不可以做您的学生？先生！先生！先生，千声万声呼唤您，就让我今日一次喊个够吧。多想做您的学生，真正考到河北师大，多想做您最得意的学生啊！

从此，再也无缘喊您——绍本老师，我尊敬的大先生！

先生啊，先别走，先别走，听我说，听我唱。黄泉路远，喝碗热酒再走，就让我这个不是您学生的学生敬您三杯酒，不，三壶，不，我要把长江和黄河都搬来，我们痛饮啊，痛饮，饮下三年疫情带来的苦痛，饮下文学的千古伤与忧。

先生啊，先别走，待我轻诵大悲咒，待我催开千朵白荷，待我点亮万盏酥油灯，一路佛号，一路荷香，一路灯火，伴您远行！

从此，人间再无大先生，从此，天上有诗声！

先生啊，一路走好！走好！

2023 年 9 月 28 日

第二辑·那些地

炳灵寺问禅

微笑拈花，佛说两般世界。拨观照影，我怀一片冰心。

——题记

说到甘肃的石窟文化，人们首先会想到敦煌，想到壁画上神秘的飞天，却鲜有人知道在黄土高原的怀抱里，还有一个深藏的宝窟——炳灵寺石窟——被黄河与洮河日夜守护着，虽历经千年风霜，那姿态各异的佛造像，那奇美灵秀的壁画依然有呼吸、有脉搏，依然有着撼动人心的魅力。

炳灵寺藏在刘家峡水库的深处。水库别名炳灵湖，位于甘肃临夏州永靖县城西南，于 1958 年至 1974 年修建，是全部由中国自主设计、施工、建造的大型水电工程。水库库容量 57 亿立方米，是中国最大的高原人造湖之一。

深秋，我与朋友相约去炳灵寺寻禅。黄河，我终于揭开了你的神秘面纱，碧绿如绸的黄河水简直太让我惊讶，河水拥抱着沙石、水草、游鱼，清晰得就像玻璃隧道里的海底世界，如此清澈，美得都不像黄河了。河水莹润如碧玉，粼粼的波纹犹如玉石的纹理，随着晨风一圈圈荡漾开去，微微闪着银光，好似撒了满河的钻石。褐色的远山好似西部壮汉在掬水畅饮，近处的白杨、沙枣树、红柳倒映在玉镜里，似乎得到了佛的加持，油润的叶片上泛着一抹明亮的霞光。

时光的脚步在刘家峡突然停住了，一切都慢了下来。整天都在刘家峡水电站的游船上，悠闲自在地与碧波荡漾的黄河水深度缠绵，静谧又惬意。炳灵石林景区是一座天然的雕塑博物馆，集奇、秀、险等特点于一身，乘船游览，仿佛穿越了时空隧道，重逢了遗失在远古的岁月。石林三三两两簇拥在一起，如亲亲热热的母子，如甜甜蜜蜜的情人，如和和美美的家人，一处有一处的风景，一处有一处的别致，或苍老如耄耋老人，或俏皮如可爱的孩子，似动物的生动，又似植物的丰茂，有的啥都不像，却令人感动、亲切、舒服。这些石林在这里屹立了亿万年，旷古的寂寞被黄河水抚慰着，黄褐色的石林偎依着碧绿的河水，它们若即若离，是那么和谐，那么亲密，或许，前世，它们是恋人，却幻化成山与河，只能默默相守，却不能牵手。

炳灵寺是佛教圣地，地处丝绸之路陇右段南道，初建于十六国时期，最早叫"唐述窟"，是羌语"鬼窟"之意。在唐代称为"龙兴寺"，宋代称为"灵岩寺"。明永乐年后，取藏语"十万佛"之译音，名"炳灵寺"或"冰灵寺"。

炳灵寺石窟开创于西秦时期，因保存有国内石窟中已发现最早的纪年题记而闻名天下。炳灵寺分为上寺、下寺、洞沟三部分，石雕像、浮雕佛塔和密宗壁画艺术最有特色，现存有石雕造像 800 余尊，泥塑 82 尊，壁画 1000 多平方米。炳灵寺石窟与莫高窟、麦积山石窟齐名，历经西秦、北魏、北周、隋、唐、宋、元、明各代至今，已有 1600 多年历史。西秦建都临夏期间，国王御驾亲临石窟，在岩壁上挥毫题词，真迹至今保存完好。炳灵寺石窟开凿以来，对汉传佛教、净土宗、华严宗和禅宗的影响较大。

炳灵寺石窟还被誉为"中国石窟的百科全书"。北魏时期佛教盛行，正是鲜卑文化与汉文化的融合期。人们在洞窟里刻经、绘画、雕佛像，天长日久形成别具一格的石窟造像艺术。此后各个时期的佛教壁画和石雕在这里和谐共存，时代特征鲜明，风格各异，大多保存完好，精美绝伦的佛教文化艺术，令人叹为观止。炳灵寺见证了佛教在中国的兴衰，以及汉传佛教和藏传佛教两种艺术形式的更替与繁荣。

早期佛教雕塑艺术域外风格浓郁，北朝至唐，民族风格日益明显，唐代之后，又逐渐走向世俗化。早期的佛造像和人物绘画有着鲜明的犍陀罗风格，身穿希腊式的披袍，衣褶丰富，层层叠叠，人物身形高大，比例匀称，卷曲或螺髻发型，长圆的脸型，深邃立体的五官，表情沉静祥和，有明显的中亚人特征。北魏至北齐的佛造像依然保持游牧民族的干练和拘谨，身材健壮瘦削，有着曹衣出水的艺术风格，衣服大多贴在身上，面部表情比较严肃。这一时期的雕刻是大刀阔斧的，下笔大胆简洁，线条生硬有力。

隋唐是中国佛教的鼎盛时期。佛教艺术经过漫长的民族文化大融合，去其糟粕，提炼精华，技艺更加成熟，更加追求精美柔雅。这一时期的佛造像、塑像、雕像和画像，融合了中国的民族风格，开始走上独立的发展道路，融入了中国人的思想和生活。

元末明初，藏传佛教中的黄派（格鲁派）传入炳灵寺。炳灵寺石窟在传统民间艺术的基础上吸收并融合外来佛教艺术，以灵动的姿态、流畅的线条、简洁凝练的构图，创造出更加生动的雕塑形象和绘画艺术。

在炳灵寺欣赏精美绝伦的石雕艺术品，内心深处似乎开启了一扇窗，北魏、北齐、盛唐、明清等，这里汇聚了各个朝代的石雕佛像精品，令人惊叹。丝绸之路上的炳灵寺经历千百年的战火、人为破坏、自然的风蚀，美丽依然，神圣得让你的灵魂情不自禁地叩拜。如此巧夺天工的石窟艺术却深藏在群山与黄河的环抱里，在时光的深处寂寞着。

炳灵寺最有名的当数 171 窟，即大佛窟。高约 30 米的天然洞窟里，依山雕凿了一尊 27 米高的石胎泥塑弥勒大佛，庄严雄伟令人震撼，这也是世界排名第九的大佛，是石窟艺术的精品。我虔诚地凝视着大佛，缓缓靠近，巨佛庄严肃穆，正襟危坐，周身散发着一股王者的气势，但眉宇间却满含悲悯，注视着山崖下的众生。那目光如秋阳般温暖，如秋水般沉静，佛的目光有着抚慰人心的力量，与佛对视，蓦然间，幽闭的内心仿佛照进了一束光，红尘里淤积的愁怨似乎轻了许多。此刻的我，微若尘埃，纯如赤子，走在大佛的目光里，似乎完成了生命的吐故纳新，脉管里涌入了一种力量。我不知道自己的前世与佛有着怎样的渊源，但我能感觉到那种亲切与安适，也许，前世我就是佛前诵经的小沙弥呢。

炳灵寺还有一尊珍宝级的大佛——卧佛。在石窟群对面的睡佛殿内，长8.6米的泥塑卧佛是我国现存北魏时期唯一的卧佛，具有非常重要的研究价值。卧佛乃释迦牟尼涅槃佛像，大佛悠然侧卧在佛床上，脚踩木屐，头枕右手，宛如安详熟睡。卧佛旁有一个唐代侍女造像，圆润柔美的身姿，吴带当风的衣着，充分体现了盛唐风貌。这尊卧佛经历从北魏至今各个时期的风雨和战乱，见证了炳灵寺石窟的千年辉煌与衰落。

这尊卧佛原来在西岸窟群底部的卧佛院，修建刘家峡水库时，人们将卧佛进行了整体分割，搬迁到东岸的院落才终获安居。将卧佛切割搬迁对佛似乎有些大不敬，但是为了高原百姓而建造刘家峡水库，使众多生灵终于解决了吃水和灌溉的大难题，这一举措一定能得到佛的原谅。《地藏本愿经》中有句名言："我不下地狱，谁下地狱？"以人为本，关照苍生，这种经世济民的精神，在悠悠岁月里依然闪耀光芒，照亮灵魂。

炳灵寺的密宗壁画是佛教绘画艺术中不可多得的精品。炳灵寺的绘画主要体现在佛造像、壁画、窟顶等，壁画线条流畅圆润，笔触简洁干练有力，佛造像的头光、背光和衣着、饰品等绘画精美而韵味悠长，佛眼有光，衣袂带风，似乎能听到细微而匀称的呼吸呢。无论描线、勾勒，还是挑染、皴染，笔笔劲道，每一个线条都富有生机，有着穿透岁月的力量，带着我走向曾经的辉煌。

炳灵寺石窟画具有鲜明的地域特色，历经千年风霜，依然光鲜如初。中国古代佛教艺术的绘画颜料主要是就地取材的矿物和植物颜料，炳灵寺石窟画颜色以青色、苍绿、赭红、墨色为主，棕色所有原料为赭石，石青为金青石，石绿为绿松石，还有绿铜矿、雌黄、黄土、红土、朱砂等，这些原料中一些是祁连山地区自产的矿石，还有一些是沿着丝绸之路从中亚传入西域，再经过河西走廊传至内地的。

炳灵寺的壁画中最有名的是一幅大型的"佛祖说法图"。图中佛结跏趺坐于俯莲宝座，双手曲臂上扬正在给众弟子讲经说法。大佛的头光及背光饰有七组象征性的菩提树枝叶，神圣又灵动，莲花台下水波粼粼，似乎能感到智慧之水一波又一波涌入聆听者的耳中、心中，菩提叶和水波纹让肃穆的传教画面变得生动亲切。佛两侧的菩萨在拱手拜佛，他们听得入神，眉眼间带着会心一笑，似已顿悟。

最有趣的是菩萨右后方绘有飞天造型的天人，他们在迎佛飞舞。此时的飞天还是男性特征，只见他们身材健硕，头部绘有头光，项戴珠链，上身袒露，下身着淡青色丝绸长裙，双手恭敬地捧着供品，裙裾和飘带迎风飞扬，身躯弯曲，下身随风飞起，动作有些笨拙生硬。飞天是佛教艺术中最富表现力的形象之一，北周、隋唐洞窟中都有飞天造型，他们挥舞着长长的巾带，凌空飞舞，为肃穆的佛宫增添了些许神秘和活力。炳灵寺的这种"U"字形飞天造型与莫高窟石窟"V"字形的早期飞天极其相似，反映了佛教艺术在西部的传承与发展。

佛座前还绘有高鼻凹眼的胡人模样的拜佛者，具有浓郁的异国情调，由此可见炳灵寺当年的繁华，它以开放与包容的博大胸怀，把外来文化融会贯通，形成独特的艺术审美。炳灵寺壁画生动、立体、高雅且富有生机。壁画运用中原地区传统的线描法，用墨线勾勒，并与西域晕染等技法相结合，线条流畅奔放，挥洒自如，明暗对比强烈，色彩浓烈，却不艳俗。颜色以青色、墨绿、赭黄等为主色，深深浅浅、浓浓淡淡，或渐变，或对比，形成自己独特的色彩符号，有一种说不出的高雅与端庄，透着一种孤傲，一种穿透时光的力量。炳灵寺壁画的构图、用色等艺术风格与敦煌壁画非常接近，当代的舞蹈、服装、建筑和绘画都有所借鉴。最近几年，建筑、时装、家居用品等时常采用西部壁画的精美图案，尤其在时装设计上最为突出，壁画的花纹、颜色和构图与时装融合非常协调，在世界时装界引起轰动。由此可见，这个时期的艺术审美已达到后人难以企及的高度。

炳灵寺石窟的历代画工在承袭本民族传统艺术的基础上，不断吸收与融合外来的绘画技艺，以一种兼收并蓄的气度，用简洁明朗的手法，创作出了大量丰富生动的绘画珍品。石窟中的佛造像大多为石雕和泥塑，面部丰满圆润，有的是国字脸，唇薄耳小。菩萨的体形较为修长，衣饰宽松飘逸，裙褶匀称自然流畅，褶皱立体有序却不杂乱。佛造像既有北魏的秀骨清像，也有唐代的丰腴盈润，虽历经千年风霜，依然有着撼动人心的艺术魅力。佛造像、石雕和壁画等构成了炳灵寺石窟独特的艺术内涵，是黄河文化的艺术瑰宝，也是照亮中国传统文化殿堂的明珠。

天色已晚，我再次与大佛对视，他那沉静安适的神情如青碧的河水般漫过我的身心，红尘的疲惫与纠结瞬间荡去。我静静地注视着大佛嘴角上那一丝微笑，内心仿佛被熨烫过，安适平和，我似乎已寻到内心的禅静。

我常思考，为何古人能创造出无与伦比的艺术？我久久地坐在船边注视着滔滔的河水，这里是黄洮交汇处，浑黄的洮河从山涧奔流而来，与碧玉似的黄河相遇，昏黄和翠绿，浑浊与清透，对比强烈，泾渭分明，二者相依、相伴、相融，形成了一幅和谐壮美的巨画。太极图的设计是否源于古人从两河相交相融受到的启发呢？

在炳灵寺与佛对视，我想到一句佛家偈语："犹如莲花不着水，亦如日月不住空。"我似乎已理解古人为何具备卓越的艺术创造力，那是因为他们站在灵魂的巅峰俯瞰人世间，有一份海纳百川的博大胸怀、一颗禅静的心、一种悲悯苍生的情怀。

2024 年 6 月

走进玉树
——采访通天河流域古建筑手记

　　玉树，人间最后的一片净土。人们坐卧行走都在念佛，诵经声穿越久远的时光，遍地声声。走进神秘的玉树，在巴塘草原感受藏族同胞对生命、对亲情、对自然的热爱。

——题记

　　我曾两次深入玉树采访，2019 年 8 月 5 日—8 日中国古村落保护论坛暨玉树州第三届古村落保护学术研讨会在青海省玉树藏族自治州举办，我应邀参加了此次盛会。2020 年 7 月 13 日—26 日，应玉树州古建协会的邀请，我独自前往青藏高原西南部的玉树州考察通天河流域的藏式古建筑。在玉树的半个月，当地的朋友每天开车带着我沿着通天河采访藏家传统古村落，我痴痴地看着，拍照，记录着。我被这些藏式古建筑的古拙、坚固和美观折服，一边感叹藏族工匠精湛的技艺，一边想象着这里曾经的繁华。

　　藏族小伙求丁江措每天开车陪我翻山越岭，汽车顺着通天河走，山路狭窄又崎岖，多是铺满石子的土路。一边是山崖，一边是湍急的通天河，我一路紧张得手心都出汗了，一直紧紧抓着车把手。7 月是雨季，山崖上的泥土酥软，一直有塌方，一路上不是一般的惊险刺激。我在玉树写下的每段文字、拍下的每张古建筑照片真是来之不易。如果没有朋友的鼎力相助，没有我对古民居的酷爱，没有我的执着和顽强，就不会有这些有温度、有味道的文字和照片。

　　通天河位于青海省玉树藏族自治州境内，自长江正源当曲、西源沱沱河汇合点的治多县西部的囊极巴陇起，流经青海省治多县、曲麻莱县、称多县、玉树市 4 县市，至青海省玉树州的玉树市区结古镇西巴塘河口为止，以下始称金沙江。

玉树，三江之源，云之故乡，一个美得让人丢魂的地方，雄鹰在云际盘旋，寻找着先祖留下的足迹，山高耸入云，拥抱着碧野，水似银绸，在大地的怀里自在挥舞。无边无际的草原，仿佛是打翻的调色盘，各色的小野花夹杂在草丛里，顽皮地眨着眼睛，牛羊好似绣在碧毯上的花朵，走走停停，享受着草原的静美。草地翠色欲滴，犹如碧绿的河，缓缓流到云际。一顶顶黑色的牦牛帐篷散落其间，宛如天外飞来的陨石，稳稳地钉在了草原。黑帐篷，草原上不可或缺的家园，是一座座移动的古村落，草原有了它，才有了底气，有黑帐篷映衬着花草和牛羊，草原愈加生机勃勃。

深入玉树的藏族生活圈，这是一个友善、文明、智慧的民族，迎面走来的男女老少都面带微笑，暖暖的，就像邻居阿妈阿叔。早餐后，我顺着小河漫步，无意中走进一个寺院，我随着人流转经筒，多次与一个老人相遇，我们微笑着向彼此点头。老人叽里咕噜说着，我一句也听不懂，我问候老人，询问她的年岁，她也听不懂。虽然语言不通，但彼此的微笑已是无声的交流，我看出老人对我这个汉家女子的喜欢，老人也感知到我对她的尊重。

我喜欢融入藏族百姓中，了解他们的喜怒哀乐，用我手中的笔记录下平凡中的美好。

黑牦牛帐篷

玉树地区的牧民沿袭着祖祖辈辈逐水草而居的游牧生活，利用现成的牦牛资源，手工编织而成的黑牦牛帐篷美观又实用，结实轻薄便于收藏和携带，防风挡雨又保暖，非常适合青藏高原的牧民，是当地独有的一种原生态民居。黑牦牛帐篷蕴含着丰富的藏文化、人与自然和谐共处之道和绿色环保理念，它是藏族人民尊重自然、改善生活的智慧结晶，同时也蕴含着深厚的工匠精神和文化艺术价值。

这项巨无霸黑帐篷是用藏家传统手工技艺打造的，经100人通宵达旦加工，耗时两年，大约用了20万根条线才最终完成。步入帐篷，感觉新鲜有趣。黑帐篷犹如一张巨网，心底的浮躁似乎突然被滤去，清幽、静谧，似乎步入了深山古刹，在钢筋水泥里折叠的身心得到片刻的安适。帐内宽敞又明亮，用10根支柱撑起，牦牛毛搓捻而成的绳子结实有力地牵着帐子，帐顶的毡子白天卷起来，方便透气和照明。

文成公主庙

今天东颠西跑折腾了一天，收获蛮多。早餐后转了太阳湖酒店对面的寺院，匆匆忙忙，忘记问名字了。

上午花费一个半小时参观了玉树博物馆，赶在中午观摩藏家婚礼，邂逅了尕玛巴松小弟，虽不常联系，却依然亲切。我很是牵挂小弟的生活，得知他的母亲和妹妹生病住院，心里很难受，他那么小就要担负沉重的生存压力。

尼玛会长一直在忙，派自己小弟求丁开着车陪我走访。中午求丁小朋友陪我去吃饭，要了几个素菜，吃得可口。玉树的牛羊肉很香，无奈我胃口弱，吃了不好消化。

午饭后，求丁问我想去哪里。那就朝拜一下我的娘家人——汉家王妃文成公主，从她身上汲取促进民族团结的力量。了不起的汉家王妃，离别父母亲人，远嫁天边的吐蕃，唐蕃自此结为姻亲之好，200年间，凡新赞普即位，必请唐天子"册命"。

汽车轻快地奔驰在山谷里，山坡上碧草如毯，牦牛、小山羊自由自在地奔走着，吃几口，抬头仰望，似乎在沉思，真是有趣。渐渐地，山谷里的经幡多了起来，求丁说快到了，车转过弯，啊，漫山遍野都是各色的经幡迎风招展，从山脚到山顶，纵横交错，非常壮观。车刚停稳，我就抱着相机冲了出去，从各个角度观察拍摄。虽然是第二次来这里，依然感到很震撼。"这些都是藏民自己挂的经幡，两个山谷之间挂成了彩虹。今年春天，政府出面把旧的经幡都清理了，很快又挂满了。"求丁细致地给我讲解着。没想到藏民对文成公主如此热爱，他们自发地来朝拜，拜心中的女神，更像探望出嫁的女儿。我的心里对这里的百姓涌起深深的敬意。

白塔前，有四个年轻人在拍照，有个小妹妹主动说："姐，我给你拍一张。"没想到，藏族同胞如此热情，主动帮我，真是开心。于是，我也用单反相机给他们四个拍照，与他们合影，并约着他们一起去朝拜文成公主庙。我兴冲冲地带着他们朝求丁走来，告诉他我结识了四个藏族小朋友，小弟很惊讶。"姐，你真诚待人，换来真诚，人缘真好。"

在文成公主庙，我虔诚叩拜，心里默默祈祷。我点燃了一袋松香，又供了两盏酥油灯，小喇嘛帮我拍照，感觉神圣又新奇。

求丁带我去大堂旁边的山崖，哇，从崖脚到崖顶刻满了经文，只是年代久远，大多已模糊不清，有的竟然叠加雕刻，以前的摩崖石刻虽已斑驳，但依然能看到星星点点的藏文。在求丁的指点下，我看到了几尊雕刻的佛像。"姐，你不注重细节，你看这么多精美的雕刻，你却是匆匆忙忙地拍照。"

想不通后人为什么把古老的石刻盖住了，甚至是人为破坏。崖脚正在修路，一部分经文竟然被水泥盖住了。那些掩藏在水泥地面下的经文从此不见天日，它们会哭泣吗？这一整面的摩崖石刻年代久远，虽然字迹模糊，但那是珍贵的历史，是岁月的年轮，为什么不能好好去保护呢？

虽然我看不懂那些石刻，但我能感觉到一颗颗虔诚的心，那是有生命的文字，融入你的血脉里，让你获得生生不息的力量。多希望玉树的有识之士能把这些摩崖石刻记录下来，给后人留下一份不可估量的精神财富。

从文成公主庙出来，求丁带我去转山，他再三问我，身体能吃得消吗？今天过得很快乐，我觉得没问题，铆足了劲跟着他去爬山，哪知才走了不到20分钟便已气喘吁吁，坐下休息，看到山下经幡迎风招展，呼呼啦啦，好似在诵经，经声悠悠，敲打着心房，又像一把筛子，筛选着岁月里的珍宝和残渣。

也许是刚才爬山有点儿猛，眩晕、恶心，有点儿高反，差点儿呕吐。我忙问是否已走了一半，求丁说才走了四分之一。我在心里纠结着，来一次，不转山遗憾，但勉强支撑着爬山，万一闹高反，让朋友为难，如何把我扛下去？适可而止，是明智。于是，我们慢悠悠地下山了。

到了山下，求丁怕我遗憾，忙告诉我："姐，公主庙的旁边有个小山村，挺美的，要不咱们过去看看。"一听有藏家村落，我马上有了精神，忙赶过去。求丁带我去爬小村庄对面的山坡，站在半坡上不光能拍小山村，还能拍文成公主庙，一举两得，很好。还是小老弟懂我，每到一地，总要让我里里外外拍个够。

小村庄建在半坡上，很幽静，一共有 20 多户人家。遗憾的是，玉树大地震后这里房屋全部倒塌，现在的房子是灾后重建的，千篇一律，没有了从前的别具一格，没有了传统特色和文化价值，所以我们没进村庄拍摄。小山坡还有点儿海拔，我感觉眩晕，找了一块大石头坐下。

嘿，山泉在石头缝里涓涓流淌，不坐下来，根本不容易察觉。求丁用手掬起山泉慢慢啜饮，很是惬意，我怕山泉太凉，不敢品尝。坐下来，看着小溪在青草间游走，在我的鞋子边轻扣着，让山谷里的小风轻拂着脸颊，好惬意。突然间，有细雨飘来，高原的气候就是多变，刚才还艳阳高照，转眼飘来一朵雨云，落着牛毛般的太阳雨，烟雨朦胧，好美呀！

原计划再去看看旁边的禅古寺，与禅古寺的格加大师联系，他去西宁办事，明天回来。格加约我等他回来，陪我细致考察禅古寺。一直对藏传佛教文化很好奇，难得有机会细致考察，静等大师归来给我普及藏传佛教知识，省了以后写相关文章闹笑话，这也是我了解玉树传统文化的一个重要环节。

静品夕晖

夕阳西下，打道回府。求丁还有工作要处理，我约了几个熟悉的朋友晚上一起吃夜宵。尼玛帮我把房间调到阳面，有个小阳台，夕阳照满房间，就像洒了一层金辉，如此好光景，我怎么舍得放过。沏上一杯江南朋友送的明前茶，一个人一边饮着香茗，一边敲打着玉树之行的小游记。右边是云端的结古寺，左边是涛声阵阵的玉树河，不时有鸽子飞来，落在栏杆上，歪着脑袋打量我，不住地叽叽咕咕，嘿，难道玉树的鸽子也说藏语，让我听得一头雾水……

一壶热茶饮下，心里很是安适，思家的愁绪被茶带走。抬头看看山顶的结古寺，它也在默默地注视着我，或许，前世，我是佛前的一个小沙弥，只是前世缘浅，让我飘到了华北平原，化为多情的女子。或许，我依然带着前世的记忆，不然，为何总是寻寻觅觅。每到一处，我总想去寺院走走，听听晨钟暮鼓，呢喃的诵经声如春雨般抚慰着我那疲惫的心。

太阳就要落山了，气温下降到 18 度，虽然穿了毛背心和厚外套，依然寒气袭人。好吧，茶凉风冷，我也该回房间睡觉了。

忍不住，又望望远方的结古寺，再听听湍急的水流声，与小鸽子挥挥手，明天见哦！

云端的结古寺

结古寺位于玉树市结古镇东，以建筑宏伟、寺僧众多、文物丰富、名僧高徒众多而闻名遐迩。

每天推窗就能看到云端的结古寺，不去拜访，我怎能心安？上午让求丁把我送到结古寺金顶，就让他回去上班了。

这是我第三次来结古寺，每次的感觉都不一样。一个人顺着山墙慢悠悠地转着拍着，上层有个喇嘛在诵经，我们彼此微笑着招招手，就像熟人见面。昨天在文成公主庙，求丁告诉我，陌生人见面要微笑着打招呼是藏族的礼节，终于明白为什么在玉树迎面走来的男女老少都会朝我微笑。我围着山墙拍了一圈窗户，藏家的窗户外饰大多为上窄下宽的梯形，利于保温。里面的木窗框是长方形，内外窗框相映衬，稳重大气，且不单调。每个窗户的区别在窗帘，黑白相间的纹饰简洁又吉祥，图案各不相同，有大象、狮子等吉祥物。

转到上一层，又看到那个念经的师父，于是和他聊了几句。他的家就在附近的乡里，出家前已成家，有一双儿女，家人很支持他出家修行，他也经常回家看看亲人。他说出家修行让他学到很多道理，很珍惜现在的修行生活。看到他欣慰又沉静的面容，我的心里也感觉温暖，适合自己的生活才是最好的。

轻车熟路，没费多少力气，我就爬到金碧辉煌的大殿，大殿只在有重大佛事时才开放，到时有上千喇嘛在里面念经做法事，很是壮观，平时殿门紧锁。三个殿门为纯金包饰，镂雕、平雕、透雕、金丝镶嵌，充分体现了藏家精湛的手工技艺。殿门顶部的藻井和周边的墙上绘满了佛教典故的壁画，线条流畅，人物生动，靠近聆听，似乎能听到壁画上菩萨的呼吸声。

在大佛堂前遇到两个喇嘛，于是和他们攀谈起来，其中一个喇嘛叫克用帮巴，14 岁出家，在结古寺已修行了近 30 年，家里的亲人已去世，寺院就是他的家，每天和师兄弟们在一起读经、禅修，生活很充实。修行的 30 年中，他对世界的认知有了很大变化，懂得不少的道理，他很知足。

在一处小角楼前，我停住了脚步。昨天在文成公主庙，我发现在大堂顶部镶嵌了一层码放整齐的灌木枝，我跳起来触摸了一下灌木枝，与一般的小灌木枝没多大区别。我抱着相机围着墙角左拍右拍，一个转山的老人看我对这个灌木层如此好奇，就主动给我讲解。这是藏族传统建筑工艺，这个构件叫波勒尕丛，灌木叫波勒，上下两层的空心挡板叫尕丛。波勒的主要材料是一种小灌木，俗名叫香柴，生火做饭用，燃烧时有香味。还有一种是做扫把的灌木，也是自带香味。小灌木枝条柔韧坚实，截成尺来长，最早用手指粗的泡湿的柔韧的牛皮绳捆绑成手腕粗细，朝外那头要砍齐，并用火烤黑。一是颜色一致美观，二是可防蛀和驱潮。灌木捆成的小把朝里的那头是参差不齐的，被石头压实，更坚固。

据当地的老人分析，波勒尕丛有类似空调的调温作用，冬暖夏凉，人在大堂里透气又舒适。看似简单的灌木丛搭建，每一步都很烦琐，尤其是朝外的那头无论在什么位置观察都必须在一个水平面上。老人告诉我，玉树大地震时，结古寺许多殿堂倒塌，我看到的这个角楼是古老的，至少有数百年的历史，上面的波勒尕丛依然密实又坚固，寺院装修时已被涂成黑褐色，却有着沉香木般的古朴和典雅。

老人指着高处的金顶主殿，问我那层黑褐色与这个角楼的波勒尕丛有什么不同。我仔细看了一下，那还用说吗？除去颜色一致，统一刷漆，主殿顶部没有丝毫质感，那只是水泥墙面刷了一层黑褐色的油漆，是伪装的"波勒尕丛"。

我说："是波勒尕丛的传统技艺太难掌握吧？难道技艺失传了？"老人连连叹息："不是啊，是建筑商胆子太大，连佛祖也敢糊弄，这是偷工减料！"老人又把我带到一个小殿堂前，指给我看顶部的波勒尕丛，嘿，这个虽然没有用水泥糊弄，但技艺太拙劣，许多灌木枝已剥落，波勒的墙面参差不齐，就像被狗啃过，实在难看。从掉落的灌木枝的截面看，灌木枝截得很短，也不用泡湿的牛皮绳捆绑，用铁丝多方便，所以才短短几年工夫，已损坏得面目全非。

"唉！"老人不住地叹息着，老人就在结古寺的山下住，每天早晨都要上寺院来转山转佛塔，每天就喜欢看那几处老佛堂，摸摸土山墙，才感到踏实。也许是老人太完美主义，忍不得半点瑕疵，才如此执着地坚守着藏家传统文化。仅从这一个波勒尕丛，可知要坚守工匠心有多难？从灌木层的砍截，到泡湿牛皮绳捆绑，层层工艺很是费功费料又烦琐，用铁丝取代泡湿的牛皮绳，省事又便宜，藏在里面，外行人怎会知道？只是他们忘记了菩萨在高处看着呢，岁月这双锋利的眼睛谁也躲不过。

　　老人看我对藏家传统古建筑很是痴迷，又带着我去东部最高的一处殿堂，他说那个殿堂虽然也是灾后重建的，因为工匠们严格按照藏家的传统工艺建造，有专业匠人监工，所以这个殿堂的波勒尕丛精美又结实，丝毫不输于古代。我盯着佛堂的大门，不住地请教老人家门框上的花纹。那一朵又一朵的连续花朵叫"白马"，就是汉语里的莲花。那一串串由 10 个小菱形方块组成呈正倒三角形、两两尖部相对的图案叫"千造"（待考证），一层一层堆积起来，就像码放的经卷。我猜那象征着福报和财富的堆积，有吉祥美好的寓意。

　　我和老人细致地分析了门框上的纹饰，我又来了精神，在老人的引导下，我们慢慢向高处爬去。老人看我气喘吁吁，知道我昨天爬山有点儿高反，不忍我走弯路，每到拐角，他都让我原地等待，他走过去看一下此路是否通。如此反复，我们终于爬到高处的一个经堂，经堂正在装修不开放，门口有个小喇嘛，老人走过去用藏语和小喇嘛聊天，告诉他，我是来自河北的作家，专门来考察玉树的传统文化，尤其是古建筑。老人的话打动了小喇嘛，他忙找来钥匙打开大门。老人告诉我要去帽脱鞋，进了经堂要磕长头叩拜，老人给我示范，双手合十举过头顶，再回到脸部，最后落下来，然后双手掌心向上，慢慢匍匐在地上，五体投地磕头，如此反复三次。我学着老人的样子磕了三个长头，那一刻，感觉很安适，就像躺在母亲的怀抱里。

　　磕完长头，老人和小喇嘛聊天，我抱着相机慢慢浏览壁画。墙壁上画着释迦牟尼出生、菩提树下悟道、普度众生、涅槃的故事，画风简洁优雅，人物面部表情丰富，惟妙惟肖。小喇嘛又指向一处壁门，里面放着珍贵的唐卡，不想坏了规矩，我按捺住好奇心，学着老人朝着唐卡三叩首。出了经堂，老人指着前方的一个巨大的莲花宝座问我还想不想爬上去看看。我想，那么远都来了，老人都不怕累，我咬咬牙也要坚持登顶。这个牙真不好咬，到顶部有五层楼那么高，我低着头慢慢踱步，走十步歇一下，老人在后面步步紧跟，说道："一看你就是坐办公室的，爬这个小山就喘成风箱。"

　　在老人的鼓励下，我终于登顶了。老人已是古稀之年，和我爬一样的山，面不改色心不跳，真不简单。我们围着莲花宝座走了一圈，老人说这个宝座上以前有个巨大的释迦牟尼佛像，俯瞰玉树城，佑护着这方百姓，由于在室外超高，政府让喇嘛用布幔围了起来。

老人带着我转到后山，他说他几乎每天都从后山顺着羊肠小路爬到这里，坐在那块石头上默默念经，山风挟着经声飘远，很是惬意，有时一坐就是大半天，静静回忆半生的过往。原来老人在玉树的政府部门工作，他读过大学，汉语就是在大学里学习的，虽然不是很标准，但足够交流。下山时，我们聊着当前的教育，聊着传统文化的缺失。没想到在异乡竟然遇到一个有文化的藏家老人，真是幸运。

我们又走到那处经堂的山顶，老人指着波勒尕丛告诉我，他每天都坐在这里看工匠们做波勒尕丛，每个环节他都看得清清楚楚，他们完全按照传统工艺建造，所以同样是灾后重建，这座佛堂的波勒尕丛最接近古老的模样，毛茸茸的切面有着金丝绒的质感和光泽。"叔叔，做波勒的灌木随处可见，老百姓可以建波勒尕丛吗？""那不行，传统建筑等级森严，波勒尕丛和千造是寺院专用。就像你们汉家古代百姓如果穿龙袍，用黄色装饰，那是要砍头的。"

我和老人聊着天，慢慢往下走。快到停车的地方，我问老人如果走路下山需要多久？老人告诉我大概要20分钟，我真没有走路下山的勇气了，很怕有高反，后面哪里都去不了。正要给求丁打电话让他来接我，突然看到一个父亲带着儿子在发动车，于是，我敲敲窗户，顺利搭上了车。司机很热情，他那五岁的儿子也很懂礼貌，我们说说笑笑已到山下，我挥手告别这对父子，背起小包美滋滋地朝酒店走去。

吃饭时，我给求丁小朋友讲了在结古寺的奇遇，小弟说我的运气真好，在对的时间遇到对的人，求得想要的答案，这是菩萨在帮我，真不是一般的幸运啊！

举杯邀明月

也许是因为白天喋喋不休说话太多，有点儿伤元气，回到酒店后我懒洋洋地连水都懒得喝，一直昏昏沉沉地睡着。

原本约好晚上和几个朋友吃饭，尼玛有事在外面赶不回来，我就给求丁小朋友打电话，说自己一点儿都不饿，不去吃饭了。哪知求丁给我买了一大盒牦牛酸奶，足有一斤呢，他请服务员帮着送到房间。我拿到酸奶很是开心，立马有了食欲，只是我左弄弄右掰掰，就是打不开。

昨天把自己锁在阳台上，硬着头皮掰开了锁，却折断了两枚指甲。如今不敢再盲干，想起给我送酸奶的康巴小伙子，赶紧给前台打电话，不一会儿小伙子来了，就是前天晚上帮我修窗户的那个帅哥，第三次见面，似乎有点儿熟悉了，他拿出小刀三下两下就打开了，我却发现没有小勺子。小伙子说："姐，别急，我下去给你找一个勺子。"很快，他给我送上一次性的小勺子。那么多酸奶，吃不完肯定要坏了，我要倒给他一些。他微笑着说："没事儿，姐，你房间里有小冰箱，我给你弄好，冷藏了，明天接着吃。"

小伙子手脚利索地帮我整好冰箱，然后挥挥手走了，我捧着用小茶碗装的酸奶坐在阳台前，举杯邀明月，与我共品玉树藏家秘制酸奶。远处灯火辉煌的结古寺是那么近，那么清晰，感觉好温暖。

今夜，在冰冷的异乡，我却感觉到被阳光拥抱的温暖。真是幸运，无论我走到哪里，总有真诚的朋友相助。被佛光照拂的地方，定是人间圣地。

饮茶读卷品藏粑

今天的玉树天气阴沉，适合坐在屋里喝茶看书。9点就来到尼玛的办公室，他们去忙工作，我自己抱着一堆藏式古民居方面的书查阅。安静地坐在沙发上，饮着茶，翻着书，不知不觉读了两本甘孜州藏家传统建筑的论文集和一本《中国西部甘孜州藏族民居》。这些传统藏式建筑论文对我来说很实用，对于我今后撰写玉树古建筑方面的文章可以起到事半功倍的作用。

中午求丁带我去吃藏餐，给我点了一份青稞藏粑。第一次吃藏粑，我想用勺子挖着吃，把求丁小弟乐得不行，他说，别人看到我用勺子挖着吃，会笑掉大牙的。好吧，我学着求丁的样子，用手把青稞面捏成饺子，蘸着白糖吃，嘿，不错，有点儿意思，只是没吃几口就饱了，剩了那么多，浪费了，真是不好意思。

唐达村的石磨坊

仲达乡的唐达村在一片比较开阔的山坳里，依山傍水，一条小河在村边静静流淌，河上有一串古磨坊。经过这些古磨坊时，我特意停留细致考察。这些石磨都在百年以上，建在小河上，一串七座，以水为动力，至今，村民依然在使用。

这些古磨古老而又年轻，由此可窥知当年这个村子的生活。古磨坊依然在使用，这些石磨有生命，有呼吸，有情感，虽然村里也有机磨，但是村里的老人依然喜欢用老石磨磨面，老人们在这里一边干活，一边聊天，在劳动中交流着生活的苦辣酸甜。

当今社会科技发展太快，人们步履匆匆，忙着打拼，忙着生，忙着死，忙着赶路，有多少人还有闲心过慢生活，边行走边感悟，体会生的意义。

我喜欢行走在古村落，细细聆听古建筑里蕴藏的生命密码。那时，感觉自己还是个小孩子，跟跟跄跄地走着，一切都是初始，那么好，那么美！

拉布乡

拉布乡的房子全部为石头房，各家的房子风格各异，就像精美的艺术品，最了不起的是村子里出了 50 多个大学生！

拉布寺在拉布乡的拉司通村，古香古色的石路、石片房、石走廊，行走其间好似穿越到远古。这里的建筑为典型的传统藏式建筑，一街一特色，一户一式样，美观、大方又实用。在街巷行走拍照，邂逅两家人正在盖房，院墙依然采用传统的夯土修建，只是没能看到藏族传统的夯歌表演。走到一户木匠家，男主人正在打制藏式家具，电钻声声，锯末纷飞，工匠神情专注地打磨着。渐渐地，一块普普通通的木板在他的手里变成了灵动的木塔，上面雕刻的花纹栩栩如生。

拉布寺，藏语称"嘎登郭囊谢舟派吉楞"，意为"具喜显密讲修兴旺洲"，属于格鲁教派，位于县治南 20 公里处，在今拉布乡拉司通（亦名拉莎梅朵塘）学群沟口的嘉日僧格昂却山（狮子跃空山）山麓。沟脑有格拉山，寺后有叶热公嘉山，寺前有玛嘉山，均为该寺神山。

拉布寺高大的藏式建筑，如教室、佛堂、院墙、白塔等非常有艺术特色，高大、华美又壮观，外墙、窗户、屋檐、椽柱等构件上绘有精美的藏族传统花纹，线条流畅灵动，用色大胆又华贵，洁白的山墙、黑色的窗框、橘红的木窗、白色的窗棂、翠绿的窗沿、金粉粉刷的飞檐艳丽夺目，晶亮的玻璃反映着湛蓝的天空。身着酒红色禅袍的小喇嘛三三两两在楼前论经，那画面就像一帧动人的高原油画。

在青藏高原，邂逅一群正值芳华之年的小和尚，他们纯净的眼神就像高原的蓝天、高原的湖水，灿烂的笑容就像高原的阳光，那么纯，那么暖。我与他们简单地聊了几句，了解了一下寺院生活，感觉他们依然有颗童心，热爱生活，与人为善，让人敬重。

深入街巷，对这个民族有了更多欣赏与敬佩。藏族有着深厚的文化底蕴，他们的信仰、生活理念与审美有很多都值得人们借鉴。

考察古村落

今天求丁带我考察了大通河畔的七处古迹，其中古桥两座——查同桥和英群桥，古村落有六处，分别是查同村、结拉村、拉则村、英达村、吾云达村、卓木齐村。

查同桥，东西走向，横跨益曲河，两边栏杆上有六个长方体木柱子，横栏与木柱用牛皮绳捆绑，桥面两头由圆木柱横排铺成，桥东头有48根，西头有41根，桥面中间并排着16块一尺多宽的独木板。原木上钉有轮胎皮，桥面两边摆着红色玛尼石，如脚印大小。栏杆为两层原木横着连接，与中间竖着的长木柱通过榫卯结构固定，每边共有七组栏杆，中间用牛皮绳上下捆绑，增强桥栏的坚固度和稳定性。

桥墩下竖着八根立柱挺着片石墙，立柱间隔约一米，桥墩下三个立柱离得近，包住片石墙的一个边角。片石墙用麻石、条石和小片石垒砌，中间横担着四方条木，增强片石墙的坚固和稳定性。

两端为比火车枕木粗壮的木桩相对着排列，最底层是六根，不算桥面五层，每层木柱中间用小圆木棍间隔，便于透气和稳固，外面用两尺多长的木棍十字加固。

查同村依山靠水，一半建在益曲河畔，地势较为平坦，民居多为石头平房的套院，院子比较大；村子另一半建在山坡上，房子是三层的小碉楼，全部向阳，形似吊脚楼，房屋紧凑、精致，错落有致。

结拉村，建在河畔的老房子在地震中坍塌严重，基本上都废弃了，一半建在山坡上的房子损毁不严重，依然有老人居住。在村子的中心位置有一座白塔，高大挺拔，有100多年的历史。

拉则村被两条河合抱，村里有两条街，街道整齐，房屋规整，多为两三层小楼，精巧美观，独门独院，院子里种花种菜，很有情调。村民以养牛和种地为生，生活较为富裕，几乎家家都有汽车或摩托车。

英达村，建在英群河两岸，外观为古堡式设计，石片房向中心围抱，多为套间，最多的达到八间，三层，有的达到四层，右岸为平地，房屋间量较大，损毁最严重，只剩个别房山挺立。房子主要由青石板和麻石板搭建，靠近河边的房子外墙上糊了一层黄土。右岸建筑群上方的山崖上，建有一座小碉楼，用于瞭望和警戒，年久失修，只剩半面石墙与英群河对岸山崖上的那个小碉楼遥遥相望。这些古建筑如今已成废墟，但从依然挺立的残垣断壁中可知这片古建的辉煌。

而今，这里弥漫着一种痛，无以言说。屋顶坍塌，墙壁摇摇欲坠，荒草丛生，我在蝎子草中钻出钻进，手臂、脚腕，甚至胸口被蜇了七八处，却依然乐此不疲地盯着遗址拍摄。哎，为什么英达村像谜一样吸引了我，让我忘记了一切跌入它的往事里？

英群桥左侧的崖坡上建了一个四方角的小石塔，石塔附近的山崖上刻有经文。英群河左岸的山崖上建有数套石屋，鸟巢般匀居山崖，疏密有致，石屋大部分屋顶已坍塌，只有两处房子屋檐完好。英达村的古建筑依山傍水分建英群河两岸，易守难攻，有着天然的防御优势，石片屋精巧别致，只是已全部坍塌废弃，成为一片废墟，村民早已搬迁到别处居住。

右岸房屋脚下，有一处较大的玛尼堆，经幡迎风招展，给英达村带来些许生机。玛尼堆的脚下建有木石结构的古桥，古桥有百年历史，桥墩、桥面依然完好，只是少有人行走。古桥旁边建了一座水泥石板桥，供人们行走。

吾云达村，建在通天河南岸的山崖上，村子里房屋和英达村的古建筑风格相似，每家都是别墅似的三四层小楼，独门独院，全部是石头屋，房山有四层楼那么高。各家相依而建，随着山势如蜂房般有序排列。

村中间有一组用灰石板打磨的古佛塔，边缘圆润，线条流畅，是非常珍贵的文物。每年吾云达村都要举办盛大的泼水节，引来众多游客前来参与。

卓木齐村，建在通天河北岸的山崖上，分为三部分，中间有两条街道，全部为石片屋，外墙涂有黄泥，每家都是精巧的三层小楼，藏式雕窗，有小院。村子最南端是一座古老的佛堂，佛堂西部有一组白塔，佛堂的墙壁上绘有精美的佛像壁画，据说有 800 年的历史，壁画已斑驳，"文革"时村民为了保护壁画，用黄泥糊住，后来请专家把外屋壁画修复了一部分，里屋的却无法复原，真是遗憾。卓木齐村每年都举行糌粑节，不光全村参与，周边村民以及外地游客也前来观赏，非常壮观。

从早晨 8 点开始，我们沿着大通河马不停蹄地行走，终于完成了采访任务，等回到玉树市区，已是华灯初上，今天的收获蛮大，累也值得。暂时记下一路的行走，谁让我属鱼，只有七秒记忆。

困　惑

最近在青海省玉树州采访古村落，发现通天河畔的两个藏族古村庄的名字很像蒙古族名字——"吾云达村""卓木齐村"，询问当地人，也说不出所以然。我查阅了历史，只查到蒙古族和硕部曾经在这里屯兵。吾云达村有过泼水节的传统，卓木齐村有过糌粑节的习俗。这两个村庄和蒙古族真的有渊源吗？

昨天考察禅古寺佛学院，听大师讲禅古寺的前世今生，以及佛教与人生、与世界的重要意义，观摩小和尚们上课、诵经、品斋饭、施舍、辩经。拜了一个藏家师父，师父给我取了一个美丽的藏家名字"央金卓玛"，好喜欢。体验半日的僧侣生活，收获蛮大。

我在巴塘草原感受藏族同胞对生命、对亲情、对自然的热爱。一对对情侣、一家家男女老少在巴塘草原上静静享受盛夏的美好时光。

走进神秘的玉树，每天都有新的收获，一切都是最好的安排。

郭吾村

郭吾村依傍拉曲河修建，在两山之间。在山包上有一座蒙古包似的藏族碉楼古城堡，风格独特，易守难攻，非常有创意。

这里的古民居全部用大岩石上散落的小石块砌成，大大小小一层层垒砌组合，石片间严丝合缝，和谐美观又结实。每一块石片都像有呼吸、有思想一样，大大小小、高矮胖瘦、或圆或方亲亲热热聚在一起，就像和和美美的一家人。

石片房坚固耐用，一套房子住了几代人，现在依然有烟火气息。石片房冬暖夏凉，内墙涂着厚厚的黄泥和白灰，住在里面很是安适，如今这种接地气的石头建筑在城里很少看到，建造这种石片房需要极大的耐心、细心和恒心。这是从前的一种慢生活，从选址到选石片，都需要用心、用情。在藏民心里，垒墙建房也是一种修行，一粒石片一句经，一面山墙一卷经书，要用虔诚的心来修建安放身心的家园，不能有丝毫的马虎。

行走在青藏高原的古村落，见到的每一处寺院和宅院都精美别致，一砖一石、一木一瓦、一画一符都在向我争相诉说高原前世的辉煌与今生的美丽。

吉吾村

吉吾村古民居全部为石片碉楼，两层小别墅，石头院墙，两层楼之间有小瞭望口，四个方向都有，方便人们传话沟通。

二楼的窗户是包角玻璃窗，我采访的这家的二楼主要供家中长者在这里念经修行。坐在屋里能看到大门和院子，如果有客来访，长者可以随时了解，自己决定是否下楼见客。这里没有外人的打扰，很是安静，利于修行。

两栋独立的碉楼外墙却是相连的，外墙上涂抹着黄泥。墙上散布着透气口和瞭望窗。房子东部有一棵小叶杨，一尺来粗，树边又加固了一道半墙，树木在玉树非常金贵，需要重点保护。高原的冬天非常寒冷，一般的树木大多熬不过严寒。再有，玉树牧区多畜牧，树木容易遭到牲畜啃食，在牧区见到枝繁叶茂的大树非常难得。

碉楼山墙背后是山崖，下面是通天河。吉吾村碉楼的选址非常用心，依山傍水、易守难攻、生活方便，足见祖辈的眼光和智慧。

草原深处的格桑花

下午请朋友求丁江措陪我去看望在结古寺尼姑院修行的卓玛小妹妹。汽车在巴塘草原上奔驰，路边野花丛丛，溪流潺潺，真是修行的好地方。

卓玛修行的寺院建在半山坡上，穿过绿毯似的草原，就到了尼姑庵。首先映入眼帘的是一组秀气挺拔的小白塔，就像在这里修行的纯洁美好的女子。有300多名尼姑在这里修行，一排排依山而建的整齐的两层小楼是她们的寝室，全部由自己的家人亲自修建，卓玛自己住，虽然小楼清静利于修行，但花季的女孩子独居于此未免太孤寂了。

去年，我来玉树参加全国古村落保护会议，在新寨嘉那玛尼石经城的佛堂里供酥油灯时与卓玛相识，后来我们偶有联系，她做慈善时，我只要方便就支持一下。一年未见，卓玛依然那么清秀美丽。我们在她的寝室聊天，也许是和我熟悉了，她比去年善谈了，不再那么拘谨，看到我来看她，非常高兴。我询问她出家前后的想法，没想到她那么坚强豁达，一心向佛，把红尘的纷纷扰扰全部放下。看到卓玛很坦然地面对生老病死，抵抗住感情的诱惑，我在心里暗暗敬佩，这个孩子真了不起。

我们聊了一个小时，本想去佛堂供佛，哪知管钥匙的尼姑出去了，也好，下次再来拜佛。我们恋恋不舍地告别，车开出很远了，我看到卓玛还在那里站着……

路上，我和求丁聊起卓玛，他也很佩服卓玛的决心，她从16岁出家，一直坚定不移地修行，真是了不起。当我和卓玛聊到天葬，她很坦诚地说她经历过，和尚处理逝者，她们一帮尼姑在旁边念经超度，第一次感觉恐惧，吃饭没有胃口，第二次没有感觉，已经可以很平静地对待生死。她说如果和尚没有来，就要尼姑来处理逝者。哎，我不敢想下去……

卓玛和她的师兄弟们在草原深处静静修行，就像草原上的格桑花，寂寞开放，静静凋谢，没有人看到她们的美丽，她们却无怨无悔，真是了不起！

卓玛小妹妹，照顾好自己，明年草原上格桑花盛开的时候，我再来看你。

翻山越岭访古寨

今天走访了一个渡口和五个古村落：增达村、兰达村、吉吾村、藏娘八寨、仲达村。

过了通天河大桥，再走 17 里就到了藏娘村，由于洪水冲毁了通天河大桥的一个桥墩，大桥成了危桥，不能通行，只能翻一座山才能继续走访古村落。一路翻山越岭，盘上去又翻下来，都是土路，尘土飞扬，脸上、嘴里，都是灰尘。路的一边是悬崖，下面是通天河，心一直提到嗓子眼儿。还好，一路顺利，看到藏娘八寨、仲达乡增达村那些风格独特的古建筑，竟然忘记了一路的辛劳。

藏娘佛塔在玉树非常有名，玉树老百姓都信奉这个佛塔。我绕佛塔走了一圈，在经堂叩了三个长头，这是昨天才和师父学的。小和尚送我一小袋佛头土，让我拿回家供起来，哪知放在口袋里的佛土在山顶竟然不小心撒了一些，哎，太大意了，还是与佛缘浅。我和小师父聊了几句，他竟然认识我师父，师父名气大，做徒弟的我以后可不能随意说师父的名字了，万一我不注意小节失礼了，丢师父的脸咋办？

这些古宅大多已人去楼空，废弃了，屋舍庭院到处荒草丛生，为了拍得仔细，我硬着头皮在荒草里钻进钻出，脚腕、手腕多处被蛇蝎草扎伤，火烧火燎。哎，这些古建筑挺有脾气，是嫌我来晚了吗？千里迢迢奔到青藏高原，只为心中的梦想，苦也罢，累也罢，只要有意义，就值得。

益曲河畔，青海隆宝国家级自然保护区静美如画。起伏的群山，绿毯似的草原，柔婉的小河，唧唧啾啾的鸟鸣，还有湿地上闪闪烁烁的小水泡，宛如仙境啊！

今天的采访安排得满满当当，终于回到酒店。太累了，一头倒在沙发上就不想动了，可是肚子叽里咕噜，哎，麻烦！

太阳上墙，小孩找娘。哎，想家了，想家了……

尕哇兰达仓百长碉楼

尕哇兰达仓位于玉树著名的尕白塔东侧。"尕哇"是藏族最早的四大种姓之一，"兰达"即拉布沟口之意。尕哇兰达"百长"是结古扎吾百户下辖的百长之一，管辖尕白塔及古渡口长江两岸的"三寺八庄"（三寺即土登寺、宗郭寺、唐龙寺，八庄为兰达、仲达、唐达、拉索、东科、让那、麦思、唐龙）。

尕哇兰达仓至少已有 2500 多年历史，拉布河北有一座雄伟壮观的碉楼，约是公元 1736 年百长文斗加保时期所建，是称多县境内唯一一座保存完整的百长碉楼。

碉楼为藏族传统样式，呈下部宽、上面收的梯形，就像分腿站立的人，符合力学原理，稳固又美观。玉树大地震时，碉楼把地震产生的冲击力分解了，楼体竟然毫发无伤，堪称奇迹。碉楼为青石片垒砌，外墙涂了一层黄泥，起到防风保温的效果。室内光线昏暗，共三层，第一层用于饲养牲畜和存储粮食，木制楼梯旁边有牛皮绳做扶手。第二层用于居住，房间多，功能齐全，有小佛堂、厨房、主卧、侧卧和客房、厕所，虽然间量比较小，但空间设计合理紧凑，采光好，一点儿也不觉得狭窄和拥挤。第三层主要用来晾晒粮食，还有一个隐蔽的小佛堂，供喜欢清静的老人在这里念经修行。小屋南窗和北窗各有两个隐蔽的瞭望口，正好直对前后大门，可以随时观察前后大门的动静，有客人来访，如果是重要的人就下去见见，若是无关紧要的就关上窗户接着念经。万一有土匪来袭，瞭望口下边有射击口，正好瞄准前后大门，让匪徒还没迈进大门就已毙命。

瞭望窗、水道、雪道、牛皮桶、象牙秤等，碉楼里许多古老而精美的建筑构件和生活用品非常值得考察研究。

远方的温暖

今天的玉树细雨绵绵，我安静地坐在房间里整理这几天走访通天河流域收集的古民居资料。成都的朋友很关心我的玉树之行，总怕我难以适应青藏高原的气候，担心我身在异地他乡，举目无亲，可怜兮兮……

朋友总怕我寂寞，得知今天玉树有雨，我被困在酒店，便找到发小——兰州大学的周教授，询问玉树是否有朋友可以多陪陪我。朋友觉得甘肃和青海是邻省，文化界应该有交集。周教授很认真，很快联系了西北民族大学的才让多杰教授，多杰教授又联系了玉树古建协会的尼玛会长，让他多照顾一下我。

哇哇哇，怎么会这样，世界就如巴掌大啊，我就是尼玛会长邀请来的……

难忘的一堂课

前几日，受禅古寺佛学院格加师父邀请前去拜访。观摩僧众念经，品尝斋饭，聆听师父授课，感受僧众的辩经，真是开了眼界，这一切为我揭开了佛学院的一角神秘面纱。

虽只做了半日小和尚，却是受益匪浅，最难忘的是格加师父给学生们授课，那天讲的是华智仁波切的《大圆满前行》，师父讲的不仅仅是一堂佛学课，而是包罗万象，师父博引旁敲，把这堂课讲成了文学课、哲学课、地理课、社会学课。

我似乎又回到了校园，端端正正地坐在第一排认真地听课，并且仔细地做了课堂笔记。师父一直是微笑着授课，就像与心爱的孩子们在谈心。孩子们听得很认真，不时与老师互动，争先恐后地抢着发言。那天学的是《庚四·死苦》，这是一篇指导人如何面对弥留之际的文章，对于这些孩子们而言似乎有些沉重，可是，在格加师父的引导下，学生们并没有恐惧和忌惮，依然学得津津有味。

如何坦然自若地面对死亡，这个问题我从来没有想过，我想大多数朋友也没有考虑过这个问题，但这是无法回避的，正如米拉日巴尊者所说："若见罪人死亡时，为示因果善知识。""念法始从母胎生，初生之时忆死法。"我们诞生到这个世界后，就必须修持对命终有益的正法。

格加师父与小和尚们很轻松地学完了关于死亡的篇章，一堂课还没听够，就下课了，我恋恋不舍地把课本还给格加师父，哪知师父微笑地说："送给你，认真读，记得写一些读书感悟哦。"

我轻轻抚摸着《大圆满前行》，就像在与大师握手。索达吉堪布曾说：这本书好似一位无嗔的上师——耐心解答你的疑惑，并且永远不会对你发脾气。它给我们带来的利益，如人饮水冷暖自知。这位上师适合全世界所有的人，如果你没有见过，我觉得很可惜。

第一次在佛学院学习，第一次聆听格加师父授课，令我受益终身，无论是课的内容，还是他的博学，以及他对学生父亲般的慈爱，都令我难忘。

今夕何夕

嘿，一不小心小女子差点儿成了文盲。

玉树的格加师父问我：2020 年 6 月 29 日转换成阴历怎么说？我愣了一下，这有何难，查出对应的阴历不就可以了。师父说，要和"庚子年"这种记述方式一样才行。

我赶紧问了一下度娘，月和日竟然有那么多别称，比如三月为杏月，六月为荷月，八月为桂月，可是师父说不对。我忙请教了两个书画大家，他们告诉我：庚子年荷月或庚子年桂月根本没有那么复杂，那只是为了计时，雅致而已，没有什么意义。

不想让格加师父失望，更不想打消师父学习的积极性，于是我又在电脑上查，嘿，阳历的月分上、中、下旬，阴历的月则分朔、望、念，真美。我自己拼凑了一个"庚子年未月念六日"，师父反复问我：对不对，正确吗？我也没把握，担心给了他一个错的答案误导他。

于是，我又细细琢磨，应该是查天干地支，再问问度娘，终于找到了正确答案：庚子年甲申月癸巳日。帮师父解决了问题，我又心生忧虑，知道他在自学汉语，怕他钻牛角尖。我告诉他，我们汉人真没有人这样写，不然没几个人看得懂。我们都是写阴历或阳历，只写年月日，只有书画家才写"庚子年荷月"。

可是格加师父说，他喜欢这样写，感觉有味道。哎，师父啊，您这样一写，让我感觉自己都成文盲啦！就连我们汉人也大部分不知道今天是什么日子了。您写这个横幅，让多少小和尚死了学汉语的心呀。您会把小和尚们折腾蒙的，他们会觉得汉语太难学了。

哪知师父竟然说，不会的，他们反而会发现汉语的深奥有趣。

禅古寺的小师弟们，如果你们被汉语折磨晕了，可别赖我啊，谁让师父迷上了古汉语，念一声佛号：阿弥陀佛，菩萨保佑，师父可别迷上《易经》，不然一半的小和尚就得愁哭了，还有一半的小和尚要疯了。嘿，说晚了，师父的《易经》学得很好，是10年前学的，包括前几天排版的星算在易经里也有很多资料。

赶紧念句六字真言：唵嘛呢叭咪吽！格加师父，莫怪弟子无知！

高原草甸节

连续一周采访通天河流域古建筑，感觉有点儿疲惫。于是，尼玛会长安排求丁江措带我去四川甘孜的玉隆拉措湖散心。一路上，在翠色欲流的山谷里穿行，满目青碧，感觉连呼吸都带着青草味。

青山绵绵，碧水潺潺，薄纱般的雾霭在山腰缠绵，在山顶飘荡，星星点点的帐房，悠然自得的牛羊，眼前宛若一尘不染的仙境。寂静的草原上不时能看到一片片黑牦牛帐篷，一群身着五颜六色节日礼服的藏民在唱歌跳舞。

求丁江措告诉我，藏家有个风俗，每年草原最丰美的季节，牧民们都要聚集在一起欢庆高原草甸节。这是玉树市最独特的节日，每年夏季，无论男女老少，无论城里还是农村，藏民们带着锅碗瓢盆举家驱车前往。宿营地一般选在靠河、空旷、平坦的草原上，一个村子一个营地，大大小小的黑牦牛帐篷、白帐篷一字排开。大家把家里最肥的羊羔、最醇的美酒拿出来共享，烤着滋滋流油的手抓羊肉，大碗喝着青稞酒，弹着弦子，唱着动听的敬酒歌，跳着欢快的锅庄。除去传统的牧歌、舞蹈、篝火晚会等活动，还有精彩的马术表演、射箭比赛、摔跤比赛等一系列传统的民间竞技项目，展示了藏族人民的勇敢、团结、热情和奔放，吸引了许多游客前来观赏。

高原草甸节大概持续了一周，人们才恋恋不舍地回归现代生活。这种活动的初衷，是给散居各处游牧的藏民一个欢聚的机会，给年轻人提供一个社交平台，让他们有机会邂逅合心意的人，谈恋爱，成家立业，传宗接代。黑牦牛帐篷旁边搭的白帐篷就是主家成年待嫁女儿的闺房。如果藏民小伙子看上了姑娘，便可以大大方方去黑牦牛帐篷拜访她的父母，得到父母许可，一对青年人开始交往，也许就能成就一段好姻缘。

不懂此民俗的游客切勿擅闯白帐篷，不然闹了笑话反而会带来甜蜜的烦恼呢。

远望玉隆拉措湖

我们早晨7：40出发，一路奔驰了六个小时，风尘仆仆地赶来四川甘孜看玉隆拉措湖，遗憾的是景区关闭了。前几日，这里下暴雨引发了泥石流，卷走了四个和尚。

我们只好在外面看了一眼玉隆拉措湖，湖水洁白细腻就像羊脂玉雕刻的一条玉龙在青山间蜿蜒。青山怀抱着玉水，玉水映衬着青山，真像是绝尘的仙境。

不知是因为高反还是困倦，我一路睡了六七觉，依然困得不行，后脑勺隐隐作痛，就像戴了紧箍咒。心理再强大，也难抵高原的折磨。

乘兴而来，败兴而归，遗憾。不过，我已在湖边远远地看了一眼，那美得让人肝颤的河水，缓缓淌过我心，我已知足。没能深入与水亲热，那是我与它的缘分不到，我会继续修行，等待缘起的那一天。

直本仓

下午参观通天河畔曾经的摆渡人家——直本仓。直本仓藏语意为直本家，主人叫直本·尼玛才仁，他是通天河直门达古渡口的最后一任摆渡人。直门家族是玉树历史上的"船王"家族，世代居住在直门达村。

直本仓为藏式石片碉房，有数百年的历史。这里收藏了一架上百年的牛皮筏子，皮囊黝黑饱满油亮，依然可以正常摆渡，如此古老又完好的牛皮筏子已很少见。这里曾是青海、四川藏族群众前往拉萨朝拜的重要渡口，1963年通天河大桥建成之前，这个牛皮筏子是人们经过玉树去拉萨唯一的渡河工具。

这个古渡口历经千年沧桑，是通天河畔抹不去的记忆，已成为当地的一个文化符号。

高原咏叹

清晨，阳光透过窗户落在我的床前，仿佛洒了一地的黄金。高原的阳光炽烈，犹如一枚枚小金针，扎在脸上，热辣中带着一丝痒。高原的阳光就像高原上的人，真诚、炽热，却又带着一丝热辣，稍有不满，就蜇你一下，不过，瞬间，又柔柔暖暖地抚平你内心的褶皱。

高原上的康巴汉子挺拔俊秀，憨厚的笑容中带着一丝骄傲，深邃的目光就像高原的湖水，有着你看不懂的柔情蜜意。

高原的山就像高原上的人，每天穿着节日的盛装，热情奔放，从山脚到山顶满山青碧，头顶湛蓝的青天，手捧白云织成的哈达，藏袍上绣满金灿灿、蓝莹莹、红艳艳的小野花。

高原乃三江之源，众多的河流，流金淌银，充满野性与豪迈。细曲河、大通河、通天河，条条河流在身边缠绕着，它们日日欢爱，夜夜缠绵，从远古一直到今天，才有了高原的荡气回肠。

高原的河就像高原的女子，柔婉，热辣，在山谷中奔腾，在草原上迂回，无论是奔流还是静默，总有一种情在跌宕，总有一种爱在氤氲。草原上的溪流，似乎没有河道，依着自己的性子，走走停停，好像跳着华尔兹，走两步一旋转，在青青草原上萦绕着，那是女子的百转柔肠啊，或许只有青山懂她，或许只有草原怜惜，给她辽阔，给她自由，任她自在地释放着与生俱来的野性，任性又妩媚。

高原上的康巴汉子就像高山上的松柏，沉稳、健硕又乐观，不惧风欺雪压，依然昂扬挺拔……

高原上的女人就像雪莲花，顶风冒雪，傲然绽放……

高原上的老人就像牦牛，默默奉献着所有，却无怨无悔……

高原上的孩子就像一朵朵格桑花，尽情绽放，清纯、美丽、阳光……

高原上的寺院就像一位老者，在经声佛号中呢喃低语……

高原上的师父，心似莲花，在佛海里寻找着生灵的救赎之法……

高原上的央金卓玛，一朵溜溜的云啊，偶尔飘到高原，静静爱着这方热土，默默洒下惜别的泪滴……

快乐的时光总是那么短暂，却深深镌刻在记忆里，化作小太阳，温暖日

69

益苍老的岁月。我的玉树之行就要结束了，难忘的景、难忘的人、难忘的事，一宗宗、一件件、一个个，不时浮现在脑海。我深深地热爱着高原的纯净与蔚蓝，通天河流域的古村落、别致的藏家石雕楼、神秘的寺院、虔诚的小和尚、真诚的师父、热情的朋友们，还有高原的蓝天、白云和牛羊，明天就要离开玉树了，实在不舍呢。

再见了，美丽的青藏高原，再见了，亲爱的朋友们。央金卓玛真诚地爱着你们啊！

2020 年 7 月

西部放歌（一）

2017 年 6 月，我应岷州作协邀约参加"岷州二郎山花儿会"，西部放歌，快乐的旅途，走起！

洮岷花儿是国家级非物质文化遗产，有着岷山的沉稳与厚重，有着岷江的绵长，有着洮河的柔婉，那是流淌在心上的民歌，那是从大地深处迸出的心声。关于洮岷花儿的文章，已有《郎在坡上唱情歌》《岷州，雕琢的时光》《岷州的春天》等文，本文不再赘述。

岷县街头

在岷县街头看到一些做手工布鞋的老奶奶，她们每天在街头一边守摊儿，一边做手工童鞋卖。她们早晨送孙子来城里读书，抽空在街上做手工，挣点零花钱。她们大多一字不识。

我与老人们随意交谈，信手记下她们的名字。

车焕巧，62 岁，家住岷县梅川镇永光村，从 13 岁开始做针线，三天就能做一双小鞋。

卢福娥，68 岁，家住西江镇，从 12 岁开始画画、做针线，虽然没有老师教，但鞋样子上的绣花图案她都会画。她画的鞋垫左右脚完全一样，一笔画成，就像印刷品，一天能画 20 双，卖 30 多元。

刘想娥，64 岁，家住西江镇，从 12 岁开始做手工，做衣服，做鞋子。

在岷州街头，我还抓拍了一些农民的特写镜头。你看那暖暖的笑容、纯净的眼神、朴实的神情，如果是蜡像简直没得挑了。

狼渡草原

狼渡湿地草原位于青藏高原东段和秦岭山脉西缘过渡带，甘肃省岷县以东 70 公里的锁龙乡锁龙村和闾井镇大庄村交界处。相传远古时期，这里水草丰美，野生动物众多，经常有狼在这里觅食饮水，狼渡草原因此而得名。

狼渡草原空气清新，溪流淙淙，沼泽遍布。湿地淤泥是非常耐烧的泥炭，当地牧民直接挖泥炭晒干后烧火取暖。

包老师组织大家来到狼渡草原采风，我们在明如带子的小溪上蹦来跳去，犹如撒欢的顽童。那天在狼渡滩找回了童年的狂欢，潇洒了一回，年轻了许多。

美丽的风景，美丽的心情，美丽的人儿，让我们一起回归童年，美美地撒欢。

故乡的味道

离开岷州时，包老师送了我一兜土特产——燕麦糁子和一袋新鲜的黄芪片，黄芪泡茶喝可以补气养气，增强免疫力。好感动啊，朋友知道我经常熬夜写文，体虚乏力，专门给我买了足有五斤多上好的黄芪片让我补养身体。

岷州是中国的药材之乡，这里是当归、党参、红芪、黄芪等珍贵中药材的产地，如今岷州的中药材已走向世界。

我在甘肃定西出生，这里是我的第二故乡，能吃到来自故乡的中药，真是幸福。

甜甜的药香唤起了我对故乡、对童年的回忆……

奔向甘南

甘南的朋友桑骥鉴赞老师得知我来岷州，再三邀请我去合作市深度体验藏族的民间生活。于是，蒙蒙细雨里，与岷州的朋友话别，坐着摇摇晃晃的公交车，穿行一个又一个碧草如茵的山谷，直奔合作，那个远在云端的地方。

合作，一个美丽的地方，藏语意为羚羊的乐园。有点儿期待，有点儿好奇，想知道当地藏民的工作与生活。

甘南地区碧野千里，工业文明尚未在这里留下脚印，原始与神秘是这里最令人向往的元素。合作海拔高出岷县 600 多米，温度较低，细雨蒙蒙，山谷里云雾缭绕，山间的梯田中仿佛流淌着碧溪……

一路上风景美如画，真想出去撒欢。昨天被狼渡草原遍野的蒲公英花绊住脚，今天又被甘南草原上美丽的格桑花迷住了。

沿途是非常难得的原生态山谷，牛羊仿佛是这里的主人，悠然自得地吃草散步，我们也终于逃离都市的逼仄和嘈杂，享受片刻的宁静。

车子在盘山路上摇晃着，我在寂寞的旅途中回味着几天来的收获：温暖、感动、留恋。身边有个中年妇女在小声地哼唱着洮岷野花儿，虽然有的词句听不太懂，那幽婉的旋律却让心儿随之颤抖着。

中午时分，到达合作。县城整洁又安静，交通很有秩序，感觉面积不大，似乎走一圈用不了太久。高原夏日的正午，阳光很足，照得眼睛有点儿发花，紫外线晒得皮肤紧巴巴的似乎要爆裂。于是，我赶紧随着桑骥老师去品尝藏餐。

藏家肉肠、手抓肉、手抓饼、牦牛奶、牦牛酸奶等，营养丰富、风味独特，看着就很诱人。在藏式装修风格的雅间用餐，坐着厚厚的饰有藏式花纹的毯子，拿着小藏刀切割手抓肉，喝着牦牛奶，感觉自己就像昭君出塞呢。

我是口大肚子小，每一样尝了尝就已酒足饭饱了。藏族肉食讲究原汁原味，做法与内地截然不同，不过偶尔尝尝也挺过瘾。

郎木寺

郎木寺，在甘南藏族自治州碌曲县下辖的一个小镇上。一条小溪从镇中流过，小溪虽然宽不足 2 米，却有一个很气派的名字——"白龙江"，它是嘉陵江的支流。

白龙江的北岸是郎木寺，南岸属于四川若尔盖县，甘肃的安多达仓郎木赛赤寺和四川的达仓纳摩格尔底寺就在这里隔"江"相望。一条小溪连接了两个省份，喇嘛寺、清真寺各据一方，藏族、回族在这里和平共处。郎木寺佛号声声，格尔底寺经声悠悠，各自修行，互不打扰。我们先去郎木寺参观，郎木寺的殿堂高大精美，很是壮观，在殿堂和楼阁间穿行，仿佛穿越到远古。我也像模像样地绕佛塔、转经筒，把路上捡拾的两粒洁白的鹅卵石供在佛塔前。

我们是傍晚进的郎木寺，正好遇到喇嘛刚做完功课，他们三三两两地走出佛堂，深红的禅衣顿时让寂静的寺院生动起来。我微笑着向迎面走来的喇嘛点头，没想到他们突然脸色一沉，面带困惑地打量着我。接连遇到三波喇嘛都是如此的表情，把我整蒙了，不明白郎木寺的喇嘛为什么如此不友好。我把心中的疑惑告诉桑骥老师，他盯着我看了一小会儿，突然拍着脑袋连说抱歉。原来，我穿着一条黄色的休闲裤，黄色在佛教里是尊贵的颜色，如果做僧衣，只能做上装，而我却穿着黄裤子，而且是在参观寺院的时候，似乎是对藏传佛教的大不敬。我恍然大悟，只怪自己太无知，才惹出如此误会。桑骥老师也不停自责没有提醒我。

晒大佛，做礼拜，小溪两边的信徒们各自用不同的方式表达着对信仰的执着。

参观完郎木寺，我们又游玩了尕海。高原上气候多变，阴天时湿冷，出太阳时又晒得人脸发烫，忽晴忽阴，忽冷忽热，就像这跌宕起伏的人生。

火绒草

郎木寺周边的草原上盛产坚杆火绒草，是雪绒花的一种。桑骥老师告诉我，此刻正是雪绒花盛开的季节。

草原上，我像找寻狗头金似的紧紧盯着草丛，估计再看个把小时我非得变成斗鸡眼儿。朋友说，别找了，估计我们来早了，雪绒花还没开，也许温度不够。来时在出租车上听若尔盖的藏胞讲，他在半个月前采过雪绒花，难不成若尔盖比这里还暖和？

雪绒花，啊，雪绒花，请你马上现身吧。我来一次不容易，不是太早就是太迟。让我看看你那仙子般的容颜……

我在心里默念着，眼前突然出现了一丛丛雪绒花，洁白精巧，仿佛雪花落地生根，有着说不出的美妙和灵性。

猛一看，甘南的雪绒花和河北空中草原的一样，细细端详，这里的花瓣修长优雅，比别处的更美，真像雪花摇曳在青草间……仿佛有神助，我刚在心里默念过，它就现身了，原来它懂我的心啊。

雪绒花是清热解毒明目的良药，专治枪刀伤、毒疮、疟疾、烧伤、感冒等，是藏医火灸的主要材料。据当地流传，二战时，希特勒的部队曾专门派人来西藏采摘此药，给每个士兵缝在衣领上，在战场上如果受伤失血过多，关键时刻能救命。

轻轻地采摘了几朵雪绒花，抚摸着那丝绒般的花叶，柔软细润，妙不可言……

雪绒花，雪绒花，小而白，永远盛开在我的心里……

心上的朱砂痣

岷县、狼渡草原、洮岷花儿、郎木寺、尕海、合作渐渐走出了我的视野，美丽的风景、善良的人儿永远镌刻在我的心里，总有千万个舍不得，只有挥手再挥手。

兰州渐渐地近了，情同手足的同学、好友在远方默默等待着我的到来。即将到来的温暖疏解了我内心的惆怅，远方有诗，更有情。虽然大西北没有了我的亲人，却有情深意长的好朋友的关爱和帮助，我是幸福的！

曾经埋怨父母把我生在荒凉的黄土高原，曾经埋怨父母在我情窦初开的年纪又生生地把我带离了甘肃。多少次满怀惆怅地到来，又痛哭流涕地离去，内心的忧伤无法释怀，甘肃成了我心头忘不了、剜不去的朱砂痣。

太多的思绪压抑心底，终于找到一个宣泄的出口，爱恋与忧伤化成文字，有温度的字符是另一个我日夜守望的故乡。陪伴是最长情的爱。

窗外的风景由草原和小丘渐变成雄伟的山峰，湛蓝的天空中飘着白莲花般的云朵。兰州渐渐地靠近，熟悉的味道，让沉静的思绪再一次泛起涟漪……

回到兰州

从合作到兰州的路上，看到了四季的美景，翠色欲流的草原、娇艳明媚的油菜花、郁郁葱葱的庄稼、枯黄荒凉的山谷，每一片景色都有它独特的魅力……

太阳落山时分终于到达兰州，行走在熟悉的城市，心中更多的是欢喜，不再寝食难安地思念着故乡，须臾间，我就站在了亲爱的故乡。

一夜无梦，睡到自然醒已是中午。兰州的天空湛蓝明丽，气温适宜，终于可以穿漂亮的衣裙，又恢复了小女人的柔媚。启程去永泰古城触摸一段被时光掩埋的历史。

车在城里慢慢行走，街道上车稀人少，真是个安静的小城。抬头看到前方的高山，好有趣，在城里有山相依，城外有黄河水，好幸福的小城。

车泊在一个公园门口。"知道你想念沙枣花，特意带你来看看，只是错过了花期。"看着那一棵棵葱郁的沙枣树，轻轻抚摸着，似乎嗅到了醉人的芳香，自从 1984 年离开了甘肃，我再也没看到过沙枣花，内心的思念如小虫般撕咬着。"虽然错过了花期，但我给你做了沙枣花书签。"

沙枣花，我梦里的爱啊，岁岁芬芳，温暖着日益衰老的岁月。

天外来客

天色微明，我们驱车赶往永泰古城。路线不明，导航引路，国道、省道、县道、村路，路况越来越差。

昨天手机导航，准确灵便，甚是省心，今天，手机里美妙的女中音仍然不断提示着路线："直行，前方 20 米，左拐，左拐。"车随导航时快时慢地行驶着，我低着头在手机上写小文，车突然颠簸起来，仿佛吃了烟袋油子。

赶紧抬头，乖乖，怎么跑到田间的小土路上了？导航还在不知疲惫地说着："直行，直行，前方 10 米，左拐。"前方，前方是一望无际的庄稼地，除去一车宽的小道，再无二路。咬牙坚持着前行，路边的灌木丛和野草不断地刮蹭着车子，吱吱嘎嘎，简直是拿小刀在心上划。

永泰咋就穷成了这样，连个像样的硬化路面都没有，哪怕是砖铺石砌也比这个土路强啊，路还这样窄，而且是松软的沙土地，难道永泰的老百姓连个自行车都没有吗？怎么比县城落后 20 年啊！

我们束手无策地抱怨着，叹息着，眺望四周，除去绿野，哪儿有道路啊，连个问路的人都没有。我们围着车徘徊着，看着被树枝划伤的印痕，甚是内疚和心疼。盯着前方的庄稼地看了一会儿，终于看到一个锄草的老大爷，我们惊喜地颠去问路，大爷一听我们要去永泰古城，眼睛都瞪圆了："咦……你（们）从哪来滴，跑着地里做撒来喽？昂……起永泰城，走岔喽哈，退回起，在庄子来转过起。"

"大爷，我们是手机导航，导来滴。"

"乖乖，你们咋把车飞到地里来？"

"娃，导航这怂是个超子。"

我们学着刚才与大爷的对话，乐得要岔气。

原来在五分钟前有个岔道口，手机恰好在那里没有了信号，就像迟钝的大脑胡乱指挥，才把我们带到了田间地头。

车小心翼翼地掉头，简直是在掌心跳芭蕾，我的心提到了嗓子眼儿，生怕一个失误车轮淹进水沟，还好，朋友的车技高超，有惊无险地掉回了头。

又一次走进荆棘丛，可怜的车啊又一次经受熬煎，心中除去内疚就是自责。如果在岔道口我没有看手机，如果我多一句嘴，提醒问路，也许就不会跑到田地里了。

车子终于稳稳地驶出田间，忍不住转头看看呆立地头的老爷子，只见他满脸狐疑，或许他把我们当成天外来客呢。

导航再次温柔地提醒着方向。哼！完全依赖高科技，绝对不可以，一旦程序紊乱，被它乱导一气，不出错才怪呢。幸好是导到田野里，如果在山涧，在海边，在戈壁滩，后果不敢想……

飞降田野的小插曲给漫长的旅途带来了许多乐趣，也许那个老大爷到现在都想不明白，是何等强大的手机能把车导到庄稼地里。

列车咔嗒咔嗒地飞驰着，我一边写着这个小文，一边抿着嘴压制着内心的快乐。美好的时光总是跑得飞快，转眼，刚才的一幕已成了回忆……

谢谢啦，我的好朋友们，带我看西部灿烂的历史和文化，发自内心地感谢你们，你们给我带来了快乐。

淹没在岁月里的永泰古城

这里是被岁月遗忘的永泰古城，1608 年建城，明代戍边将士曾在此驻军，虽历经朝代更迭，却从未被攻克。

如今，城里依然有 40 多户 100 多人居住，最多时达到 1000 多人，他们是当年守城士兵的后裔。古城为龟形，夯土建筑，占地 100 多亩，四角有角楼和瓮城。城中有一所民国初期的古建筑，虽历经风雨，但精美的砖雕依然华贵典雅。

城中的古民居全部是干打垒的夯土建筑，庭院巷道规整有序，鸡鸣狗吠，给沉寂的古城带来一丝生趣。

屋前街边的树荫下坐着几个纳凉的老人，正在用纯正浓郁的西部方言拉呱儿，黑红干瘦的脸庞上皱纹纵横，和善的目光给人以温暖。他们是这个古城的守护者，城老了，人也步履蹒跚，老得走不了远路。

古城有四个大门，东西北门封闭，如今只有南门完好。20 世纪 50 年代，城中的年轻人嫌从南门出城太绕脚儿，竟然很随意地在城墙的四个边挖出豁口，方便人们随意出入。无知者无畏啊，面对残破的古城和地下的先祖们，他们会忏悔吗？

城中多处是以前拍电影时搭建的临时建筑，亭台楼阁、天主教堂、水塘栈桥，全部由薄薄的三合板搭建，就连台阶、椽柱、楼板都是合成锯末板，走上去颤颤悠悠，已成危建，严重破坏了古城景观的风味。

城四周有一圈石砌的宽约三丈深达三米的护城河，河水来自城堡南门前方泉水汇成的池塘，据老人讲，寿鹿山雪水是泉的源头，眺望远山，朋友说，感觉是祁连山的一段。古城依山傍水，雄踞一方，抵御北方游牧民族的侵扰，历经 400 多年，依旧傲然屹立。

古城正在搞开发，政府在动员居民搬迁。年轻人出去打工，孩子们去城里读书，只剩老人、妇女和儿童，冷冷清清的古城，寂寞、荒凉、破旧，让人叹惋。

水塘边，有一个中年男人在打禅静坐，淡然中透着一丝落寞，他在怀念旧日时光，抑或在心里与古城话别。雨燕、麻雀、鸽子等鸟儿叽叽喳喳在水面此起彼伏，却丝毫没有惊动这个沉思的人。他在忧虑自己与古城的明天，就要搬离世世代代生活的地方，无言的痛楚化作悠长的叹息……

触摸被时光掩埋的永泰古城，品味古人的智慧，无以言说的思绪被风吹远……

黄河石林

黄河石林，形成于距今 400 多万年前的第三纪末期和第四纪初期，由于地壳运动，以及亿万年雨水的冲刷，形成了形态各异的砂砾岩地质奇观，令人叹为观止！

从永泰古城回来，朋友特意带我去看黄河石林，由于时间太紧，怕耽误傍晚的火车，只好恋恋不舍地在瞭望台短暂驻足。距离上次看石林已有六年，时光飞逝，物是人非，石林却永远年轻，魅力非凡。

黄河石林位于甘肃白银景泰东南部，地处黄土高原和腾格里沙漠的过渡带。黄河石林国内罕见，除去奇异的景观，这里的交通工具也很独特。朋友驾车从白银出发，到景区渡口，换乘黄河流域特有的羊皮筏子横渡黄河。

登岸后，我们又换成小毛驴车，小毛驴车披红挂绿，车上铺一床花褥子，就像黄土高原娶亲那么喜庆，游客或躺或坐，小毛驴踢踏踢踏地走着。赶车的老汉一边吆喝着，一边随意地与我们聊天，说到尽兴处，老人咿咿呀呀唱起了洮岷花儿，我们坐在晃晃悠悠的毛驴车上，赏奇异美景，听原汁原味的民歌，那一刻，竟忘记自己身在何处。

黄河自东南曲折流入，在龙湾转向北流，然后在景泰拐了一个大弯，形成深切的峡谷。悬崖峭壁、怪石嶙峋，峰回路转，一步一景。河谷里遍布形态各异的石柱和石笋，最高可达 200 多米，大自然的鬼斧神工，造就了神奇的黄河石林，犹如雕塑大师的梦幻杰作。峡谷蜿蜒曲折，从东南向西北分别有七口沟、盘龙沟、喜望沟、饮马沟等八沟之多，另有盘龙洞、千米洞等几十处洞穴。

黄河石林形态万千，像千帆竞发，像攻城的将士，像采药老人，像点化众生的观音，像劈山的大力士，像奔月的嫦娥，像顽皮的孩子，像戏耍的动物，像挺秀的神树，有的啥也不像，却令人喜欢。

行至深谷中，路已崎岖难行，又换成小伙子开的卡迪车，坐在车上仿佛自己成了石林间的飞人。近山顶处，终于有机会步行，哪知没走几步已气喘吁吁，汗流浃背，被各种交通工具宠惯的双腿久不沾地气，竟然有些娇气。

下山，先后乘卡迪车、毛驴车、驮马、渡船，登岸，再一次回到凡间，神魂却依然盼望着飞回神奇的石林间。

黄河石林，上苍恩赐给黄土高原的一个镶金镀银的饭碗，让这里的百姓终于从面朝黄土背朝天土里刨食的辛苦劳作中解放出来，他们小心地呵护着石林，引领着游客行走，用自己的方式，诠释着对皇天后土的痴爱与感恩。

摇曳在生命里的沙枣花

沙枣树是黄土高原特有的一种耐旱抗风沙的树种，外形普通，既没有高大挺秀的枝干，也没有艳丽妩媚的花朵，却有着醉人的甜香，浓郁热烈，就像脚下的黄土地，就像淳朴、善良、真诚的西部人。

20世纪50年代父母支援西部，我出生在渭河源头，成长在黄河之滨，血管里流淌着渭河水和黄河水，让我长成了西部人，即使后来正值花季的我被父母带回河北老家生活，骨子里依然固执地坚信自己的故乡在西部。

童年时靖远气象局家属院有一排沙枣花，其中有一棵正对着我家的窗户，每年5月沙枣花飘香的季节，爸爸或哥哥都要折一把插在瓶里，整个初夏，我每天枕着花香入梦，梦都变得香甜美妙。

在西部的十多年里，每个夏季都有沙枣花相伴。每天傍晚，爸爸妈妈带着我们去河边散步，黄河边栽满了沙枣树，河畔都变得香香甜甜。16岁的岁末，我随着父母回到了河北老家，从此再也没有见过沙枣花开，那缕幽香却永远嵌在了我的梦里。

从此以后，每年沙枣花开放的季节，远在西部的同学、好友都会做了沙枣花书签遥寄予我，我的书页、我的诗文被花香染醉。梦中的花香与思念，岁岁与我相守。

1998 年，为我折花的人因为车祸永远地离开了这个世界，在沙枣花开得最浓艳的季节。花至艳时近凋零，香至醉时涅槃将至。

从此，沙枣花成了我心里无法触摸的痛，多少年不敢想起，不敢靠近，却又无法释怀。

20 年了，多少次来西部，不是太早就是太迟，或许是冥冥中刻意躲着这花香。为我折花的爸爸和哥哥永远离开了这个世界，沙枣花香也随之进入冬眠。

这次在永泰古城，我与沙枣花不期而遇。古朴典雅的院子里生长着一株粗壮茂盛的沙枣树，枝叶间不时闪出俊俏可爱的小黄花，金黄娇小，仰着小脸，仿佛等待爱抚的孩子。

静立树下，触摸着银光闪烁的翠叶，仿佛触摸到岁月的鳞片，遥想当年的栽树人，有意或无意栽下这棵沙枣树，枣树在风沙里挺秀了数百年，荫庇子孙，流芳百世，怎不令人肃然起敬？

在永泰古城，我带走了一缕幽香，那香气一点一点浸染了我的生命，淳朴善良、坚强不屈的美好品质再一次注入我的血脉。

在兰州火车站，朋友拿出了一本书《洮岷花儿初探》，书中夹着一束平整的沙枣花书签，花香再一次袭来，蓦然间，心底有泪奔涌。

沙枣花啊，陪我走天涯，从此，我的梦、我的文字，不再孤寂。

回　家

列车朝着家的方向咔嗒咔嗒地飞驰着，美好的景致被车轮甩在身后。我一边写着这篇小文，一边抿着嘴压制着内心的快乐。

美好的旅行就要结束了，我的心、我的魂依然徜徉在岷州的花儿、狼渡草原、合作藏餐、郎木寺、尕海湖、鲁吐司衙门、土鲁沟美景、永泰古城之中……

家越来越近，熟悉的味道让人欣喜。回家，回家，外面的风景再美，终究要告别，只有家才是我栖息身心的绿洲。

孩子读大学后，我终于从紧张的工作中抽身，不再挑大梁，不再心心念念教学，才发现，慢节奏适合我和文笔的成长。

我随着季节游走在大江南北，赏景，读人，品文化，乐此不疲地奔波着，不可救药地痴迷上这种生活状态。不读景，我会压抑；不写文，我会忧伤；不行走，我会迷失自己。

在游走中，曾经的伤痛一点点遗忘，在游走中，重塑真实的自己，在游走中，放松着身心，感悟着人生的意义。

每一次出行，都带着欣喜奔跑，每一次回归，都收获满满。每到一处，都有情同手足的好友盛情款待，一杯茶、一碗酒、一次温暖的握手，都令我热泪潸然。美景、美食、美好的朋友们，让我欲罢不能，千万次感动汇聚在心底，化成长情的文字，温暖平淡的岁月。

就要回到温暖的家，内心却涌起一阵阵愧疚，贪恋远方，让我忽略了对爱人的照顾，因为身后有爱人默默支持，我才有了行走的力量，从物质到精神，哪一个环节都离不开他的付出。

谢谢你，我的爱人，是你给了我辽阔的天空，是你让我的文字温暖多情，是你让我长成三毛一样勇敢走世界的女人。

时间一点点流逝，家越来越近，回家，回家，有些迫不及待……

2017 年 6 月

西部放歌（二）

启　程

心灵和脚步，总有一个在路上。六月，花娇云媚，启程去岷州采访花儿。

高铁静静地奔驰，宛如温柔的处子，娇羞内敛，却充满激情与活力。科技的进步，缩短了空间的距离，却不一定能拉近人心，多希望心亦如高铁，可以朝发夕至。

多年前，父母从北京气象学院毕业支边去了甘肃，把我生在美丽的渭河之源。从此，灵魂固执地认定，甘肃是我唯一的也是永恒的家，无论我流浪何处，心里、梦里，眷恋的依然是我落生的地方。从离开甘肃的那一刻起，我就成了失去故乡的流云，每年、每季，遥望西部，默念着那片热土，每年沙枣花盛开的季节，我都要像大马哈鱼一样洄游，寻找梦里的家。

故土珍藏在心中，它是我人生之舟的压舱石，是我生命里的阳光。

近来忙碌不已，记忆变差，提笔忘字，拿东忘西。前几日熬煮汤药，竟然少放了一味药，辛辛苦苦跑到北京中医医院看病，拿药，为了疗效好，我选择自己煎熬，哪知我实在马虎。哎，有时甚至记不起昨天的事情，虽然我不愿面对，但心里明白，过度的忙碌和诸多压力使我的大脑日益衰老。

还好，我牢记着故乡，痴迷着文学，疼爱着妈妈，依恋着孩子，我依然有爱的力量，爱让我的心、我的灵魂永远纯净和年轻。

列车静静地奔驰着，坚定地奔向远方。通向故乡的路千万条，有没有一条小路通向童年的家？那里有爸爸和哥哥，有我们那梦一样的日子。我很久没有喊爸爸了，他离开我们已 16 年，时光冲淡了悲伤，终于不再撕心裂肺地思念，终于不再哭泣，此刻写下这些文字，泪水却一波又一波漫上心头……

亲爱的哥哥离开这个世界已六年，他心爱的女儿已做了母亲，他是否知道自己做了爷爷？终于不再伤痛，终于能直面他的牺牲，可是，心却在滴血。哥哥，我的哥哥，你不该狠心离开，留给亲人无尽的悲伤，你是否记得85岁的老母亲？

车静静奔驰着，思绪在时间中游走，故乡越来越近，心湖泛起阵阵涟漪……

陇 西

陇西因在陇山以西而得名，自古为"四塞之国"，兵家必争之地。远在史前时期，先民们就在这块土地上繁衍生息，留下了仰韶、齐家等文化遗址。秦昭王三十五年（公元前272年）始设陇西郡，汉初设襄武县，始有建置，隋朝时设陇西县，县名沿用至今。

陇西，于我而言熟悉的只有名字，对于这个城的记忆已很模糊。时光倒回45年前，那时我还是学前稚童。

我出生在甘肃渭源，7岁那年冬天，一纸调令，父母带我们举家搬到白银地区的靖远，陇西是必经之地。爸爸的爱徒小黄叔叔送我们去陇西换乘火车。隆冬时节的西部冰天雪地，陇西那时很破旧，就像乡村一样，家家都筑着篱笆墙，街道上的人流稀稀落落，几乎看不到车辆。

饭馆也少得可怜，走了好久才找到一家国营的小餐馆，餐馆内空空荡荡黑咕隆冬，昏黄的灯光，泥土地面，看不清楚本色的桌子吱吱扭扭，似乎一碰就要倒了。我们围坐在一起，爸爸和小黄叔叔喝着小酒，妈妈耐心地喂着两岁的妹妹，我和姐姐吃了几口饭就跑到大门口捡拾落叶。枯黄的落叶在寒风里翻滚着，发出金属般的脆响，宛如一曲伤感的《送别》……

在陇西稍作停留，我们就登车奔向靖远。小黄叔叔挥着手追着火车奔跑，直到身影模糊。那时太小，我不懂什么是离别，以为只是去外地游玩几天，很快就可以回到渭源了，哪知再回到渭源已是 30 年后，我的爷爷奶奶已在思念里作古，昔日风华正茂的小黄叔叔已快退休……

今晨，我在陇西倒车，细雨绵绵，仿佛拭不干的相思泪。陇西，爸爸妈妈生命里一个重要的驿站，他们曾无数次驻足，那时的爸爸妈妈怀着建设大西北的热情无私地奉献着青春，一待就是 30 年，人生能有多少 30 年啊……

陇西，我来了，踏着父母的青春足迹，再一次回归。我在找寻父母献身西部建设的精神，我是第一批西部支边人的后代，父母的教育已深入我的灵魂，我生在渭河源，长在黄河边，我骄傲，自己是支边人的孩子，我自豪，我是甘肃的女儿！

爸爸，亲爱的爸爸，我回到了您奉献半生的地方，您可听到我的呼唤？我对着青山喊，我对着洮河喊，爸爸，亲爱的爸爸，您和妈妈没完成的心愿，女儿替你们完成，女儿用最真挚的情书写下你们的青春足迹！

岷州花儿

岷州花儿，国家级非物质文化遗产，每年举办的洮岷花儿歌手大赛场面壮观，参与人数众多，老中青各年龄段的都有。岷州花儿，我听了又听，总也听不够，虽然对歌词一知半解，却如痴如醉，真正打动我的是那纯真火热的情感，真正原生态的歌唱，以及发自灵魂深处的倾诉。

我在岷州花儿会采风，记下几个歌手。

老奶奶，79 岁，从五六岁时开始唱。

老爷爷，79 岁，还是尕娃娃时就会唱。

余佛从，74 岁，从小就会唱。

晚上，包老师请我们吃手把肉，我看着在座的朋友们喝着青稞酒划拳。西部酒文化，有趣！想起小时候我们在甘肃的生活，那时父亲常常和朋友这样划拳行酒令，恍然如梦，物是人非啊。再聚，何年何月呢？

岷县茶埠镇圆觉寺壁画

茶埠镇圆觉寺地处茶马古道，始建于明朝宣宗年间，至今有 600 年历史，属于藏传佛教。明王朝为有效管理西北藩属地域的宗教活动，在这一区域曾设置 5 个僧纲司，圆觉寺就是其中之一，现仅遗存一座大殿，其"蕃式"建筑高大庄严，佛像庄严饱满，藏式门框雕刻别致，墙壁彩绘精致生动，并注释着汉藏文字。

圆觉寺的壁画唯美大气，令人惊叹。精美的壁画布满内墙，所绘主要是佛教故事，每个菩萨的神情动作各异，眉目传情，线条优美。中华人民共和国成立初期，圆觉寺做了粮仓，"文革"时期，村民为了保护壁画，迫于无奈用黄泥涂盖了壁画，壁画得已幸存。"文革"结束，人们一点一点揭去泥层，蒙尘多年的壁画终于重见天日。壁画大多已残缺，只清理出一角，但依然能看出当年的华贵与精美。前年，国家文物部门拨专款大修圆觉寺，只是壁画依然残缺，令人扼腕叹息……

茶马古道上的圆觉寺，无论是文物意义、建筑意义还是历史意义都非常重要，具有较高的学术价值。

前川寺

前川寺，藏传佛教寺院，沧桑岁月的见证者，位于岷县中寨镇前川村，明代初建，清光绪四年（1878 年）重修，是岷县保存最好的省级文物保护单位。

寺内宝物众多，尤以灯台、壁画、古柏最出名。独具匠心的六角攒尖顶灯台，内放置铁制龙树灯架，上挂 108 盏酥油灯，有窗无门，点上灯，灯台自然旋转。灯光透过窗上的木格，照得寺院光亮、宁静又温馨。前川寺壁画精美、端庄中透着灵动，可与敦煌壁画相媲美，院内有古柏已上千年，如今依然葱郁。

前川寺的灯台、壁画、古柏是历史的见证者，默默记录着逝去的时光，无言地诉说着世间的沧桑。

清水镇的古民居

参观岷县清水镇的古民居，看到上百年的老柜子，还有一套百年老屏风。彩色透雕图案栩栩如生，精美、雅致、大气，绘画和透雕图案的内容是耕读渔樵之类的故事，惟妙惟肖，令人惊叹。真没想到，在这样偏僻的山村竟然有如此精致的家具。

古人有审美，有品位，有文化，实在讲究，令人叹服！

微寒却暖

啥状况？岷州白天 15 度，冷得好似初冬。带来的裙子一件都穿不上，只好跑到服装店里花十分钟买了长袖厚 T 恤、中袖 T 恤、马甲、厚线裤。

此刻廊坊的亲们开着冷气空调，我却开着电褥子，并且是高挡。采访了一天的岷州花儿节，走了 14766 步，收获蛮大，结识了十多个民间花儿歌手，真是开心。

今天累得不行了。晚上朋友给我饯行，包老师由于身体的缘故久不饮酒了，依然买了干红葡萄酒陪我，我们划拳、猜拳、打杠子，玩得不亦乐乎。

明天就要离开岷州了，好留恋呢……

岷州再见

细雨蒙蒙，仿佛千言万语的无声倾诉，心底的惆怅挥之不去。清早，包老师、开红、军艺他们早早过来接我去火车站，短短五天的停驻，让我愈加留恋这里，留恋众位好朋友，留恋整天陪伴我的好嫂子。

这几日我和朋友们天天在一起，依然有说不完的话，仿佛我们前世就是手足。岷州的美景、美食，无不让我留恋；岷州花儿，我听了又听，总也听不够。虽然对歌词一知半解，却如痴如醉，真正打动我的是那纯真火热的情感、真正原生态的歌唱和发自灵魂深处的倾诉。

三次来岷州，2016 年冬天、2017 年花儿节、2019 年，对岷州的眷恋逐年加深，这里有我最真诚的朋友，他们就像亲人一样。昨天在包老师家，嫂子变着花样给我做土豆饭，给我倒茶。包老师说，来亲戚了，就得有这样的礼数。好温暖的话啊，我的亲人！

火车默默启动了，温暖的岷州距我愈来愈远，逐渐消失在烟雨中，一张张笑脸在我的心头隐现，目送我走向远方，化作我人生之路上的长亭与短亭……

岷州，再见了，你是我心上的启明星，无论我走向何方，甘肃永远是我的故乡。

门源阿妈

行至门源百里画廊麻当村，见到大通河畔的高架桥，询问放羊老人，凭着记忆，终于找到阿妈家。

时隔五年，我热情地喊道："阿妈，您还记得我吗？"老人家端详了半天，终于微笑着拍着我："啊，女子回来了！"儿子、女儿、女婿他们在忙着剪羊毛，听到我的问候，连忙停住手里的活儿，把我们往屋里让。

五年前的十一长假，我和朋友们来门源采风，天晚了，阿爸把我们带到自己家住宿。阿妈看到我喜欢极了，她和儿媳妇忙着给我们做扯面，我去院里采摘蔬菜，阿爸买来酒，陪我们饮酒聊天。晚上，我坐在台阶上看着漫天繁星，静静地想着心事。山里的夜晚非常宁静，清凉的空气沁人心脾。

走时,阿爸一家把我们送出里院,又送出外院,一直送到大门口,我和阿妈拥抱又拥抱,阿妈落泪了,再三叮嘱:"女子,明年你们还来啊……"

阿爸在两年前病逝了,回想当年他是那么硬朗、那么健谈,时光真是无情啊……

阿妈依然硬朗,上次来时大孙女读初中,而今已读高中,活泼可爱的小孙女也已五岁。我们给阿妈带来烧鸡、西瓜和哈密瓜。喝了一杯砖茶,我们要告别阿妈继续赶路了,阿妈非留着吃饭,盛情难却,只好陪阿妈吃饭。

饭后阿妈一家又留我们住下,考虑今天还要赶到张掖,只好挥手告别。阿妈一家又像上次一样,恋恋不舍地送着。"女子,明年来看阿妈,不然阿妈就被野猫叼走了……""阿妈,您多保重,明年我还来看您,您必须等我,我陪您多住几天。""大姐,明年你们还来,我给你们杀一只羊。"

阿妈拉着我的手,泪眼汪汪,我的心里也是酸酸的。默默地祝福阿妈一家吉祥平安,争取明年还来看阿妈。

翻越祁连山雪峰

早晨 10 点一刻,从门源出发,经过仙米、岗什卡雷雪峰、峨堡、扁都口,翻越祁连山,傍晚到达民乐。

一路上风雨兼程,眼看着乌云从山谷里滚滚而来,顿时狂风卷着枣子大小的冰雹整整落了 20 分钟。天气时雨时晴,路边的风景愈加迷人。

中午在麻当村看过阿妈一家,心里踏实又温暖,比起绮丽的风景,在异乡遇到亲人一样的关爱,更是幸福。

翻越祁连山雪峰,烟雨蒙蒙,宛如仙境。我的眼睛、我的心儿醉了。今生今世,得见缥缈的仙山,煞是幸运。

雪山、草原、碧绿的大通河,还有亲爱的阿妈,轻轻地入住我的心中,从此,我富甲天下,深深地眷恋着这片神奇的土地!

烽燧立千年

从张掖到永昌，风雨兼程。一路上看到许多土长城和烽燧，因为在高速公路上行驶，一时下不去，搞不清是秦汉长城还是明长城。

河西走廊非常辽阔，碧绿的田野一眼望不到边，远处的祁连山一路相随。烽燧是河西走廊的一大亮点，"五里一小墩，十里一大墩"，它们或雄踞山巅，或傲立戈壁，或静卧山谷，在酷暑严寒里咬牙坚持，在狂风暴雨里站稳脚跟。时光一寸一寸消磨着它们的身躯，却夺不去它们心底的执念，它们遥望着远处的兄弟，相互鼓励提住一口气，宁可站着死也绝不跪着生。它们等待着一声呼唤，等待点亮心底的火种。

一尊尊烽燧，一粒粒棋子，一个个威武的战士，在岁月的风口浪尖上挺立了数千年，狂风暴雨瘦削了它们的骨肉，却夺不走它们的风骨。在河西走廊行走，我阅燧无数，一座座烽燧就是一个个顽强的信念。朋友告诉我它们虽都叫烽燧，却有各自的小名——塔墩、月牙墩、四方墩、严家墩等。虽然不知道它们的故事，但我知道它们都有共同的使命，它们的心里藏着戍边战士的苦痛悲欢。一年年、一岁岁，戈壁的沙吹破它们的衣衫，如席雪片染白了它们的青丝，它们依然坚守着心底的信念，没有丝毫的动摇，没有移动半分。远去了鼓角争鸣，暗淡了刀光剑影，羌笛悠悠，惊醒了沉沉昏睡的烽燧……

五年前我曾与张掖擦肩而过，晚上9点到，早晨6点离开，根本没看到它的模样。这次看了丹霞和大佛寺，逛了古街，品了黄焖羊肉，感觉祁连山下的张掖真美，父母年轻时在这里工作过，离开多年依然对这里念念不忘……

张掖大佛寺

张掖大佛寺始建于西夏永安元年（1098年），原名迦叶如来寺，明永乐九年（1411年）敕名宝觉寺，清康熙十七年（1678年）敕改宏仁寺，因寺内有巨大的卧佛像而名大佛寺，又名睡佛寺，1996 年被列为第四批全国重点文物保护单位。

如今，大佛寺景区除了西夏的大佛寺，还有隋代的万寿木塔，明代的弥陀千佛塔、钟鼓楼以及名扬西北的清代山西会馆，几处遗迹向游人们诉说着此地千年的历史与动人故事。

史书上关于西夏国的记录很少，历史也许会慢待这段岁月，但终会给西夏国留下几笔。我在张掖的大佛寺看到西夏国的文化碎片，甚是感慨，多想走入历史的褶皱，凝视这个王朝远去的背影，发出一声悠长的叹息。

永昌骊靬古城

骊靬古城，又名犁靬古城，位于甘肃省金昌市永昌县（焦家庄乡），海拔 2400 米，始建于西汉时期，是古丝绸之路上重要的城市和军事要塞，也是中国历史上民族融合的典型城市。

如今骊靬古城为复古建筑，城池以伊特鲁里亚建筑技术、古希腊建筑技术和汉朝建筑融合风格为主。原城池因历史变迁、风沙侵蚀和人为破坏等原因未能完整保存。

据传，公元前 53 年，罗马执政官克拉苏集七个军团之兵力入侵安息国（伊朗一带），在卡尔来遭围歼。克拉苏长子普布利乌斯率第一军团突围，越安息东界，经多年辗转，于公元前 36 年前后，相继从大月氏匈奴归降西汉王朝，被朝廷安置于今永昌县者来寨。汉称罗马为骊靬，故设骊靬县，赐罗马降人耕牧为生，留住他们的身，更是收住了他们的心。

至今，甘肃者来村依然有罗马人的后裔，保留着欧洲人的五官特征，高鼻梁、蓝眼睛。《汉书·陈汤传》中记载，公元前 36 年，在郅支城碰到了一支从未见过的军队。"土城外有重木城"拱卫，其"步兵百余人，夹门鱼鳞陈，讲习用兵"，而这些只有古罗马军队才会采用。

我在甘肃生活了十多年，第一次知道永昌有一支罗马人的后裔，很是诧异。这次西部采风，行至骊靬古城，当我站在城墙上抚摸着城砖眺望远方，耳畔仿佛回荡着隆隆战鼓，似乎看到远处的刀光剑影。脑海里临摹着这群罗马将士的形象，他们为了使命征战异乡他国，骨肉家园齐抛下，当他们弹尽粮绝无家可归，命悬一线之际，中国的大汉王朝收留了他们，给他们土地，给他们家园，给了他们第二次生命。

大汉王朝之所以做大做强，最根本的原因是王者有博大的胸怀，深爱着天下苍生，用智慧、用胸怀化干戈为玉帛，在历史上留下民族友好的佳话。

武　威

武威，"中国葡萄酒城"，简称"雍凉""凉""雍"，古称凉州。也许知道武威的人并不多，但是中国旅游标志——武威雷台汉墓出土的马踏飞燕却无人不晓。马踏飞燕原名铜奔马，又名马超龙雀、天马逮乌。

武威历史悠久，骠骑将军霍去病远征河西，击败匈奴，占领该地，汉武帝为表彰其"武功军威"命名此地为武威，距今有2100余年。自汉武帝开辟河西四郡，历代王朝都曾在这里设郡置府。武威是古丝绸之路要冲，境内名胜古迹众多，雪域高原、绿洲风光和大漠戈壁等自然景观与历史文化交相辉映，具有较高的文化旅游价值。

享誉世界的马踏飞燕从武威雷台出土，独具的匠心、巧妙的设计、疾驰的奔马、昂扬的身姿、轻灵的飞燕，每一细节、每一动作，都是不可多得的神来之笔。疾驰的骏马一脚踏在飞燕上，以静来突出动的神奇，那种妙不可言的速度之美、构图之妙，着实令人叹服。

在武威雷台景区前，有一队奔跑的铜骏马，那些膘肥体健的马儿的神情非常生动，每一匹马都高昂着头，眼里流露出自信和坚毅，似乎都在张嘴大笑，矫健的身躯，强健的四肢，油亮的皮毛随风飘起，长长的尾鬃挽了一个结，高高扬起，耳畔似乎响起战马的嘶鸣。这组铜奔马有一种昂扬向上的皇家气势，犹如一队行空的天马以势不可当的气势突显于眼前，瞬间激活了人们血脉里的民族自豪感。

铜奔马制作的年代正是西汉王朝文化艺术的鼎盛时期。汉朝是中国历史上第一个由汉人建立的王朝，自汉武帝开始，汉朝进入鼎盛时期，社会、经济、科技、文化等各方面的发展达到了前所未有的程度。

汉代凭借文治武功成为当时世界上最强盛的国家，它以开放与包容的气概，把艺术推向一个后代难以企及的高点，汉代的文化艺术相互影响、相互促进，形成了雄浑大气的唯美风格，汉代的绘画、石刻、书法、碑刻、印章、雕塑、汉赋、音乐等都以其唯美而霸气的艺术特征展示着这个时代的审美意识。

武威文庙

武威市文庙也叫圣庙、孔庙，位于武威市区东南隅，是一组恢宏大气、雄伟壮观的古建筑群，始建于明正统二年（1437 年），经历朝扩建，规模庞大，号称"陇右学宫之冠"。

文庙内古木参天，阴郁清幽，行走其间，浮躁的心突然安静下来。文庙坐北向南，由东中西三组建筑物构成。东为文昌宫，中为文庙，西属凉州府儒学府。庙堂雕梁画栋甚是华美，殿堂里的古家具精致大气，依然保存完好。

武威文庙是中国西部现存建筑规模最大、保存最完好的文庙建筑群。文庙的斗拱和梁架结点具有浓郁的河西地方特色，是研究河西走廊传统建筑、儒家文化和文昌文化内在关系的重要实例。

历经 600 余年风雨的文庙依然保护完好，可见当地文化的厚重、文明的高度、百姓的良善。文庙是一部史书，一页页、一章章，记录着河西走廊发生的沧桑巨变、民族交融和英雄本色，记录着那些高光、那些晦暗，记录着华夏民族不屈不挠的奋斗精神。

乌鞘岭隧道

从武威到兰州，一路上有雨相随，穿过乌鞘岭四个隧道，雨渐渐小了一些，太阳出来了，东南方出现了双彩虹。一路追着彩虹奔跑，它在前方引路，宛如一座幸福之门。

前方的彩虹让我想起毛主席的诗句："赤橙黄绿青蓝紫，谁持彩练当空舞？雨后复斜阳，关山阵阵苍。"

山水无言，却在声声挽留。从河西走廊到兰州，一路沿着祁连山脉行走，有庄浪河相伴。庄浪河，古称逆水、丽水，是黄河上游支流，河水静静流淌，宛如碧绿的丝绸，轻轻滑过我的心头，抚慰着我思乡的愁绪；又似一根丝线牢牢系住我欲走还留的脚步。

远方星星点点的烽燧若隐若现，雨时大时小，双彩虹在前方引路。河西走廊烟雨蒙蒙赛江南……

飞回大河之北

从兰州飞石家庄，回家了。快乐的河西走廊之旅结束了，在机场买了一本《河西走廊》，伴我云中漫步。一路顺遂哦！

"以史为鉴，可以知兴替。"清早，读《河西走廊》，想那远去的驼铃声声，烽隧、长城、狼烟，还有那"大漠孤烟直，长河落日圆""葡萄美酒夜光杯，欲饮琵琶马上催"……

一步一步走进河西走廊，走近西汉王朝，似乎汲取了精神钙质，把我的腰板挺了又挺，骨子里迸发出一种力量，推着我登上一个又一个文学高地。

2019 年 6 月

我与母亲的江南

向着幸福出发，带着母亲去旅行，"春风十里扬州路"，扬州温润如玉，我和母亲陶醉于温柔繁华之乡，留下美丽的记忆。

扬州，我们来了！细雨绵绵，给早春的扬州增添了几分柔情。入住酒店，去冶春茶社品小吃，灌汤包、蟹黄包、烧卖、千层糕、豆沙包、五丁包……好吃的太多却已吃不下了，最后剩了一大兜。

吃完早餐又品百姓戏曲，母亲累了，回酒店休息。

在扬州八怪纪念馆赏梅

窗外春雨绵绵，听着雨声，一觉睡到中午。牵着母亲到楼下，本想打车去个园，母亲看到下雨，一溜烟地跑回了房间。也好，我自己打着伞，与扬州来一次亲密接触。

第一次来扬州在阳春三月，与两个好姐妹一起游玩瘦西湖。

第二次是五月，我来皖南参加笔会。在扬州停留三日，恰好住在现在的酒店对面，每天骑着自行车走街串巷，很是开心。

第三次，去年十一长假，和家人一起，在扬州住了一晚，游玩了个园，因为陪着老人玩，随着他的喜好与节奏，走马观花地看了几眼就离开了，没能深入了解扬州，很是遗憾。

如今是第四次来扬州，提前与母亲谈好，这次跟随我的节拍深度游。终于可以随心所欲地游玩，天气晴好时带着母亲转，下雨时让她回酒店休息，首先保证她吃好、睡好、玩得开心。

独自打着伞，在四连亭大街徜徉，一切似乎与三年前没有什么不同，依然那么安静、温馨。一路打听着，不知不觉就走到扬州八怪纪念馆，一切还是老样子，老院、老屋、古树、石碑，只是那年琼花正怒放，一大团、一大团，仿佛天上的心事落在地上……

在那棵百年古银杏树下，依旧是细雨霏霏，依旧是游人如织，依旧是导游妙趣横生的讲解，依旧是孤独的我，只是，那年琼花如烟似锦，美得令人不忍离去。

今春，我来得太早，琼花仿佛在冬眠，静静立在一旁，叶片苍郁，宛如拒人千里的孤傲娘子……

银杏树下，一对恋人牵着手围抱着粗壮的树干。那画面，好熟悉，只是，画中人换了一茬又一茬。

一股淡淡的清香牵引着我步入金农曾住过的一个小花园，园中有一株蜡梅在盛开。一朵朵金黄的小蜡梅花迎着春雨含苞怒放，雨珠落在花瓣上，轻轻闪动着，仿佛一滴滑落的泪珠，有着妙不可言的美意，在我心底荡起一丝涟漪……

参观了几个书画展室，我又一次循着花香流连于蜡梅树下。那年，雨潺潺，琼花开成云锦；今春，琼花眠，蜡梅开。扬州，春意浓，我不负春。

明天，无论是否有雨都要陪母亲去个园看竹、听竹、梦竹。

逛何园尝小吃

上午领着老妈逛了何园，83岁的老妈真给力，一步不歇地跟着我紧颠儿，竟然没拖后腿。

玩了一上午，又累又冷，我们找了一家饭店，点了一桌子小吃，甩开了腮帮子。蟹黄包、紫薯包、紫米糕、扬州炒饭、芥菜馄饨、野菜盒子、南瓜粥、小青菜……

嘿嘿！北方女人眼大，胃口也不小，惊得旁桌的几个南方汉子眼睛都直了……

稀里哗啦，风卷残云之后才发现，北方女汉子只是眼睛大，胃口依然是羞答答，又剩了半桌子。

"小二，打包！"旁桌的四个汉子点的还没有我们剩下的东西多。哎！玩得辛苦，就要美美吃啊，美食、美景，都不能辜负。

酒足饭饱，牵着老妈的手，慢悠悠地出了饭店，正好是沃尔玛超市门口，于是，又冲了进去，首选是榴梿，诱人的香味，让我饱胀的胃口又闪开了一条小缝，给老妈选了美国脐橙、砂糖橘、香蕉……

回到酒店，我就迫不及待地掏出榴梿。老妈闻到榴梿的味道直喊："还让人喘气吗？快给我找口罩。"

想在房间里戴口罩，哼！太蔑视我的存在了，坚决不答应。对付异己分子的最好办法就是拉她下水……

一番威逼利诱，好说歹说，终于哄得老妈吃了一口榴梿，只见她皱着眉，趁我不注意就把剩下的丢进了垃圾桶，继续翻箱倒柜找口罩。

老妈的口罩，早在上午出门的时候就被我丢进了垃圾桶。嘿嘿……

世间就没有绝对的美丑与香臭，榴梿美味与否只因个人好恶而不同，喜之则香，恶之则臭。

几杯醇香的普洱茶下肚，老妈迷糊了一觉，再问老妈："榴梿臭吗？"

"不，蛮香滴！"

有闲，有景，有雨，有花，有美食，有老妈，有女儿，在江南，撑一把小伞，慢慢行，真是好日子！

扬州个园

扬州个园乃大盐商黄至筠的私家园林，向人们展示了一代盐商巨贾的家族传奇。园中种满各种品种的竹子，个是竹的一半，取名个园更有雅趣和美意。

陪着老妈漫步在错落有致的亭台楼阁间，穿行在青碧的茂林修竹中，一场不期而至的细雨轻轻柔柔地飘着……

记得初来扬州时柳如烟花似锦，一个人骑着单车畅游大街小巷，仿佛春天里的燕子，飞飞落落，惬意、欢喜……

那年春日，在个园邂逅一场春雨，在假山、亭台、花园间走走停停，爱极了江南的烟雨，舍不得撑伞，让那酥雨悄然滑入心里、梦里……

久久地伫立在竹林中，聆听雨与竹叶的呢喃，雨珠子在叶片上微漾，仿佛竹与雨诞下的小精灵，心儿也不由得随它轻颤……

烟雨蒙蒙，竹林幽幽，一缕丝竹声在林间萦绕，恍惚间，逝去的时光走马灯般闪过……

大明寺供灯

今天带母亲去了扬州大明寺，烧香、转佛塔、礼佛、品禅茶、听禅，母亲很开心，在每一座佛像前虔诚叩拜。

茶室对面，围着佛堂供了许多佛灯，有求学的、求财的、祈福的……母亲已83岁高龄，走了上千里路来到大明寺，实在不容易。于是，我给母亲供奉了九盏长寿灯，母亲舍不得我花钱，一再阻拦，看我很坚决，再加上居士的劝说才勉强同意。居士对她说，孩子的孝心不要拦，成全她，会收到很多的快乐。

母亲选了靠近茶室的位置，这里可以时刻聆听诵经声。我在心里默念着阿弥陀佛，恭敬地点燃了九盏烛灯。红红的小烛灯在风中轻轻摇曳，好似红红的心儿在跳动，火苗每跳动一次，就好似在默念阿弥陀佛。明晃晃的烛光照得我心里温暖又明亮……

点亮九盏灯，师父带着我和母亲念祈福词，我和母亲双手合十，虔诚地祷告着……

这是我第一次和母亲在一起做法事，那一刻，心里温暖又舒适，被佛光照拂，如沐春风。这个春天，有母亲陪着，有春花相伴，我离佛又近了一点。

禅室窗前有两株蜡梅，虬枝斜逸，含苞待放，这两株蜡梅比别处的更饱满、更精神，仿佛得到了佛的庇佑。母亲在树下深情地注视着那一簇簇小梅花，目光里的爱恋与柔情让我不忍心喊她离去……

蜡梅盛开的季节，我和母亲在扬州诗意行走，就像迁徙中的燕子，每天不知疲倦地游玩。也许是我的孝心感动了苍天，让我的母亲头脑灵活、腿脚利索，每天跟着我东颠西跑，竟然没感觉累，真是好运气！

作别扬州

扬州五日，每天细雨蒙蒙，就要踏上归程时竟然看到了蓝天白云，明晃晃的太阳艳艳地照着，每个毛孔都透着舒爽。

阳光明媚，母亲竟然有些不适应了，从早晨醒来，就戴着墨镜，硬说光线太强，照得眼睛有些不舒服，真是老顽童，时刻都在搞笑，哄人开心。

这几日总在抽空逛商场，计划给婆婆买点儿纪念品，总没有合适的，想买盐水鹅，却买不到新鲜加工的，真空包装的买回去也不会有人吃。还好，给婆婆买到一条枣红色的纯毛围巾，千里送鹅毛哦，希望她喜欢……

买好纪念品，在酒店旁边的老饭庄吃午餐，终于找到正宗的淮扬菜系的老饭店，点了清蒸鲈鱼、红烧鸭头、西芹百合……吃着清香扑鼻的鲈鱼，老妈开心得眼睛都眯成了一条缝。

这几日每天在饭店吃饭，竟然吃得没有了胃口，开始想念家常便饭，想念在家的种种自在，想念亲朋好友的欢聚。嗨！一周的行程刚刚好，刚要腻就抬腿朝家奔跑，真好！

考虑到带着母亲去南京换乘高铁太麻烦，于是我又买了普通火车的软卧，慢慢悠悠，走走停停，正对了母亲的心思。上次是晚上 9 点半从北京出发，早晨 7 点到南京，老妈就抱怨啥风景都没有看到。这次回程是下午 3 点出发，老妈坐在窗口心满意足地看着风景，不时与对面铺上的中年夫妻用山东家乡话聊着天，眉眼里透着开心……

记得上次带母亲远行是五年前去广州，那时，很多人都认为我很疯狂，而今母亲 83 岁高龄，我依然勇敢地带着她出来散心，真是太大胆了，就连母亲的侄子都说，表姐的胆子太大了……

母亲身体健康，腿脚利索，心情豁达，出来散心没什么不可以，只是我多了一些辛苦，要提前安排好每天的行程。

尽孝要趁早，别总挂在嘴边，想为父母做什么就立马行动，趁他们的腿脚利落，牙齿还好。

带着母亲去扬州，也是对母亲的身心做一次考验，很好，母亲顺利通过。下次去哪里？待定，我和母亲拭目以待！

火车不知疲倦地朝着北方奔去，离家越来越近，似乎感受到扑面而来的春天！

2018 年 2 月

荒原的倾诉
——采访荒原守望者手记

　　为什么我的眼里常含泪水，因为我对这片土地爱得深沉！

　　我来采访朋友陈海友组织的知青聚会，曾经在黑龙江建设兵团农场工作过的150多位老知青相聚盘山，会后将一起回北大荒农场参观。那么多人回归故园，很是壮观，就像大马哈鱼的洄游，追忆曾经的青春与梦想，慰藉日益苍老的岁月。

　　感动、感恩、感慨，花甲之年，不忘初心，仍眷恋着那片多情的黑土地，时光老去，唯愿我们永远年轻！

情牵黑土地

　　感谢朋友陈海友为大家提供的这个交流平台，让我有机会走近可歌可泣的北大荒人，触摸老知青真实的苦乐年华。

　　盛夏时节，150多位来自全国各地的北大荒知青如迁徙的候鸟，如洄游的鱼儿，千里迢迢风尘仆仆奔波而来，欢聚天津盘山，银发红衣，红旗红心，执手话沧桑，如此壮观的景象，让青山震撼，令世人感动。

　　盘山三日，我一直处于激动的情绪中，眼里总是含着热泪。海友哥、曙光哥、小虎叔叔等，还有众多默默无闻、无私奉献的服务者，大家辛苦啦！看到白发老人分别半世纪后的相拥而泣，还有相逢一笑泯恩仇的牵手与拥抱，唯一能表达我心情的只有两个字——"幸福"。

　　短暂地接触谭仙竹老师、张秋云老师、孟世明老师、姚玉英阿姨、周礼老师、小虎叔叔、孙嘉荣老师、宛华阿姨、任国寿叔叔、魏雪石老师、沈明远老师等，听着众位老师诉说往事，心中充满感动、感慨与崇敬，曾经的峥嵘岁月已被酿成美酒，化为春雨，恩泽黑土地，惠及子孙后代。

知青，是国家大厦的一层基石，共和国永远不会忘记。愿叔叔阿姨们多多珍重，愿北大荒精神代代相传！

这次的北大荒之行比旅游更有意义，我接触到老知青、老铁道兵、老垦荒人，感到一种责任，写他们的故事，也是在厚重自己的生命，如此为文，才有意义！

志愿军老铁道兵

今天的采访，一路走一路哭，没有想到北大荒依然如此荒凉，人烟稀少，留守者的生活竟如此困顿，这是被遗忘的角落。

我来到黑土地最后的守望者之一老兵肖启国家采访，老人已88岁，由于股骨头坏死换了人工胯骨轴，拄着拐棍步履蹒跚，但精神矍铄，思维清晰，口齿清楚，说起当年在朝鲜和北大荒的奋斗生活仍两眼放光。

我几次问老人，"在朝鲜战场上冒着枪林弹雨抢修铁路，脑袋别在裤腰上，您怕吗？""不怕，想想冲锋陷阵流血牺牲的战友，就没啥好怕的。"

抗美援朝结束，一列闷罐车把他和战友带到了北大荒，脱下军装当了农工，在寂寞的荒野里度过了青年、中年和暮年。小咬、牛虻、狼、野猪肆意啃咬着枯瘦的青春，也练就了他钢铁一般的风骨。

"北大荒开荒种地苦吗？""不苦，能活着从朝鲜战场回来，世间就没有什么苦了。"

大批知青和盲流从全国各地涌来，北大荒劳动的号子叫响了世界，仅仅十年之后，刚刚苏醒的黑土地却又慢慢沉寂。知青回城，人才奔向了远方，留守的老兵已和黑土地融为一体，根牢牢地扎在地心深处。

破旧不堪的房屋内潮湿发霉，都市里室内装饰红砖墙是赶时尚，寒舍的红砖墙却是无奈之举。

简陋的家具油漆斑驳，黑乎乎的已看不清本色，老人依然用着部队发的墨绿色的搪瓷茶缸，布满斑痕，至少用了 30 年。没有衣柜，洗得发白的旧衣服收纳在一个纸箱子里。床上的被褥单薄破旧，老人把军大衣当褥子铺在床上，由于厨房里太潮湿，菜板已发霉长了绿毛，炊具少得不能再少……

中午在老铁道兵潘学贵的次子潘金华家吃饭，一起陪我吃饭的有肖启国的次子肖泽江、廖德信的次子廖丛林、孟岐的三子孟广强。

他们都是铁道兵的儿子，父亲都参加过抗美援朝战争。我和他们谈起老一辈参战和创业的故事，他们竟然不觉得父辈们有什么了不起，问起父亲的军功章和证书，没想到他们竟然拿给孩子当玩具，最后遗失了，他们从来没把这些当荣誉。父辈们没有把昨日的辉煌当荣耀，儿女们亦是如此。

他们的父亲是真正的无名英雄，是北大荒第一代拓荒人，10 年、20 年、60 年，竟然扎根黑土地，任劳任怨默默奋斗了一辈子。

荒原老人

今早和徐宏萍大姐在包子铺吃早点，遇到周阿姨孤独地坐在街边，她和徐姐曾经是老邻居。我们把她请到屋里聊天，得知她老伴儿是老铁道兵，很是惊喜。

老人耳聋，聊天很是费劲，但很融洽。她虽然一生坎坷，却很乐观，总是微笑着，有工资，有饭吃，她很感恩邻居对她的照顾。

老人叫周贤惠，志愿军老兵张国昌的妻子，81 岁。他们是老乡，经朋友介绍认识，于 1956 年结婚。周阿姨当年为了走出贵州大山有口饭吃，嫁给了张叔叔。张叔叔长相一般，老实能干，倔强任性，脾气不好，和爱人说话总是急吼吼的。

结婚第 14 年，叔叔因生活琐事想不开意外身亡，她自己带着两个儿子和一个姑娘，生活多艰辛而少甘甜。

她白天工作，晚上带孩子。别人睡觉的时候，她在忙碌，她起床的时候，别人还在睡觉，每天忙到半夜，天不亮就得起床给孩子们做饭，大事小事、里里外外都靠自己。阿姨在一连上班，是班长，非常能吃苦。伐木、种地、排水，什么活都会干，像男人一样。

每天她去地里干活前把饭做好留在锅里，孩子们放学回家自己吃，那时他们比锅台高不了多少。

半生辛劳，终于把三个孩子培养成人，各自成家立业，她也已退休，终于可以安享晚年。在60岁的时候她又不顾家人反对，收养了一个孤女乐乐，含辛茹苦培养孩子读书。现在乐乐已在北京读研，两个儿子在贵州工作，她和大女儿在红旗岭生活。

常年从事超体力劳动，尤其是挖排水沟受了寒，使老人落下了腰腿疼痛的毛病，如今耳聋眼花，身体虚弱，已不能做饭，晚年孤寂，幸好有大女儿在身边照顾。

听老妈妈诉说曾经的悲欢，几欲落泪，看到老妈妈暖暖的笑容，很是温暖。这就是黑土地的母亲，苦也无语，累也无语，有泪咽在肚子里。

老妈妈很平凡，就像路边的小草，没有多少人关注她的存在。爱自己的孩子是本能，爱他人的孩子是高尚。艰苦的环境里，既当爹又当娘，独自养大自己的三个孩子，古稀之年又抚养大他人的孩子，怎不令人唏嘘。

默默祝愿，老妈妈安好，过个舒心的晚年吧。

战功赫赫的王元礼

王元礼，一位转业北大荒的老兵，历经淮海战役、西北解放战争、炮击金门……直到他去世后，单位领导从档案里查到他的革命业绩，写了感人至深的追悼词，他的家人和同事才知道他是一个战功赫赫的大英雄。

五星湖畔红旗岭

今天收到大芳芳姐快递来的《五星湖畔红旗岭》，这是一部纪实文集，记录了北大荒拓荒者战天斗地的革命精神，10万名抗美援朝转业军人、知青、下放干部和无数的盲流用青春与热血把北大荒建成了北大仓。

随着知青返城大潮远去，这个地方渐渐被淡忘，但无论何时，北大荒精神永远铭刻在共和国的功勋簿上。他们付出的代价不仅仅是青春年华，他们改变的也不仅仅是北大荒，那是用生命创造的奇迹。时光流逝了半个世纪，乌苏里江依然在传唱着他们的故事，完达山上的云朵里依然映照着他们花样的笑脸，风儿把他们的故事一再地颂扬……

可亲可敬的黑土地，最可爱的人儿啊，教我如何能忘记？

北大荒守望者

在这些拓荒者中盲流是最苦的人，转业军人和知青都有政策，可以调回城，盲流却无处可退，无根无依，只有静静地扎根在此，并且他们文化素质不高，内地没有关系，当地没有人脉，儿女读书成才也比别的群体更艰难。

留在北大荒的群体中，盲流的子女众多，他们的处境堪忧，用"艰苦"这个词形容已不够深刻，艰苦的是生活，而他们精神的无力感更是深入骨髓……

北大荒留守者的艰难处境，远远超出了我的想象，如果有一点办法，他们也不会继续在这里生活。可是，不去这里，又能到哪里？这样的环境，如何培养孩子学习？这些看得人心酸不已，令你无法不流泪……

遥望黑土地

收到朋友亲自采摘和制作的蘑菇酱，香柔滑嫩，好吃得停不住口。有朋友贴心贴肺地关爱着，幸福啊！

这些生长在北大荒原始森林里的蘑菇，竟然跑到我的碗里，多么有趣的事啊，那一朵朵小蘑菇就像大地的灵耳，在向我倾诉着衷肠，闭上眼睛似乎能听到黑土地悠长的呼吸。哦，肥沃的黑土地，离我越来越近，也许，前世我也是那里的一棵白桦树，一朵小蘑菇，今生我是一棵会行走的树，一朵会流泪的蘑菇。

遥望着黑土地，目光久久地停留在一朵云彩上，那里有七里沁河，那里有乌苏里江，有大顶子山，有珍宝岛，那里曾经有 10 万名转业老兵，有无数的知青，有许许多多平凡的像黑土地一样的垦荒人……

2016 年

湖湘漫步

岳　阳

湖南访春第一天，毛泽东文学院的卢老师为我接风洗尘。宴会上有岳阳的老领导，有津巴布韦的参赞，诗朋酒友欢聚一堂，品美酒，聊文学，真是快乐！

第二天，岳阳文联主席连明老弟邀请了岳阳文化馆馆长、书法学会副会长和文化站的领导陪着我看岳阳楼，到麻布山森林公园看油菜花。

公园里的油菜花半开半谢，有的已结豆荚，虽然没有盛花期壮观，但在我这个北方人的眼里依然魅力十足。我在花间漫步，不知不觉染了一层金粉，两袖清香。金灿灿的油菜花让人迷醉，嗅嗅这朵，看看那朵，我如蜜蜂般流连花海。

岳阳美景三月天，春雨如酥柳如烟，轻轻漫步，聊文学、谈人生、说美食、赏美女，真是惬意。

衡　阳

下午五点，从岳阳到衡阳，乔生老弟接了我，与杨震会合。从毛院毕业后，我们已近三年没见，同学相见甚是亲切。

大家开心地聊起在毛院学习的日子，那梦一般的校园生活，一生难忘。我们忆起当年的点滴趣事：江班长和几个老帅哥每天坐在大厅里蹭网；隔壁老王每晚喝酒回来，总是唱着"东边领导的楼亮堂堂，北边文学院的楼静悄悄"……

那些美好的往事，已深深刻在我们的心里，温暖着日益苍老的岁月……

衡阳陆家新屋

毛院同学杨震、将石林还有他们的朋友们陪着我参观陆家新屋。陆家新屋距今已 137 年，是衡阳市区现存为数极少的湘南古民居之一。大屋依地形布局，因地制宜，非常有特色，建筑装饰十分讲究，红砖、白墙、黛瓦、马头墙，大屋饰有石雕、砖雕、木雕、彩绘、堆塑等，内容丰富，工艺精湛，堪称古建筑艺术的精品，是研究晚清民居的重要实物资料。

新屋南向墙面有几处弹痕，尤其是那个巨口状的弹洞，初见令人惊心。那是 1944 年衡阳保卫战的历史见证，也是日本侵华战争的罪证，对于警示人们不忘国耻、居安思危有着重要的意义。

石鼓书院

"名城衡阳人文荟萃，石鼓文脉绵延千年。"坐落于衡阳市石鼓山的石鼓书院地处湘江、蒸水、耒水交汇处，是湖湘文化的重要发祥地，人称"湖南第一胜地"，乃中国古代最早的书院之一。

石鼓书院三面环水、四面凭虚，内有亭台楼阁，古木参天森郁，有滔滔的流水伴着读书、写文，甚是清幽。读书倦了，推窗望远，江面白影点点，渔舟唱晚。书院内"具有石鼓高六尺，湘水所经，鼓鸣则有兵革之事"。

石鼓书院是中国四大书院之一，素有"衡湘洙泗""道南正脉"之誉。徐霞客曾赞"石鼓书院兼具滕王阁、黄鹤楼名胜之优越"。

"石鼓书院是中国书院的缩影，只要阅读石鼓书院的千年历史，就可以追寻中国书院的千年发展轨迹及其内在规律，就可以破译湖湘文化的千古密码。"

秀美雁城

南方的人清秀雅致，就连这里的菜蔬也长得精致小巧。北方脸盆大的南瓜，到了南方，却成了微缩版的拳头大小的萌宝。鱼腥草、芦笋、青豆、油菜等时令菜也被收拾得清爽、养眼。

南方的雨，说来就来。雁城衡阳处处透着舒适、恬淡、随意。我们坐在江边喝着新茶聊天，春雨星星点点地落了下来，似乎在催促着我们进行下一环节的活动。

杨震让石林带我去看抗战英雄纪念碑，东颠西跑一天，真是累得不行了，只好放弃了瞻仰的机会，心里生出些许内疚。行走千里，来到英雄的脚下，却没能去敬献一朵鲜花，寄一缕哀思，下次再来，定去瞻仰。

漫步在雨中的街头，如梦似幻，一半是活色生香的烟火气，一半是诗画交融的书香味。

落　叶

南方的落叶，竟然落出了诗意，诗心点点，爱意绵绵，悠然地飘回大地的怀抱，没有伤感，没有离愁，没有美人迟暮的无奈。

爱极了南方的香樟树，一年四季葱郁，新叶长出，老叶悄然离去，大树回馈老叶一身红装，宛如待嫁新娘，艳如霞光，轻轻地、轻轻地，飘过生命的界河，依偎着大地。

枝头翠叶如盖，不时闪出三两枚"红宝石"，地上绿苔盈盈，嵌着点点绯红，让人不忍离去。俯下身，捡起一枚落叶，久久地注视着，循着叶脉的纹络，我走入了季节的路口。

采访耒阳古村落

耒阳的"耒"字，传说是神农模仿农具所造，只有地名这一种用处。耒阳真是神奇，两千多年的历史，等待我去掀开它那神秘的面纱。

昨夜9点到耒阳，阴冷如冬，街上人如瑟瑟发抖的秋叶，走着变形的猫步。品尝着街头小吃，学着朋友吮吸田螺，像个笨拙的傻瓜，终于成了朋友取笑的呆呆。

毛院徐同学带我在细雨里采访耒阳古村落，这里的古民居是典型的南方大屋，灰砖垒砌、白墙黛瓦、雕梁画栋、精美雅致，令人震撼。可是房主已搬到城里，由于房子空置，年久失修，破败不堪，大多已是危房，在秋雨里摇摇欲坠，它们的明天令人担忧……

耒阳花了好几百万元打造了仿古建筑古县衙，如此精美的古建筑却在风雨里飘摇，真是令人心痛啊！

看着残垣断壁，遥想着当年的繁华，发出无尽的感慨，感觉整个社会的审美出了问题。更让人揪心的是，有的古民居被拆建、改建，整得不伦不类，村民没有文化，难道某些官员也没有审美吗？

在古村落行走，徜徉在一处处古宅里，似乎听到它们悠长的呼吸和沉重的叹息。古宅老了，古村在凋敝，残存的记忆越来越少，触摸乡愁，也许只有在梦里……

耒阳集凤村段家古屋

集凤村段家古屋已有300年历史，段氏家族祖籍江西，由湖北荆州搬迁到此。

古朴典雅的古宅在烟雨里静默着，好寂寞呀！古宅虽已残破不堪，但精美的木雕、砖雕、石雕仍于无声处诉说着曾经的繁华与沧桑……

耒阳美卿洲段家古屋

段家古屋也有 200 多年历史，段家祖籍江西，由湖北荆州搬迁到此。

这是我们在耒阳市泗田镇看到的第三座古屋，它的建筑风格与前两个村的古屋不同，翘檐、歇山、雕花、砖缝、门窗等构建各有特色……

同样是残破不堪，无言的寂寞，无言的美，令人惊叹。

耒阳桐梓山祠堂古宅

耒阳市郊桐梓山祠堂附近有一处古民居，我没找到住户，墙上亦无文字介绍，关于古屋的资料一无所知，真遗憾。高屋大院，翘檐歇山，尤其是屋脊上火焰纹的吉祥图案，独特又灵动，真是妙不可言。

由于新农村改造，这里的古民居日益减少。南方的古民居大多是成组群的套院，而这处古民居只有这所房子在风雨中飘摇，难道其他的房子已倒塌？唉，它们就像风烛残年的老人，不知哪一阵风吹来便会轰然倒塌，即使躲过了岁月的撕咬，也不一定能避开挖掘机的铁铲子。

穿行在古屋里，宛如走在迷宫中，虽然屋里静悄悄、空荡荡的，我却感到无数双眼睛在注视着，空气里弥漫着声声叹息，那是他们的先祖们难诉的惆怅啊。

春雨轻轻地落着，落着，陪伴着老屋……

一天走访了四个古村落，考察了四所古民居，累，却很快乐，收获不小啊。

真想把湖南的古村落、古民居都考察一遍。

耒阳谢维俊故居

谢维俊故居为湖南省文物保护单位、红色旅游经典景区、爱国主义教育基地。谢维俊，字蔚青，湖南耒阳人，无产阶级革命家、军事家、政治家，1928年参加湘南起义，后随部队上井冈山。谢维俊曾任中国工农红军第四军第一纵队政治部主任，中共赣东特委书记，第一方面军总前委秘书，中共永丰、乐安中心县委书记，江西省军区第二军分区司令员兼红军独立第五师师长。1934年参加长征，到陕北后任中共三边特委书记，后在定边与国民党作战时牺牲。

他的故居为砖木结构，青瓦覆盖，白灰勾边，翘檐，属于典型的湘南民居风格。

耒阳美食

今天我们考察了耒阳四个古村落、四所古民居，顺便采摘了野胡葱、野香椿芽。在桐梓山古屋前面，无意中发现了成片的地衣，我简直惊呆了。

小时候，父母在渭河源头的渭源工作。那里的雨季绵长，山林里、堤坡上长满了地衣，当地人叫它地软。我和小伙伴们爬树摘野果，然后往树下一跳，落在地软上，像打滑梯一样，出溜到一丈开外，很是开心。我和姐姐经常去山上采这种菌，像木耳，墨绿色，薄如蝉翼，柔软湿滑，紧紧贴在地面上，只有连续下雨的春天才容易采到，并且没有寄生虫。

将近 40 年没看到地软了，这次偶遇很是惊喜，脑海里浮现出童年时在甘肃生活的点点滴滴……

本想尝鲜，请厨子加工我亲手采摘的香椿、胡葱和地衣。呵呵，有点儿像赵本山的小品里演的带着食材下馆子，看着服务员那为难的样子，只好作罢。

耒阳菜鲜香辣，很下饭，好吃得停不住，减肥，真难！

寿州村贺家老宅

从耒阳市驱车两个小时，到达寿州村考察贺家古宅建筑群。贺家古宅是道光二十年（1840 年）建造的，四合院格局，现存 20 间，曾经上过中央电视台。

迎着细雨，在寿州村古民居群流连。贺家老宅已有 100 多年的历史，共三套宅院，老大做官，老二是郎中，老三务农，每一处宅院都有它独特的魅力。

连着转了两处贺家老屋，不知不觉已是下午 1 点了，还有一套四合院没拍完。去饭店吃饭又怕时间浪费在路上，最终决定午饭就在村民家里吃，品尝农家小炒，春笋炒肉、湖葱炖河鱼，真香。好朴实的山民，放了很多油和肉，竟然不要钱，给她丢下一张百元钞票，她推让了半天。

美丽的风景，古老的宅院，淳朴善良的村民，好喜欢这里。

贺家老宅的透雕花窗别致精美，古人的智慧与审美令人惊叹。

贺家老宅墙上的祖训仍清晰可见：

或读诗书或种田，务宜早起夜迟眠。

工商亦是寻生机，急急勤劳莫息肩。

贺家老宅如今已残破不堪，但通过精美的石刻和雕花依然能窥到昔日的辉煌。在寿州村附近的一个古村落，看到一幢翻修重建的仿古大屋，不由慨叹当代人的审美咋和古人差那么多呢？朋友不住地自责，来晚了，昔日壮观的古宅已毁坏殆尽，真是遗憾。

祖辈们辛辛苦苦创下家业，建造了如此华美的家园，子孙们却没能守住，眼看着它坍塌在风雨里，让人唏嘘不已。

我们在细雨里考察寿州村贺家老宅，与房主聊天颇有收获，临别时房主送了我们一本《寿州村贺氏通谱》，使我们得以了解昔日贺氏家族的团结与兴盛。多希望这些古宅能得到很好的修缮与保护，变成耒阳的一张名片，多希望我下次再来时还能见到它们。

告别耒阳

在衡阳、耒阳的采访今天告一段落，马上去郴州看隔壁老王和阿炳小伙伴。耒阳，再见啦！

床头柜上的山茶花依然芬芳艳丽，那本是初到衡阳时乔生、杨震陪我转啤酒广场时采的花蕾，白天把它当玉簪插在发间，晚上泡在茶杯里，次日竟然绽放了，每晚枕着花香入睡，梦都变得香甜。

从衡阳到耒阳，看到这朵茶花开得那么灿烂，不忍心丢弃，插在背包上，一路背到了耒阳，依然绽放在我的枕旁。

朋友徐玉成开车送我去郴州，我又把这朵山茶花插在背包上，一路背到郴州去。

世间的花千万朵，有这一朵为我展颜，陪我天涯孤旅，足矣！

初到临武

朋友送我到临武，老王去挂坟，先不打扰他，我们自己吃个小餐。

隔壁老王小弟带爱妻娇子，邀着朋友，陪我转文体活动中心、秦汉古道、通天玉石城、临武三中、汾市镇古民居，老同学相见，开心！远方有老同学，真是幸福！

最美的时光，我们相遇，恰好我来，恰好你在。真是幸运！

谢谢继兵同学的盛情款待，第一次走入临武，看景、读人、悟道，收获蛮大。在毛院，第一堂课我们是同桌，你是我第一个认识的同学，第一个帮助我、借给我电脑的人也是你，第一次外出同转岳麓山、在湖大听课的人有你，第一次和最后一次去李丹房间喝茶也是你喊着我，第一次去外面吃饭也是受你邀请。因为这许多的第一次，才有了今天翻山越岭来看你。谢谢你，小老弟，与你交往，真的很开心！

汾市镇龙归坪村朱家大院

耒阳的古民居门楼高大雄伟，高七八米，有着湖湘人的霸蛮与傲慢，门楼上的砖雕、木雕和石雕很是精致，处处透着吉祥的寓意和祈愿。此外，耒阳古民居巷道通达、房间通透，都是较为开放的格局。

参观临武的古民居，没看到大门楼，各个巷道两端有门槛和大门，易守难攻，较为安全。总体来说，临武古民居的格局比较紧凑、小巧、严谨。这里地处秦汉古道，是通往岭南的咽喉，自古是兵家必争之地，因而这里的房屋多了一些内敛，少了通透与霸气。

不同的地理环境造就风格各异的建筑。耒阳，靠近湖湘中部，水陆交通便利，人们生活悠闲稳定，房屋精致气派，人的性格勇猛霸蛮。临武，地处边陲，常年匪患、战事不断，房屋更为内敛保守，人们的性格少了湖湘人的强悍与霸气，多了岭南人的柔和与沉稳。

临武鸭嘎嘎嘎

香香的临武鸭，勾起了我对毛院的回忆，思念的触须不停地拨动着心弦。

在毛院拖着行李箱孤独地走着，找到第一个人问路，恰好就是隔壁老王；开班第一堂课，同桌又是隔壁老王；在长沙的第二天，有个征稿催得紧，我在班群里借电脑，又是隔壁老王给我雪中送炭；到毛院第一次和同学去湖大听民俗课，又是与隔壁老王同行。

周末，隔壁老王探亲回校，喊我去尝小吃，呵呵，临武鸭。第一次吃到这么香辣可口的真空红烧鸭，咸香甜辣，却不油腻。吃了一袋又一袋，仿佛有个小手从喉咙里伸出抢夺。

于是，那天的话题就是临武鸭，看他那得意劲儿，我心里暗说，嘚瑟啥，不就是红烧鸭肉吗，有什么好炫耀的？今天看了周坚韧老师写的临武鸭和临武油茶才知道临武真的不简单，这个鸭子不一般，油茶香得似仙品，没吃过临武鸭，没喝过临武油茶，等于没到过湖南呢……

想到隔壁老王，耳畔回响起他唱的小曲儿。在毛院学习时，午夜，他与同学吃完夜宵，一边哼着小曲儿，一边喊着"毛十五的楼黑乎乎，书记楼里亮堂堂……哥们姐们，起来喝小酒啦"。每天夜晚，窗外飘过隔壁老王的顺口溜，毛院一天的学习才算结束。

隔壁老王，此刻在做啥呢？你听，隔壁又响起刺客的敲门声，两短，三长……

临武风光

在临武，继兵老弟召集了林汉均大哥和阿炳小弟赶过来与我团聚。大家参观了禅武学校、南强镇凤岩村秀岩溶洞、临武鸭加工厂、石门村龙洞、竹林、古村、通天玉石城、秦汉古道等地。

最美的时光，我们相聚，真是人生一大幸事。

傍晚，我们依依不舍地告别了继兵，阿炳接我来到了郴州……

郴 州

晚上我和林汉均大哥、嫂子在阿炳老弟的饭店吃饭，他的父亲、姨父陪我们。阿炳家的饭菜真是名不虚传，郴州嘉禾豆腐、剁椒鱼头（胖头鱼）、本草猪脚、攸县米粉肉、原味土鸡汤，色香味俱佳，好吃得不得了。

晚饭后，我和林大哥、嫂子在河边散步，一路聊着文学，真是惬意。这次有缘相遇的同学大多是从农村走出来的，他们靠自己的努力走到今天，真是不容易，他们也更有人情味，懂得珍惜，我尊敬他们。

人生何处不相逢，没想到从毛院毕业后我们依然有缘相聚。告别临武的时候，继兵给我发信息："你们在郴州好好聚啊，经此一别就不知何时再见了哦！"

想到人生聚少离多，就要分别了，有些伤感呢……

早晨 6 点起床，我和林汉均夫妇去爬苏仙山，看景、拍照、聊天，回到酒店一看，竟然不知不觉走了四个小时，18546 步，我的天，太厉害了，简直是拉练啊，累得我腿都不知道放哪里好了。

在苏仙公园，郴州旅社对面桥栏上的一组石狮娃姿态各异，透着典型的湖湘气质，呆萌顽皮又霸气。南北方的石狮子各不相同，北方的凶猛威武却又中规中矩，南方的则娇小玲珑，湖湘地区的还带着一股霸蛮之气。

地菜煮鸡蛋

鸡蛋，老百姓餐桌上的当家小花旦，蒸、煮、炸、炒，做汤、做菜、做饼，只有你想不到的，没有厨师做不出的。

光是煮鸡蛋，在民间就有多样的吃法。孩子出生，亲朋要送鸡蛋给产妇，祈愿圆圆满满，孩子皮皮实实；过生日，母亲要煮红蛋给孩子，祈愿孩子健康幸福；湖南三月三，当地要做地菜煮鸡蛋，当地有谚语称"中午吃了腰板好，下午吃了腿不软"。

地菜乃是荠菜，具有极高的药用价值，据《本草纲目》记载，荠菜味甘性平，入心肺肝经，具利尿、明目、和肝、强筋健骨、降压、消炎之功。

第一次品尝荠菜煮鸡蛋，感觉挺新鲜。荠菜煮过的鸡蛋，带着淡淡的绿色，清清的草药香，入口，微凉，清爽，有着妙不可言的感觉。

美食在民间，一方水土养一方人，难怪南方人灵秀，从饮食上就可知，他们把平淡的日子变成了酒。

郴州裕后街

阿炳小弟忙里偷闲带着我转郴州的古迹，先看了裕后街，它是郴州湘粤古道始发地。"光于前，裕于后"，对于老郴州居民来说，取名自《三字经》里这句经典名言的裕后街，曾经是郴州古城的中心。

骡马古道、犀牛井、江西会馆、涌门前，每栋古建筑都有一段说不完的历史。

看罢裕后街，接着去吴家古村看古民居，这里的古民居大多残破不堪，急需修缮，有的房屋已坍塌一半，里面还住着老人，让人担忧。高耸的房山，雕花的门窗，尤其是堂屋顶部的雕刻，非常精美。大青砖，白灰勾缝，古朴典雅，那种审美情趣让人不由得感叹古人的智慧。这里的古民居与临武、耒阳、衡阳等地的风格接近，却另有特色。夕阳给古宅镀上了一层金边，徜徉在幽深的小巷里，宛如穿行在梦里……

逛了裕后街，看过古民居，与花店的小姑娘聊天，与大街上的游客打招呼。在一家酒作坊与店家聊天，主人很热情，舀了几种自酿水果酒、米酒给我尝，嗯，香、醇！把矿泉水倒了，买了一瓶米酒，路上喝，真想买一大桶，可是，我提不动啊……

所到之处，所遇之人，都那么亲切、那么热情，好似我是那远嫁他乡的女儿，被丝丝缕缕牵挂着、缠绵着。

中午在裕后街街口尝了一碗鱼粉，香辣滑爽，美！淘到五本老书，如获至宝，小小开心一下，小女子别无所爱，有书陪伴着就是好日子！

本想去看南塔英雄纪念碑，可是鞋不给力，昨天爬山走路太多，脚上起水泡了……

下午逛了时代广场，买了一件圣地奥的黑色布裙，看了那么多五颜六色的时装，我依然喜欢它家朴实简洁的黑色衣裙。

一路走，一路逛，遇到一家小书店，竟然翻到了二手的郴州古村落、民俗等书籍，挑选了五本，实在拿不动了，就让店主帮着喊来快递，直接发回家。

一路遛，一路看，又买了面包、糕点、熏鸡翅、鸭腿等零食，然后打车回酒店。此时正值枇杷果上市，给母亲买了两兜，童年在甘肃时，母亲出差遇到枇杷总要给我买一些……

阿炳小弟出差了，一再发微信，很是惦记我的吃饭和行走，让阿炳小弟如此挂念，感动啊……

郴州的朋友在朋友圈看到我发的信息，非要请我吃饭，好吧，难得来一次郴州，今日别过，再聚不知何时呢。

朋友带着四个小伙伴给我饯行，大家相见分外开心。原来我们是同样的人，喝酒、聊天，真是快乐，没想到在异乡，就要挥手道别的时候，又邂逅五个好伙伴，真好，他们的出现，给我的湖湘漫步画上一个圆满的句号。

第一次写这样啰里吧唆的文字，只为记住在郴州的点滴，留住这些美好的回忆。

傍晚，我独自坐在公园里，聆听着小郴河的流淌，写着温暖的文字，时间一秒一秒地流逝着，就要挥手告别郴州，真是舍不得呢。

此刻，我和郴州的五个小伙伴在一起喝酒聊天，真开心，真希望时间慢慢走，慢慢走……

归　程

火车吭哧吭哧地向北奔驰着，离家越来越近了，我的湖湘漫步已近尾声，流连，留恋……

昨晚与朋友们欢聚到 10 点，六个人喝了两箱啤酒，那几个小朋友正值青春，正是酒逢知己千杯少，碰杯再碰杯，此刻，语言已是多余。

火车站广场，我们坐在香樟树下聊天，说着朋友的绘画，说着我的文学，说着我的行走……

行走湖湘，岳阳、衡阳、耒阳、临武、郴州，一路走来，遇到的人都是那么暖心，卢宗仁、李连明、杨震、李乔生、将石林、彭誉泉、徐玉成、王继兵、李炳林、林汉均、雷晓东，无论是熟悉的同学、朋友，还是陌生人，都带着暖意和友善，让我觉得就是回到了故乡。

难道是读三毛的书中毒了，不知不觉，也在向她靠拢，漫步、流浪，哈哈，本是书香女子，非要把自己变成女汉子，一个旅行箱，一架单反相机，走东闯西，根本不知道什么是害怕。

夜深人静辗转难眠的时候，想起自己的安乐窝。也许是担心舒适而又慵懒的日子磨去了自己的斗志，我逼着自己去闯荡，去陌生的地方流浪，在行走中重新审视自己的人生，不断获取搏击的力量。

一场想走就走的旅行，于我而言已不再是难题，拉起箱子就走，不仅仅是提起了箱子，也是把自己从慵懒中拔了出来，寻找行走的快感和青春的节奏。

越来越喜欢独自去陌生的城市行走，没有伴可以依靠，没有商量的人，一切都靠自己，无形中锻炼了自己杀伐决断的能力。不受拘束地行走，孤寂中却有着独特的魅力……

自己的行走，打扰了同学朋友，换位思考，真不好，不该打扰他们平静的生活。只是人生聚少离多，如果都怕打扰，朋友将会越来越陌生。想明白这些，我还是一如既往地行走，在正确的时间与正确的朋友相聚，同时，我也欢迎朋友们来打扰我，吃啥喝啥，不重要，情投意合的朋友欢聚，那才是人生一大乐事！

这次湖湘漫步，主要在湖湘的东南部转了，时间有限，毛院其他地方的老师和同学留待以后拜访，请大家原谅我的失礼。不见，并不等于忘记，不见，并不等于不再思念，缘分就是这样，无须刻意安排，兜兜转转，近的不远，远的不近。我将用我的心、我的笔走遍湖湘的山山水水。

火车不知疲倦地奔驰着，离家越来越近了，回头望望远在天涯的湖湘，思念顽固地占据了心头……

品味江南

行走江南，我又一次还原成鱼儿，畅快地呼吸着暮春的花香，化作雨滴，在白墙黛瓦的老房子上描绘着心底的欢喜……

在绍兴，有黄酒陪着，醉意朦胧，慢悠悠地行走在悠长的街巷，那诗意无以诉说。

绍兴黄酒有家的味道，有岁月的痕迹，有一种说不清的情绪，我更喜欢黄酒，好像是回到外婆家的味道！

杨梅酒是用高粱白酒加冰糖制成，虽然入口甜柔，但后劲十足，就像江南的女子，娇娇柔柔，却有个性、有脾气，温柔刀，刀刀割肉。

前年我在上饶，喝了半斤杨梅酒，醉得一塌糊涂，哭着，笑着，折腾一晚上……

江南是女孩子最爱的地方，柔美、雅致、多情、浪漫。

我爱江南，迷恋绍兴，无论是烟雨蒙蒙，还是艳阳高照，小桥流水人家，那景致、那味道，熟悉又亲切，似乎回到了梦里的外婆家。外婆家在大运河畔，童年时住在外婆家，每天坐在桥畔看渡船，外婆牵着我的手去买糖，外婆给我采荷花，外婆给我买煮菱角，啊，与外婆有关的童年记忆又一次清晰浮现……

江南让我流连忘返，让我心柔似水，是她唤醒了我沉睡的记忆，触动了心底最柔软的地方。江南，我的江南啊，我怎能不恋你？

我爱江南，不仅仅因为这里有鲁迅，有众多的文化名人，有沈园，有陆游和唐婉的千古绝唱，更是因为这是伊人的故乡……

味蕾上的安昌古镇

安昌古镇是个有味道的小镇，小河弯弯，杨柳依依，各种拱桥宛如彩虹，还有鳞次栉比的老房子、安详的老人、熙熙攘攘的游人……

河岸两边都是店铺，店铺里有腊鸡、酱鸭、鹌鹑、猪肉等各种腊肉和鱼干、笋干，还有众多叫不上名字的霉干菜，嗅着腊肉和霉干菜那特有的香味，我不断地告诫自己要管住嘴巴，否则一不留神之前饿肚子甩掉的赘肉就会卷土重来。

唉，穿行在美食之间，明明肚子叽叽咕咕，我却只能像个囊中羞涩的人儿，咽咽口水，赶紧走开。想走，却无路可逃，因为这边有烟雨长廊，河对岸虽没有腊肉的诱惑，但也没长廊，只能在大太阳下把自己晒成腊干。

唉，这是神在考验我的意志吗？我只是看看拍拍，就是不动心，可是看到淳朴的乡民那渴望的眼神又于心不忍。于是，我来到一个白发阿婆前买了她的鸡骨香糕，阿婆没有微信，带我去一个白发阿公那里刷微信，我又买了阿公的糯米蛋，阿婆和阿公都开心了，终于开张了。

我坐在阿婆家歇脚，顺便给手机充电，一边剥糯米蛋，一边和阿婆聊天，糯米蛋不好剥，阿婆给我拿了筷子。我和阿婆连说带比画地聊天，她今年84岁，有四个儿子、一个女儿，孩子们都在绍兴市里生活，老伴儿已去世，孩子们多次想要接阿婆去城里，阿婆却舍不得河畔的老宅，那老木楼已300年了，每天打开门都能看到小桥流水和来来往往的游人，心情非常舒畅。

阿婆弄点儿小吃卖，不在乎赚多少钱，只是找个与人交流的机会，就像我天马行空地游走，虽然旅途自由，却连个说话的人都没有，难免寂寞，我去买阿公阿婆的小吃，不是因为饥饿，只是想找个机会聊天而已……

哎，都是世间寂寞客。

本想在安昌吃午饭，早晨6点就起床了，把刚到绍兴时买的半瓶黄酒背在包里，可是安昌到绍兴市区往返要近四个小时，不能把时间浪费在路上，2

点前要赶回酒店，只好默默背起包朝着车站紧赶。

安昌渐渐甩在身后，我忍不住回首张望，看看那模糊的江南水乡，不知何年再故地重游，只是我还能逢到白发的阿婆和阿公吗？

春风不改旧时波

在霏霏细雨里，漫游梦里水乡，好一幅水墨画，浓妆淡抹总相宜。

绍兴是朋友的故乡，他移居美国已30多年，父母离世，祖宅变卖，不知不觉故乡凝成了他心头的朱砂痣，总在月夜隐隐作痛，走不近，放不下。

朋友拜托我寻找他童年记忆里的几座古石桥。走大街串小巷，打听朋友所说的拜王桥，与古稀老人座谈，热心的老人亲自带我在小巷里找到毓秀桥、凰仪桥、大云桥等。靠着高德导航终于找到了拜王古桥，我从各个角度拍照，又在附近的街巷里探寻老房子一并拍照，就想让朋友找到童年的印记，一解乡愁。哪知，我们的白天是美国的夜晚，我的照片惹得朋友失眠了，想家苦泪如断珠。哎，都是我不好，惹得朋友心痛。

真想，真想，他能落叶归根，我们坐在河畔的茶肆品茶，赏月，听风……

月亮在小河里摇摇晃晃，宛若走远的岁月，如梦似幻。我坐在河边听着风与水波的亲吻声，任思绪飘飞。有个阿婆走到我身边，我请阿婆品尝刚买的枇杷果，阿婆和我攀谈起来，我和她说起朋友的拜王桥，讲了朋友支边北大荒后考到北京医科大学，毕业后在北京协和医院工作，又考到美国读博，后来全家移民美国。从此绍兴成了他朝思暮想的地方，以前有老母亲守着古宅，后来母亲去世，他成了断线的风筝。

阿婆说，有娘就有家，娘走了，人就没家了。阿婆说，她和丈夫也是东北插队知青，他们当年在吉林插队，苦啊，从鱼米之乡来到举目无亲的北大荒，感觉一下子被生活抛弃了，那苦涩的岁月不堪回首啊。

我沿着河畔默默地行走着，似乎在地上看到一双双脚印，一直延伸到远方，就像一条生命的河，少年、青年、老年，在河流里挣扎着，走远……

喜欢啊，水乡绍兴，真的好喜欢，它是鲁迅故里，养育了那么多文化名人，在绍兴触摸中华的文脉，我已忘记了尘世的喧嚣和烦忧。

今天走了 2 万多步，我却忘记了疲惫，如鱼儿般畅游在大街小巷，只是啊，想到远在地球另一端的朋友，我的心里也隐隐作痛。

2020 年 5 月 12 日

行走大漠

寂寥孤烟的荒凉与长河落日的壮阔构成了大漠铺天盖地的主色调。巴丹吉林沙漠的美景主要是由奇峰、鸣沙、湖泊、神泉和古庙组成，星罗棋布的大小湖泊给死寂的大漠带来生机，也让静止的黄沙流动了起来，如同一首苍凉的史诗。

湖泊与大漠为伴，笑看浮世变迁，时而风清月朗，时而羌笛悠悠，时而飞沙走石，金波翻卷，这就是中国最美的沙海——巴丹吉林。

当我与你不期而遇，我的心为你震颤，欣喜溢满了眼角。你的荒凉，你的辽旷，你的孤寂，你的凄美，你一切的一切，都撩动着我这颗弱小的心。

如果你没有到过沙漠，你就无法真正理解生命；如果你没有深入沙漠的腹地，你就无法真正领会茫茫瀚海的雄浑与壮美。从金昌市区驱车向东北方向行驶90公里来到内蒙古阿拉善右旗，当绿树掩映的村庄渐渐甩在身后，此时，天地间只剩四种颜色：湛蓝的天空、洁白的云朵、昏黄的戈壁滩，还有藏青色的柏油路。柏油路在戈壁滩上蜿蜒，消失在天的尽头，大巴车平稳地穿越戈壁滩，一小时、两小时……

向往已久的大漠终于展现在眼前。极目四望，无边无际的金黄与蓝天相接，人就像沙海里的一枚叶片，而时间仿佛在这广袤的寂寥中凝固了，除去心跳，别无声息。游客四个人一组上了越野吉普，我们的司机是个蒙古汉子，热情、淳朴、健谈。他一再叮嘱我们系好安全带并逐一检查，还让我们抓好吊在车顶的安全绳，看到他这样郑重其事地再三强调，我们的心里不由得有些紧张。

准备完毕，一声号令，车队出发了。15辆越野车鱼贯而出，向大漠深处驶去。没有车道，没有红绿灯，也没有交警监督与指挥，这便是大漠里行车的自在与洒脱。

师傅驾驶技术十分娴熟，那车就像一头被他调教好的小毛驴，吭吭哧哧，晃晃悠悠，时而拐弯，时而爬坡。一双双饥渴的眼睛贪婪地注视着车窗外的大漠，茫茫沙海荡起的粼粼波纹，仿佛大漠含笑的眼波，内心的浮躁霎时间变成了流动的慈悲与柔情。行驶了几公里，地势开始变得有些平坦，车在沙丘上鱼儿般游走着，师傅便热情地给我们介绍大漠的景点和那看不见的航线。人随着地势忽上忽下忽左忽右，车子伴着德德玛悠扬的歌声如摇篮般轻晃，惬意取代了紧张，忍不住想这个蒙古师傅真能造势，出发前让人那么紧张。

就在我们放松心情的时候，师傅又大声提醒要抓好安全绳，只见车猛地吼叫着向一个七十来度的高坡冲刺，车几乎和地面垂直了，我们的心都快从嗓子眼儿里撞出来，用手死死抓着安全绳，眼睛紧盯着前方。

车子终于咆哮着攀上沙坡顶，前排的人看不到路，我在后排用余光扫了一下窗外，看着脚下悬崖般的坡底，还没来得及发愁和喘息，也就是一愣神的工夫，吉普车又像脱缰的野马般撒着欢儿地冲了下去，车轮腾空而起，顺坡滑行了一小段。那一刻整个人就像从万丈悬崖失足落下，血往上涌，嗓子发凉，头发根都立了起来，一种无言的恐惧占据身心，我们情不自禁地大声尖叫着，声音严重变调。

直到车子平稳着陆，魂魄才又回到身上，但这种巨大的刺激却像鸦片一般让人欲罢不能，再爬比这更陡直的沙丘时，尽管我们依然吼叫着，不过那已是开心地惊叹了。

其实，每个人心底都有一个难以翻越的高山，是否能征服它完全在于自己的心态。步入多事之秋的中年，身心都变得疲惫麻木，这种忘情的呐喊似乎惊醒了沉睡的自己，内心的野性也在这一刻弹跳出来，于肆意的欢叫声中复苏。

翻过一座高大的沙丘，巨大的成吉思汗头像沙雕就在眼前了。公元 13 世纪初，从漠北崛起的孛儿只斤·铁木真带着他的勇士们一路征战，横扫了西夏、大金，一路向西征服里海、黑海间的高加索、俄罗斯等国家，铁蹄所过之处对手无不闻风丧胆，屈服于脚下。沙丘后面似乎有烽烟滚滚，眼前再一次浮现出他统率千军万马横扫欧亚大陆时的威武画面。成吉思汗，默念着你的名字，我的心底升起几分豪气，用力挺直脊梁，攥紧的拳头却又不知击向何处。

沙雕周围星星点点地开着一些不知名的黄色小野花，金灿灿的花儿虽然只有手指甲那么大，但娇媚中却透着几分桀骜不驯。花儿如同孩子一样仰着汗津津的笑脸，仿佛走了很远的路来陪伴成吉思汗，与英雄一起守望湮灭的辉煌。

沙雕周围种满了葱郁的沙枣树，树下便是一弯明晃晃的月牙泉。第一个景点到了，车还没停稳，大家便如饥似渴地冲向月牙泉。凝视着翡翠般的清泉，真有些舍不得洗手浣足，怕玷污了它的圣洁，但最终还是没有忍住那清凉的诱惑，纷纷投入月牙泉的怀抱。月牙泉如处子般娴静，如明镜般清澈，湖底的沙石、水草清晰可辨，小鱼儿成群结队，在游人的腿间嬉戏，仔细看那些不知名的小鱼竟然是透明的，骨刺就像树叶的脉络般清晰。真是神奇！茫茫大漠里竟然有这样的清泉，有这样的生命！

听导游讲，这眼泉是甜水并且从未干涸，泉的西边那个高大的沙丘后面，还有两个比它还要大的泉眼，却是苦涩的咸水。苦甜相生，人生不也是如此？如果把大漠比作沉默的男人，那么月牙泉就是一位纯净的少女，泉水装点了大漠，湿润了旅人渴慕的灵魂。月牙泉更像一面宝镜，让每个前来瞻仰的人都在镜子里看到真实的自己，看到自己的前世与今生。如赤子般沐浴在圣水里，我们仿佛再一次回到母亲那温暖的宫殿，一切还没有开始，一切遗憾都未曾有过，一切悲伤都可抹去。

抬眼看看泉边的沙丘，陡直峭拔，如巨人一般高傲地俯视苍穹。好奇心激发起征服欲，于是我们甩掉鞋子顶着烈日纷纷向沙山爬去。刚踩到沙子就忍不住跳了起来，至少有四五十度，走在上面，人就是热锅上的蚂蚁。踩着别人的脚印就不那么烫了，虽然走得又稳又快，却少了许多情趣。于是，我踏上没被踩过的地方，不停地倒换脚步欢跳着，慢慢地适应了那炙热，走得越来越自在。

在半坡有一块比较平整的地方，扯下披肩，拿在手上轻歌曼舞。周围的一切慢慢远去，天地间似乎只剩下自己痴痴地踩着心律与清风畅舞，往事就像指尖的丝绸在清风里舒展翻卷，又随云朵悠然飘远。褪去多余的装饰，我已身轻如燕，找到了最初的自己。舞给谁看呢？蓝天，白云，还有那茫茫的大漠，一个沙粒挨着一个沙粒，就像一个寂寞依偎着一个寂寞。或许前世我也是这里的一粒沙，被风携带到红尘里，虽然在轮回中静观尘世的悲欢，但骨子里那驱之不去的寂寞或许就是前世的记忆。

终于气喘吁吁地爬到沙山顶上，蓝天那么近，一抬手就能摘下一朵白云。我们一字排开，骑坐在山脊上，就像坐在一头巨鲸上，在史海里沉浮。眺望四周，依然是望不到边际的孤寂与荒凉。宠辱不惊，看沙海潮起潮落；去留无意，望天上云卷云舒。个人的荣辱在大漠的浩瀚沉静面前显得太过渺小，得失只是因为心理衡量的角度不同，如果人们能够像大漠一样敞开心扉又怎会孤寂失落？

深沉的沙海中，每一座绵延向远方的沙峰都是历史的旁观者，每一个海子都是岁月的眼睛，每一缕风都是时光的刻刀，历史的痛楚在时空的长河里沉淀凝固，柔情在泉水中复苏，曾经的辉煌化作花朵摇曳在清风里。你看远处有一列驼队如剪纸般姗姗而来，悦耳的驼铃咣当咣当地仿佛在诉说旅途的寂寥，那可是行走在丝绸古道上的商队？骆驼上坐着的可是美丽的楼兰新娘？那遥远的楼兰古城是否依然繁华如昨？茂密的绿洲，清澈的沙湖，稠密的人烟，繁忙的商旅，云朵似的羊群，还有那个骑着黑骏马放牧的少年郎，如今你们都在何方？

遐想只是一瞬，只是让我觉得这世间没有永恒的美好，应该小心地看护好自己的灵魂，莫让它被风尘侵蚀成了无生机的戈壁。面对这一望无际的寂寞，更多的是安静，是凝视，那颗烦躁的心沉下来，贴着一粒粒无言的沙，让心事一点一点向大漠的深处靠近。

且听穿林打叶声

这么近，那么美，周末到河北，让悠悠的山风吹去俗尘，让淙淙的溪流涤去红尘里的烦忧。初夏时节，与河北省采风学会的众文友结伴从石家庄驱车去元氏县的揽紫沟采风。

穿过熙熙攘攘的闹市，钻过钢铁丛林的城区，窗外的花红柳绿渐浓，视野愈加开阔。远处连绵的太行山脉和碧绿的田野越来越近，内心的喜悦悄然弥漫。下高速不久，山路变得狭窄又崎岖，行车愈加小心翼翼，在一个高大的山寨前停车，我们终于到达揽紫沟生态园。没想到距离省会这么近的地方竟然有这样一处静美的桃花源，小巧精致就像一个小盆景，让人对它有了莫名的好感。

初夏的山风清清凉凉，就像宝宝的小手柔柔地抚摸着脸颊，内心生出一种说不出的舒爽。山风中夹杂着花香和青草的味道，深吸一口，让那花香充满五脏六腑。

房前屋后、路边、崖畔、溪旁开满各色的花儿，娇美可人，让人不忍离去。碗口大的月季、金丝绒般的红玫瑰、蓝莹莹的勿忘我、金灿灿的小雏菊、如火如荼的金银花等，各种有名的、无名的，颜色繁多得让人眼花缭乱。一片片、一丛丛、一朵朵、一枝枝，花儿们仿佛媲美似的努力绽放着积攒了一春的激情。

揽紫沟的花儿真多啊，目之所及皆绿色，行之所遇都是花。这里栽种的都是生活中很常见的花草，但长在揽紫沟却出奇地精神。也许远离红尘的纷扰，让这里的一花一草有了灵性，有洁净的山风吹拂、无尘的细雨滋润，再加上阳光柔和的爱抚，花儿草儿迎着阳光恣意生长，少了温室里的柔弱，艳丽中透着一种孤傲与倔强。

揽紫沟是革命老区，这里有胡家庄保卫战、葫芦套战斗等遗址，秦基伟、朝鲜义勇军曾经在这里生活和战斗。你看，石阶边的那一丛丛红月季花就像一片燃烧的红霞，花瓣上含着一个个晶莹的露珠，在晨光里一闪一闪，仿佛孩子顽皮地眨着眼睛，让人情不自禁低头轻嗅。石阶之上的南坡边有一座小石屋，古朴又雅致，仿佛昏昏欲睡的老者在时光里静默。据村里的老人讲，抗日战争时期，揽紫沟的村民曾冒险掩护受重伤的八路军战士，把他们藏在这里养伤，直至伤好归队，每送走一个康复的战士，村民的脸上就多了一份革命胜利的信心。

转眼，时光已流逝了70余年，村民们却依然小心呵护着这座小屋，一代又一代讲述着揽紫沟军民鱼水情的红色故事。而今，这里已成为红色教育基地，这座小屋在村民心里依然有着崇高地位，一批又一批的少年、青年来这里瞻仰缅怀，学习扣好人生第一粒扣子，激活血脉里的红色基因，厚植爱国情怀。

揽紫沟的山花充满野性，让人爱恋，揽紫沟的鸟儿更是自在。空山静幽，山林里不时响起几声鸟鸣，唧唧啾啾，脆生生的如玉磬般敲在心上。布谷、珠颈斑鸠、喜鹊、野鸽子等各种小鸟在这里安居乐业，在枝叶间私语，在云间比翼齐飞，在崖壁上修筑爱巢。密林深处，各种鸟鸣此起彼伏，鸟儿深情地对着情歌。鸟儿是大山的精灵，它们在山间相亲相爱，自由地生儿育女，生活在揽紫沟的花儿鸟儿真是快乐，真是羡煞红尘里为几两碎银而忙碌的人儿啊！

初夏的揽紫沟泉水还很瘦弱，大山怎能少了溪水的陪伴呢？你看，善动脑筋的山主在崖壁上修筑了小石坝，一道道小石坝顺着山坡次第延伸，旱季，开闸放水，溪水从崖壁上飞泻成瀑，荡过一道又一道石坝，溅起朵朵浪花，石坝或高或低，溪声时高时低变换着调子。

溪畔的山坡上，栽着几株老核桃树，不知这些老树有多少年岁，龟背般黑褐色的皴裂树皮无声地诉说着它的古老。树下安放了两张方桌，文友们围坐在一起谈诗说文，山风夹着欢声笑语和溪声拂过，山风、小溪、花草树木浸染了文学的香气，有了更多味道和灵性。

　　清香的山野菜、金灿灿的土鸡蛋、蘑菇炖土鸡、凉拌山葱等，每一道菜都那么诱人，散发着独特的香味，勾引着大家的馋虫。美食、美景，还有众多意气相投的知音，让人不由自主打开了心扉。

　　如此良辰美景，怎能少了美酒助兴？会长抱出以采风学会冠名的彩凤酒，那是在山西杏花村酒厂特制的文学酒，醇厚绵柔，轻抿一口，齿颊留香。彩凤酒把气氛烘托得愈加热烈，就连性格内向的女文友也少了矜持，多了笑意和诗兴。

　　"山不在高，有仙则名。水不在深，有龙则灵。"揽紫沟的园主真有眼光，寻一处清幽山坳，享一份清欢，修炼潜龙的傲骨，诚邀众多文学仙人在此谈诗舞墨，让名不见经传的揽紫沟多了灵性与厚重。

　　揽紫沟里的山风啊，多像母亲温柔的手，抚摸着一颗颗渴望流浪的心；山谷里的花草啊，多像恋人温热的唇，亲吻着一颗颗诗意的心；山谷里的小溪啊，轻轻淌过我的心扉，荡去红尘的纷扰，只留下满怀的清幽与轻盈。

第三辑 · 那些事

山东聊城大运河田野调查随笔

昨日和天津财经大学的陈曼娜教授、天津电教馆张凡工程师、天津师范大学副处长魏力工程师一路考察山东聊城段的大运河现状。

这是一次真正意义上的田野调查，有运河专家教授的引导和讲解，我的视野和知识面有所拓宽。看到几位老师对古运河遗址的认真调研，心中不由自主地敬佩，敬佩他们科学严谨的研究态度。看到那些如同得了肠梗阻的废弃河道污浊不堪，我和陈教授感慨不已，张凡老师虽然不语，但我能感知他内心的惋惜。

看到周家店保存较完好的古船闸，我们如同孩子般发出惊叹，尤其是打磨规整的石壁，线条优美整齐，石头之间结合紧密，没有缝隙，让人不由得感叹古人的智慧，要知道古时没有先进的切割和起重设备，一切都靠手工打磨。走访村里多个老人，得知此船闸为民国时从德国进口。铁闸和铁绞盘等设施历经百年风雨，依然挺立在村口，就像沉思的老人，怀念着曾经的辉煌。

阳谷县的阿城上下闸，两对雁翅石依然优雅地高翘着，犹如大雁在云端轻舒翅膀，轻灵飘逸，有着无法言说的美感。墩台石被岁月磨出了包浆，有了美玉的质感，燕尾铁牢牢抓着石墩，经历了千余年，依然稳稳地站在那里，燕尾铁上镌刻的闸名依然清晰。古代劳动人民卓越的才干着实令人叹服。

运河上有一个神奇的石雕瑞兽——"蚣蝮"，匍匐在地，身有龙鳞，耳、鼻、尾呈狮虎像，两眼炯炯有神，斜视河水，大有威慑水怪之意蕴。《水东日记·卷九》曰："好饮者曰蚣蝮，石桥两旁俯水兽是也。"传说是龙生九子之一，性善好水，喜食水妖，又善调节水量，使河水"少能载船、多不淹禾"，人们依其形貌雕成石像一雄一雌，置于桥头或桥身，表达着伏波安澜的美好愿望。阿城下闸的镇水兽已替换成新刻的，刀法、造型和神韵虽然都不错，却让我感觉轻飘，少了味道。看过阿城上闸的四个明清时期的镇水神兽才幡然醒悟，替代品缺少的是神韵，唯有一颗无尘的工匠心才能做出传世之品。文物不可再造，再精湛的技艺，模仿得再神似，也不是真物，如此，才有了古董不可替代的价值。

在七级镇古码头，只有石台阶还算完好，走过石街，脚步轻轻，生怕踩痛了这个千年老人。我的眼前浮现出一双双行走的脚，有的匆匆赶路，有的闲庭信步，有的步履蹒跚，一代又一代人走过，石码头看到各种命运的起起落落，每天迎来送往，看过太多的悲欢离合，不知它那颗石头心是否已被岁月捂热？

七级古镇街道两边的古建筑很是有趣，清末民初、新中国成立前后、"文革"时期、改革开放以来，墙上的口号和时代标语无不带着时代的烙印。在街巷里有一对巨大的石赑屃，陈教授一眼认出出自汉代，赑屃的头与四肢已模糊，不知是人为破坏还是被岁月磨平，唯有腹部的云纹精美又清晰，背上的石碑已无踪影，估计石碑有门扇大小，陈教授从赑屃的造型和大小推测，这个石碑的来历不凡。打听多个村民，关于石碑的去处无人知晓，幸好赑屃太沉重才侥幸逃过贪婪者的毒手。

在张秋古石桥徜徉半天，初见石桥很是激动，造型优美，非常有气势，尤其是桥头的四个石狮子，威武霸气，如此华美的石桥，怎会没有镇水石兽呢？我们把石桥两边细细查看一番，总感觉怪怪的，安放镇水神兽的桥洞上部竟然是五角星，隋朝怎会有五角星？我们的目光在桥帮上游走着，又看到一个古怪的事，一块刻着"起凤"的石板竟然是倒的，工匠再没文化，也不至于看不出字的倒正，为什么这样诡异？我们在桥上一个栏杆一块石板地查看，越看越蹊跷，桥头的狮子背后有个石板，与桥没有关联，栏板之间结合生硬，竟然有缝隙，栏板上的图案与桥有些不协调，五角星所在的拱梁与别的板块有点儿不一样。我们越看越觉得古怪，百思不得其解。

正在我们一头雾水的时候，桥上走过一个老人告知，此桥非彼桥，原来的桥"文革"时期被造反派破坏，后来人们拆了一个贞节牌坊，移花接木安在古桥上。四个石狮子也出自牌坊，镇水神兽被砸毁，取而代之的是五角星。不知是工匠故意为之还是不小心，把刻着"起凤"的石板放倒了，也许这是石匠冒着危险无声地抗议那段黑白颠倒的历史。真古桥已被破坏，此桥是古牌坊和古桥的二次结合，古老的构件却繁生出一个古怪的桥，让人扼腕叹息。桥下流水潺潺，那是岁月不尽的泪流。不过，这也是历史，它见证了人性的美好与丑恶。

从周家店古船闸、七级镇古码头、古街巷、阿城阿西村、刘楼村上下闸、陶城铺险工、张秋镇金堤河黄河交汇处、水门桥、阿城到荆门上下闸等地，还有河南省濮阳、台头县八里庙、运河古道等，我们一路走一路考察，不知不觉天已擦黑儿，只好恋恋不舍地启程。

2019 年 10 月 21 日

听 海

午夜听着大海在远方的呼唤，忍不住赤足走近，走近它，被那潮湿的呼吸牵引，再一次跌倒在海的怀里。

想他就去看海吧，海会随你一起哭泣。如注的泪滴落在海的怀里，不知是夜的冰凉冻结了泪珠，还是我的悲伤感染了海，今夜的海失去了往日的欢腾，眼前模糊一片，化作朵朵飞溅的浪花。

海一定是阅尽了人生的悲欢与无奈，夜深人静的时刻，海的深处总会传来悲凉的歌声，那是人鱼姑娘无奈的愁绪吗？凝视月光下的大海，一种异样的感觉紧紧地抓住了我。

海啊，我看不到你的眼眸，却摸到你苦涩的泪滴，它流淌到我的脸上，滑入我的心底。海是冰凉的，为什么灼伤了我的心？让今夜的我柔肠百转。

坐在冰冷的礁石上静静地听海的心事，翻腾的浪花不断地扑向海岸，一声叹息之后缓缓退去。听，那是海哭的声音，仿佛一个痛苦的人在呻吟，抽抽噎噎好像总有拭不尽的泪珠，又像寒夜飘落的秋叶，轻轻滑过树的依恋，打一个回旋又缓缓地散去，长长地叹一口气，洒落泪珠千万滴。海啊，是什么让你如此伤心，落下这样多的泪，让我也成了潮湿的人儿？

一阵海风拂过，刚刚平静的海又开始呐喊，仿佛一声惊雷撕裂了海的锦缎华衣。海的呼啸惊醒了沉睡的鸥鸟，一只孤独的鸟儿扇动羽翅，飞向天边的那轮皓月，优美无助的身影逐渐消失在夜幕里，海的心上有了一道美丽的划痕。

你听鸟儿离去时的哭泣，"世界上最远的距离，不是天与地。而是你在我心里，你却不知道。"海涌起无数的浪花，每一朵都是写给鸟儿的相思。鸟儿却再也看不到了，它飞回自己的故乡。

海啊，难道你也懂得有种爱叫放手吗？真的无情吗？你可知那是化作鸟儿的我啊，依然是天涯海角，依然是无缘的牵手。

海啊，我看到了你的无奈，我是你心中的那株海藻啊，伴着你的呼吸起舞，随着你的心跳悲欢。我是你怀里的那颗珍珠，那是你前世的泪珠被我收藏。用温热的胸膛把它呵护，在我柔情的眼眸里孕育，我化作了珍珠等待今生的相依。海，我感觉到了你的心颤，每一次热情的相拥都让珠儿沉醉。我愿与你永远相守于漆黑的海底，用我的珠光照亮你，在你的怀里欢歌醉舞。

海啊，你为什么要叹息？为什么一次次地把我卷上海滩？纵然世间的繁华让人迷恋，锦衣玉食的日子让人羡慕，可那里没有你。搁浅在冰冷的海滩，我依然是那颗孤独的珠儿，默默遥望你，期待着潮汐的涌起。再也看不到深情的目光，却听到你夜夜的哭泣。沧海月明珠有泪啊！

浪花不断地扑来，如同顽皮的孩子在拽着我的裙裾，那柔柔痒痒的感觉让夜褪去了几分凄冷。飘远的思绪被海拉回，默默地与海对视，我看到了你眼眸的深情，看到了你额上的沧桑。

海啊，你承载了世间的多少悲欢？记得前世你告诉我：让时间学会老去，让我们永远年轻。白天的你还是那个激情澎湃的青年，为何今夜的你就像沉浸在回忆里的耄耋老人，絮絮叨叨倾诉往事，辛酸的泪珠把记忆也浸泡苦涩。

海啊，我读懂了你的心语，你可看到我心中那撕扯的疼痛。翻卷的浪涛你要冲破堤坝，随我去远方吗？

今夜我饮下清风酿造的美酒，披上月光霓裳，踩着碧波走近海，我看到了那颗潮湿的心，碧海青天夜夜心啊！

你听海那急促的呼吸，海在走近，伴着清新的海风走近了我。

泪在今夜打结……

2006年写于威海

138

闲尝秋水茶

深秋的阳光金子般洒满阳台，窗外的丹枫在微风里轻轻招手，仿佛老友的深情呼唤。周末闲来无事，奔下楼，一个人悠闲地散步，看到一家装修优雅的茶庄，忍不住推门而入。

三个身着汉服的妙龄女子静静坐在茶台前，微笑着，仿佛浮在水面上的睡莲，恬静清爽中透着几分亲和。

茶案上燃着檀香，若有若无的香气让人瞬间挣脱了凡尘的束缚，恍若置身于江南的雅舍。慢慢地欣赏着博物架上各种精美的茶具，汝窑、钧窑、青花、紫砂等，看看这组，喜欢，摸摸那套，舍不得放手。可爱的小和尚，淘气的小动物，"知足常乐"、金蟾等诸多呆萌可爱的小茶宠令人一见倾心。

轻轻抚摸着那个俗称"孩儿屁屁"的薄胎白瓷碗，感觉真是奇妙，柔滑细腻真像小奶娃的屁股，似乎还带着工匠的手温呢。风格各异的茶具真是养眼，即使用这样精致的小碗喝白开水，亦会有与众不同的味道。

"姐，请过来吃茶吧。"茶艺小妹喊我呢。素未谋面，我们四个人却像老友般围炉品茶。看那个白衣女子的茶艺表演真是享受，优雅的动作就像随风摇曳的玉兰花，温柔的笑容，纤纤玉指，飘逸的衣衫，她真像是从池塘里走出的青荷，却又比青荷多了几分暖意，如果说她是从茶水里翩翩而来，倒是有几分恰当呢。

舀出半勺安溪铁观音倒入扣碗，听到茶粒脆生生地落下，似乎唤醒了内心深处的某些与茶有关的记忆。沸水倒入闲置的扣碗，双手扣紧小碗慢慢摇晃了一分钟，褪去沸水的火燥后，再沏入茶碗，茶粒在水中翻滚着、舒展着，渐渐地，春芽的清香随着氤氲的水气扑面而来。

端起白玉般的小瓷碗，轻轻嗅着琥珀般的茶汤，慢慢啜吸着，唇齿间弥漫着沁人肺腑的香气，在舌尖缠绵着，茶水逐渐黏稠，似乎分了层次，有了分量。蓦然想起卢仝《七碗茶诗》中的诗句："七碗吃不得也，唯觉两腋习习清风生。"

三泡之后，铁观音味已淡，又沏一壶陈年熟普洱。茶汤乃端庄冷艳的酒红色，如王后般优雅高贵，悠悠醇香如丝绸般滑润，一点一点漫过身心。渐渐地，心上的折痕缓缓舒展。经过茶水的抚慰，心已归位，丰盈安逸，时光慢悠悠地在杯中摇晃，仿佛有一双小手在梳理着思绪，身心渐渐沉静，每个细胞都透着舒爽。

禅香袅袅，琴曲缥缈，茶香悠悠，让人有了几分的恍惚。品着香茗，谈着茶艺，我们温言软语地聊着，仿佛日日相见的茶友。毛尖、普洱、正山小种、安溪铁观音，几壶下肚，已有几分醉意……

夕阳静静地在杯中摇晃着，不早了，起身告辞。

"姐，明天还来品茶。"

"好，明天还来浴心。"

茶香沁衣，悠然又惬意。走出好远，突然想起，我们竟然不知对方的名字，只是觉得喜欢，那种淡淡的感觉，那种清爽。

明天，还去吃茶。

江南丝雨

江南的丝雨别有一方情意，它常在诗人的笔下翻跹，在画家的宣纸上歌唱。是江南的雨诗意了那里的人，还是那里的人让雨滴多了几分灵秀？

细雨淅淅沥沥地与芭蕉耳语，是什么私语羞红了桃花的脸颊？是雨里的缠绵，还是花下恋人羞涩的私语？

你看，又有一对依恋的影子在那丝雨中若隐若现，油纸伞下的缠绵却被雨滴泄露，淅淅沥沥诉说着许仙与白娘子前世今生的不老情。一定是白娘子的泪滴化作了烟雨，要不这雨怎么会这样的缠缠绵绵？

江南的雨如烟似雾，朦朦胧胧，只有在雨中我才有旧忆的翻腾。不愿让潮湿的记忆发霉，于是我常在月光下翻晒往事。江南的雨像一樽陈年老酒，今夜月光醉酒，睡在银河上的那叶小舟里。

漫步烟雨中，不知不觉心也沉醉，枕着雨滴，悄悄走入你的梦里。烟雨潮湿了我的记忆，让那个干枯的梦在今夜渐渐舒展，愈加丰盈。昨日那个缱绻的故事逐渐清晰，我的心苑里开始有了鸟鸣，一粒沉睡的种子在漆黑的泥土里萌芽，呼唤，呼唤！

我愿随着江南的丝雨慢慢地、慢慢地飘洒；愿江南的烟雨随我轻轻地、轻轻地吟唱，悄然走入每个无眠的夜里。雨朦胧，夜朦胧，梦朦胧，真不愿醒来，只愿在雨里徘徊。

我想在每一滴雨珠上镌刻心语，让心语像这江南的雨飘洒，润泽远方的人。这雨滴是我投向远方的目光，隔着玻璃窗深情地凝望，凝望，却无法喊出心底的热望。

一缕清风夹着这丝雨洒落在眼角，化作思念的泪花，多想与你走在这悠长的烟雨里。

江南的丝雨，请不要停歇，我只想在雨帘里徜徉，在寂静中寻觅。当目光相触时，眼眸里的炽热驱散了季节的清凉。烟雨温热了夜，你温暖了我的记忆。

江南的雨啊，请不要惆怅，你虽看不到我的身影，但我已融在你的舞里，做一缕柔风，与你相依。

午夜听雨

这是一天中最轻松的时刻，独守一盏烛灯，静静听雨。

入夏以来，骄阳似火，身心都被炙烤得干瘪枯焦。久久地思雨、盼雨，雨却像迷路的孩子，踪影皆无。

黄昏，雨终于落下，噼里啪啦，天空与大地的对话很急切、热烈，仿佛十万天兵天将的鏖战，又似沸腾的油锅撒入了盐粒。

雨，仿佛压抑了很久，发出呐喊、怒吼、咆哮，天地为之撼动，也许是憋屈的灵魂在倾吐心底纠结的戾气。

自从搬入楼房，与雨有了距离，十多年了，总也触不到它的脉搏，感受不到它的心语。或许，雨，只是简简单单地落下，复杂的、多情的、伤感的，是观雨的人，让雨落出了别样的味道。

静夜，守一孤灯，听雨，听孤独的灵魂随着雨声长吁短叹，叹一行潮湿的诗句，咏半阕落寞的闲章。

雨，轻轻落着，落着，滑过夜与昼的边缘，割裂又缝合着虚与实，美与丑撞击，融合，寻找着自己的位置。

雨轻轻柔柔地落着，仿佛飘过午夜海面的歌声。世界已沉睡，只有一个孤独的灵魂坐在午夜的海面，聆听雨与海浪的对唱。也许，雨最懂她心里的忧伤，只有在午夜，她才拿出潮湿的心事晾晒在月光下，让雨诵读。

雨，不知疲倦地敲打着天地间的黑白琴键，奏一曲灵魂的咏叹。睡的依然沉沉地睡着，醒的依然清醒。或许，入眠是另一种清醒；清醒是另一种痴呆。

你听，那冷雨的演奏，你听，那旋律的怅惘，倏地划过你的梦，没有了踪影……

　　午夜，守一盏孤灯听雨，听雨的悲欢离合，随它幽咽，直到自己也化成了午夜的雨。

2017 年 6 月 20 日

五月遂想起

刚才在网上看到当年知青大返程的往事，心痛，痛心！

谁的青春没有苦涩，谁的人生没有伤痛？委屈，似乎流行感冒，稍不留神，它就拍你个涕泪横流。

蹉跎岁月，人如草芥，个人境遇总是被社会大环境拖曳，在激流中站稳的能有几人？

我是第一代支边人的后代，父母在北京读完大学直接支边去了举目无亲的大西北。我们兄妹自小与父母聚少离多，童年时代父爱母爱缺失，对于一个幼儿而言，生活里没有父母的疼爱，与孤儿有啥两样？

支边人为了国家建设无私奉献，献了知识献青春，献了年华献健康，献了自己献子女，不能尽孝，不能陪伴孩子的成长，留下一生遗憾，半生愧疚。

支边人终于熬到落叶归根，回到故乡，突然发现，自己是失去故乡的人。

但是黄土高原的同学朋友时常惦记着我们，曾经的老邻居叔叔阿姨偶尔还会想起：芳芳，你妈妈还好吗？今年回家看看吧。

我在甘肃渭河源头出生，落地第一眼看到的是西北的医生，喝的第一口水是渭河的水。于是，我一辈子记得那水的味道，无论走到哪里，都记得自己是西北人，我的故乡在甘肃！只是离开甘肃太久，与那块热土若即若离，我已不会说当地的方言。

故乡的沙枣花开了，想一下，我的心便痛一下。沙枣花香遍了田野，那是我在甘肃最喜欢的花，每到初夏，我家客厅总要插一束盛开的沙枣花。没想到小小的花瓣竟然有着超乎寻常的能量，浓郁的花香直透心脾，香调却是柔和纯正，甜香清润，任你技艺再高绝也调配不出沙枣花香的自然与纯正。沙枣花的香气令人沉静安适，有着抚慰心魂的效果。如果把沙枣花比作人，她更像初为人母的女人。

20世纪50年代老支边人的创业史是用心酸、委屈和无奈写就的，更是用无私、无畏、顽强和奉献写就的。正是这些苦痛与牺牲撑起了共和国的脊梁，他们是共和国的骄子，更是不应被遗忘的最可爱的人！

大西部的沙枣花开了，一簇簇、一团团，如云似霞，香遍原野，那里有你、有我，还有那千千万万的支边人，那是一代又一代的青春之花。

2017 年 5 月 21 日

花开花落又一年

蜡梅你追我赶地开着，一波未谢，一波又张开了笑脸，每天笑吟吟地在窗外注视着我读书写作，就像知疼知热的女儿。案前的水仙花也羞答答地仰起了笑脸，幽香如同柔软的小手，瞬间抚慰了我的焦虑和疲惫。杜鹃、小雏菊沐浴着冬日的暖阳尽情绽放，娇嫩的花瓣，明艳的色彩，照得人心里亮堂堂。

窗外鞭炮声越来越密集，龙年来了，带着喜庆，带着希望，带着祝福，龙年终于来了。

时光最是诚实，一直在闷头赶路，从来不等待贪玩的人，仿佛昨天还是花朵初开，转眼已花飞花谢，一晃又是一年。童年时，总是盼望过年，盼着穿新衣服，盼着跟随父母走亲访友，盼着压岁钱。一年又一年，周而复始。而今，我对年没有了童年时的期盼，热情也散去许多。不知不觉年变成了压力，变成了一头在屁股后面追着撵着的狼，似乎不给人喘息的机会。唯有咬紧牙关大步奔跑，和时间赛跑，和昨天赛跑，努力超越着昨天的自己。

2023年是我职业生涯的里程碑，秋天，我已华丽转身，终于从三尺讲台上走下来，开启了专业的文学创作。当我走出工作了近30年的教室，挥手告别熟悉的校园时，我的心出奇地平静。当工作与理想重合，所有的汗水、所有的付出、所有的光环，都是幸福。当我从琐碎、紧张和压力中走出来，长吁一口气，如释重负，如梦方醒。天空是那么辽阔，阳光是那么灿烂，梦想在远方朝我招手，我打开那双隐形的翅膀，在文学的天空自在翱翔。

2023年的冬天，我一直在忙，忙着"爬格子"，忙着校对书稿，自己的、他人的、大家的，忙着把网上的文字变成铅字，忙着照顾耄耋之年的老母亲。一心沉浸在文字里，文学的触觉愈加敏感，一花一草、一诗一文，总在不经意间触动我那颗心，一番思忖，信手敲打，一首诗、一篇文，在指尖流淌。退出激烈的职场竞争，疲惫的心终于轻盈，我的心上绿草茵茵，鸟欢歌，花袭人，栽种美好，收获安逸。

生活就像天气，不可能总是晴好，所有的阴霾都是在锻炼我们的肺活量，都是在提示我们珍惜阳光晴好的日子。2023 年，我看到了善良，也看到了无耻；看到了真诚，也见证了虚伪。真真假假，虚虚实实，善与恶，都是生活，都将成过往。留住美好，把烦恼翻篇，轻松迈入 2024 年。

2023 年深秋，我步入了新的生活，在自己的世界里，忙自己喜欢的事，安静、静谧，独守内心的净。一个人安静久了，厌倦了红尘里的熙熙攘攘；不喜欢言不由衷的话语，不喜欢推杯换盏。两耳不闻窗外琐事，一心只想读书、写书。守住自己的心，其他，与我何干呢？不关注他人，也懒得理睬那些无聊的目光。

允许他人做他人，就让自己做自己吧，他人的不堪会由他自己带着，自己再丑也是自己。

2023 年我陪着耄耋之年的老母亲，有烦恼，有厌倦，有疲惫，但更多是欢喜。母亲到年底就已 90 岁了，越来越像个孩子，做事丢三落四，每天都要惹点儿小麻烦，我跟在后面不厌其烦地扫尾。母亲越来越不利索，今天把竹子蒸笼烧焦，明天忘记关阳台窗户，后天又把茶碗打破，总之没有一天让我省心。如今，我与母亲换位，她像我小时候一样调皮捣蛋，我像她年轻时那么啰唆。母亲糟蹋东西已不知不觉，挨批评也成家常便饭，我每天啰里吧唆地嘟嘟她，她是左耳朵进右耳朵出。有时，我气急了咬着牙说："明天就把您送走，爱上哪儿上哪儿！"母亲也像个犯错的孩子，怯懦地说："把我送走吧，送我回家吧！"

每当此刻，我和母亲的眼里都含着眼泪，真想大哭一场。母亲的家在哪里？我能把她送到哪里去？我每天专职地悉心照顾母亲的起居，就像贴身保姆，其中的辛劳，谁懂？一夜无话，第二天，不管太阳是否出来，我和母亲的天肯定烟消云散，我们又像啥也没发生一样，她忙着锻炼，我忙着读书写文。做好母亲喜欢的饭，高声喊一嗓子："妈，吃饭喽！"母亲连声答应着，乐呵呵地往餐台溜达。

陪伴母亲是我结束职业生涯后的一个生活重点。有时烦，有时恼，有时火冒三丈，但更多的时候我们相处如姐妹，共同回忆着我们在甘肃生活的快乐时光。我们一起制作陈皮，一起做泡菜，一起浇花，一起逛公园，一起唱歌跳舞。我照顾母亲，其实，她也在陪伴我，她是我的亲娘，最懂女儿的心，我们有得聊，与母亲聊往事，真是快乐。孝敬母亲是我的天职，多累都要坚持，母亲的今天就是我的明天，我为自己积福，更是为儿孙积攒福报。

2023年，我的处女作《华彩序章》即将出版，满怀期待首部散文集的问世。我知道出名要趁早，但是我这个人有精神洁癖，总是不满意自己的作品，总想超越昨天的自己，写立得住的作品，于是，选在回归山林的时节出书。2023年也是我文学路上的里程碑，一个大的转折点，是等待许久的厚积薄发的节点。

朋友送来四盆蝴蝶兰和香水百合，多么娇美的蝴蝶兰啊，婷婷的姿态，娇娇的花瓣，就像一闪一闪扇着翼翅的蝴蝶，把我的心都给柔化啦。那是在文学天空自在飞翔的我啊，终于挣脱红尘的纠缠，专心写书，多么美好幸福啊！枝叶葱郁的香水百合含着朵朵花蕾，一个个、一朵朵饱胀欲裂，葱绿中透着一丝娇红，就像将临的幸福。百合，百年好合，多么吉祥的祝愿。祝福我们，祝福我的孩子们，龙年的我们一定吉祥如意哦！

2023年，不悔过往，所有的付出，都值得，所有的坎坷，都是历练，只为激发生命的檀香。

2024年，不惧明天，龙年的我将更加忙碌，看世界，读历史，触摸文化，努力叩响更高级别的文学大门。

龙年就要到来，祝我爱的人吉祥，爱我的人幸福，祝福亲朋好友龙行龘龘，所得皆所愿！

2024年春节

雪中漫步

雾霾里的冬日仍然出奇地干旱，白天的气温一直在10度左右徘徊，行走在阴霾里，心情也变得灰蒙蒙。干燥的暖冬让流感病毒变得疯狂，医院里、街巷旁、教室中，到处都听得见咳咳咔咔令人生厌的声音。田野里，疲乏的土地龟裂的口子瞪着天空，风起伏跳动着贪婪地舔吸着土壤里残存的一点水分，大地干渴得没有了泪水。

海南、云南、贵州等地下雪了，我在心里默默祈祷：快来一场雪吧，北方快要燃烧了。傍晚听天气预报，凌晨将有一场降雪，梦里果然雪落大地。清晨，拉开窗帘，失落地没有看到期待中的洁白。

郁郁地走出楼道，湿冷的空气向裸露的脸扑过来，玉屑似的雪花缓缓在飘落。雪花，这是真的吗？忍不住伸右手去接，几片小精灵轻收翼翅落在我温热的掌心，仔细去看，倏的一下没有了踪影，只留下小得可怜的几滴水珠。几片雪花落在我的睫毛上，轻柔湿凉就像孩子对妈妈纯净的亲吻。就让这些小精灵多停留片刻吧，我不忍眨眼，更舍不得戴上帽子。打量四周，几个人和我一样仰着喜悦的笑脸在迎接小天使。

坐在车里，眼睛紧紧盯着窗外曼舞的雪花。到站了，我迫不及待拉开车门冲了出去。雪花比方才密集了，碎纸屑般旋舞着，上上下下，仿佛有人在指挥，悠然地踏着旋律轻盈起落。安静地走在路边，天地间仿佛只有我和雪花。嗅嗅那雪，似乎有一股淡淡的清香；听听那雪，风吹鸟羽的声响若有若无。

走入暖洋洋的餐厅，舍不得拍去身上的雪花。瞬间，雪花已化为一痕痕小水印。人们比往常多了一些笑容，都在谈论一个话题：下雪了！爱雪恋雪，不在年龄大小，北方每个人内心的角落里都珍藏着关于雪的美好记忆，尤其是关于一起赏雪的那个人。

按捺住赏雪的欲望，打开办公室的电脑，在博客写下"昨夜梦里雪落大地，一早起来尘世洁白。走在路上，不知是醒了还是继续梦着"。独处的时光真是惬意，在窗前欣赏雪片飘逸的舞蹈。思绪回到了古镇的两个大院，在那个古朴幽静的古宅办公，就像在与世隔绝的世外桃源。天气晴好时，搬把椅子晒着太阳看书，或静立在龙爪槐前任思绪游走，体味着古宅的兴衰与悲欢。此时如在古宅，独自在院子里看雪，直到自己也成了一朵雪花。想念那个大院，每次回到那个地方听保安和保洁大姐说起"你们走了，把这里的快乐、朝气、人气都带走了"，心里竟然酸酸的。如今的古宅成了昏昏欲睡的老人，在寂寞里慢慢消磨着时光。真想，真想在古镇里看雪。

雪花越来越密，是天女在散花吗？天上的心事在半空纠结着，扯不完，理不清，最后被格式化了，一切记忆化为碎片飘落。看来不光人间有烦恼呢。下班时，地面、房顶已经积了厚厚一层雪。我按捺不住内心的欢喜，约同事去赏雪。站在大厅里，透过巨大的落地玻璃窗，外面就像一幅移动的国画。羽毛般的雪花飘飘悠悠悬在半空不愿就此跌落，相拥着牵着微风一起旋舞，此起彼伏煞是热闹。

楼前一面鲜艳的旗帜吸引了我的目光，旗帜和雪花似乎在跳着同一个旋律的舞蹈，旗帜时而舒展时而翻卷，雪花也时紧时缓地飘舞，它们似乎在风的导演下表演一场芭蕾。雪覆盖了大院，各色的轿车终于在这一刻统一着装，分不出高贵与低贱。洁白，是这个时段的唯一。世间的平等或许只在此刻。有人说，出生与死亡都是平等的。其实人从孕育的那一刻起就不一样，有人出生在奢华的医院，有人却出生在棚户区，甚至街头。人的归宿也有天壤之别，有人直到死亡也没有家。白雪覆盖了一切，美好的、丑陋的，暂时都让人忘记。

顺着河边伴着雪花回家，放逐心绪与雪共舞。积雪在脚下咯吱咯吱地歌唱，我仿佛又回到了以往。捧一把雪捏成球，耳边响起儿子稚嫩的话语："妈妈，阳阳要雪球。"看看四周，空空的。我的阳阳已经长成雄鹰，飞出了妈妈的视线。多久没有和儿子开心地玩雪了，十年，或许更久。时光啊，你为什么跑得那么快，为什么让我成熟得这样晚？上帝赐我这个小天使，就是让他陪我重温童年呢。

雪中的小河就像恬静的少女，积雪给河岸穿上了白色的棉大衣。松树呈现出蓬松松、沉甸甸的臃肿姿态，落光叶子的柳枝成了毛茸茸、亮晶晶的银丝，枯草围上了羊毛围巾多了几分俏丽，月季花干枝残留的小红果顶着可人的雪帽。那些柔美的线条、简洁的色彩，就像小孩子的蜡笔画，让人仿佛来到了童话王国。

雪在天地间铺开了一张巨大的生宣纸，万物都是画中景。雪中的世界是一首无韵的诗，一幅立体的画。在这里，孩子回归为孩子，我们也挣脱了生活的束缚，来一次灵魂的裸奔。

花非花雾非雾

一叶一菩提，一花一世界。在淡淡的花香中看人间花开花落，在草荣草枯中品人生春夏秋冬。盛夏，邂逅一场花瓣雨，一曲"花谢花飞花满天，红消香断有谁怜"，多么奇丽浪漫，却又突增伤感。

周末，悠闲地踏着夕阳在树荫下漫步。葱郁的国槐在路灯的照射下投放出斑驳的影子，沉浸在缕缕幽香的浮动里，让人顿时忘记了红尘的烦扰，悄然化作一缕幽芳，向着天的苍茫，远远飘去。

忽然一阵柔风拂过，槐花米纷纷如雨飘落。驻足观望，那一串串、一束束小小的槐花长在枝头，如姐妹嬉闹，如夫妻相敬，如母子相偎，不与春争，不炫耀，不卑怜，也不妄自尊大。

枝头花团簇簇，宛若一个个擎盏问天的少女，焉知天也是困惑重重。它们要问天什么问题呢？我的心猜测着。我非花又怎知花的喜忧？花自是树的语言，也许只有风儿最懂。花谢如雨，如泪，如打碎的玉屑在晨光升起时灿然绽放，又在夜色降临中悄然逝去。

张开双手，轻轻地接住这些陨落的小天使。它们是那么平凡，每天在树下行走，都没有注意到它们已是花团锦簇。它们是那么娇小，就像一只只袖珍的小白鸽，捧在掌心，似乎感觉到了它们在轻扑翅膀。

槐花洁白的羽衣，淡绿的吊带衫，鹅黄的内衣，就像邻家花季羞涩的小妹，让人不由得心生怜爱之情。

手捧着这些可爱的小精灵，深深呼吸。啊！清雅的甜香令我沉醉得不知归路。醉立在如诗如画的花瓣雨中，久久地凝视着手中这团即将逝去的小天使，它们也在默默地注视着我，纯净的眼神里没有一丝哀怨。

花儿乘着晚风，如同七月里蝴蝶残破的双翼在空中飞舞，飘落。花儿无怨无悔地告别生命的枝头，于晚风中绽放生命中最后一缕美丽与幽芳，美则美矣，却也让人难舍。我的心有了些许痛惋，不禁想留住这缕灿烂，可遮挽的手却凝在半空。我能为它们做些什么呢？又能留住些什么呢？我不也是红尘中的匆匆过客吗？

高大的洋槐树对面是一排柔媚的合欢树，它们高举着娇艳的小红伞眺望着远方。它们在眺望什么呢？是在等待梦中的白马王子深情走来吗？她们的傲慢与俊美却没有让槐花动心，槐花自然懂得"高处不胜寒"，只能空把花期错过。温文尔雅的槐花缄口不语，犹如旧时女子那般娇羞似水，静静游走在繁华的尘世，默默爱恋着，最终悄然逝去。

漫步于花瓣雨中，脚步与心灵一起变得轻盈，不忍踩踏这缕芳魂。纷纷飘落的花瓣雨、星星点点的灯光让我忘记了今夕是何年。花瓣雨像是打碎的玉，那玉堪比佳人那颗追爱的心，梦断心碎花满地，点点相思化作漫天的伤心雨。

"愿奴肋下生双翼，随花飞到天尽头。"走在花瓣雨里，我想起了葬花的黛玉，想起她如水的哀愁。

穿行在花雨里，渴望重拾昨日的美丽，却拾起了满怀的惆怅。女人如花，花似梦。女人花摇曳在红尘里，含苞待放意幽幽，朝朝暮暮盼望，切切等候有人来如梦。

我不是司主百花的花神，却渴望它们能魂归枝头，陪伴我在红尘里再沉醉一次，再痴爱一回。

花儿在今夜拨动了我沉寂的心弦，"沧海客归珠有泪，章台人去骨遗香"。"质本洁来还洁去，强于污淖陷渠沟。"每一个凋谢的花朵都有一段美丽的故事，都有它生命的意义。追寻春天的脚步匆匆来去，寂寞生长，悄然绽放，又在夏夜怅然离去。在这短暂的停留中，有着怎样催人泪下的恋情？

那落了一地的不是花瓣，是它们前世今生的爱与愁。

2007 年盛夏在廊坊

枕着雨声入眠

午夜时分，窗外淅淅沥沥。啊！落雨了，雨声时骤时缓，似乎还在酝酿情绪。几波闪电划破夜幕，雨终于狂暴起来，鼓点敲得越来越急，好似有千军万马杀将过来。

看了半天手机新闻，本已睡眼迷离，却被雨声闹得兴奋起来。打开窗户，让潮湿的空气涌入房间，干涸的身心有了几分滋润。最近半个月，雨来得很勤，常常在上午与它不期而遇，有滴答的雨声相伴，我有了书写的激情和灵感，不知是它在撩拨着我的心绪，还是我在配合着它们的节拍，总想走入雨的季节里，拥有它那颗不羁的心，在天地间驰骋。

想到雨，我总是想起樱花，虽然它们是两种事物，却有着很多相似之处，生于高洁，却零落在泥土里，不变的是那不染的灵魂。

落雨了，天地间仿佛有无数的樱花在飘舞，如果每一滴雨都能落到世人的生命里，那样每个人都拥有樱花的灵魂，世间多了行走的雨，多了有着樱花魂的人儿，那样的世界将多美好！

细雨在夜色里淅沥着，越来越轻，仿佛泉眼的幽咽，轻轻地，轻轻地，好似无数的蚕在桑叶上低语，回味着刚刚远去的仲夏夜之梦。

夜深了，万籁俱寂，我也枕着雨声入梦了。

2020 年 8 月 9 日

煮雪烹茶

这个冬天有些干燥，一直盼着雨雪的降临，各大媒体早就敲锣打鼓地报道有寒流袭来。于是，我收拾好心绪，沏一杯热茶，坐在阳台上，等一场雪，等一场能润泽心灵的凝雨。

天灰蒙蒙的，就像没洗干净的破抹布。嘿，这个比喻真不美，那就换一个，就像浸透淡墨的宣纸，揉皱又抚平；又像初冬时节夜未央的荷塘，阴郁、孤寂、缄默。北方的冬天，色彩单一，似乎灰是主色调，长时间置身于这样的氛围里，人也变得有些抑郁。

天空低沉，行走的人们佝腰偻背，生怕一抬头把天空撞个窟窿。冬天的人啊，似乎都比其他季节矮了几分，忙碌、辛苦，各种身不由己，各种言不由衷，愿意或者不愿意，都得面带笑容把场子撑起来。

阴沉许久的天空终于飘雪了，一朵朵、一缕缕，犹如撕扯的棉絮，大把大把地撒向人间。房屋、树木、小河，静静地安睡着，没有了喧闹，没有了污浊，天地间变得素洁，一种神圣感在天地间氤氲。

喜欢落雪的日子，尤其是落雪的周末，那简直是上苍给文人墨客的恩赐。不必被闹铃催着起床，不必为案牍劳神。穿着舒适的睡衣，静坐窗前品茗听雪，何其安逸。

品茶读雪的时刻，心门豁然洞开，释放心中束缚的小鸟，与雪共舞。真是顽皮的雪啊，一不小心染白了我的头发，任我如何擦洗，它们就是不肯消散。不知从何时起，我靠近了雪人的队列，尚在花季的心啊，顽固地抗拒着白发，揪扯，拔剪，依然无法阻挡雪落的速度。昨天的青丝如瀑，如今已无处可寻，有些伤感，有些无奈。可是，我不该慨叹，今天的自己永远比明天年轻。

　　雪落得越来越起劲，好似天女散花，勾起了我内心的顽皮，真想去雪里疯跑，像个孩子一样团雪球，打雪仗，堆雪人。这场雪和我童年时的雪一样啊，我会遇到曾经的那朵雪花吗？如果雪有记忆，多好。

　　喜欢飘雪的日子，想象有一间小屋，三两个知己围着红泥小火炉，煮雪烹茶，何其惬意。今天与谁相约呢，我有茶，有酒，你是否有闲？

在春天的路口接回自己

杏花开了，春天变得多情。在我每天上下班的小路上，娇俏的杏花次第地绽放。

脚步轻轻啊，走在树下，我怕尘世的嘈杂惊扰了花的清梦。

脚步轻轻啊，我怕带起的尘埃落在玉颜上。

脚步轻轻啊，我怕多情的花仙拽住我的衣裙……

春天里，多想和春花一起怒放。用我的文字拥抱春花，这还不够啊，待我撒字成花，写诗化雨，让春芽萌发。

今夜，杏雨淅淅沥沥，那是诗仙骑马从唐朝走来，近了，近了，嗒嗒的马蹄声，正穿越历史的风尘，匆匆而来。万千桃花还未栽下，桃花潭又远在江南，用什么款待诗仙呢？待我采几瓣杏花，用春雨酿壶杏花酒，与你共醉春光。

当紫燕呢喃的时候，我携三千春花，等在春天的路口，接回花季的自己，接回全新的自己，回家。我要善待这个像春花一样全新的自己，不让她流泪，不让她悲伤，像呵护春花般去温暖自己。我要长出强健的臂膀，为这个自己遮挡风雨，把世俗里带刺的目光挡在屋外，把那些善于咀嚼流言的舌头流放宁古塔……

春天里，接一个全新的自己，如花儿般生长，在枝头，在风中，在眉梢，在春的深处，静静呼吸。

在杏花微雨里，捻动禅珠，遗忘前世的紫陌纤尘。

在这个微雨的春天，在杏花初绽的枝头，接一个全新的自己，回家。

聆听花开

花开花谢又一年，谁在季节的路口等我，我又在红尘中等谁？

一朵花，一个灵魂，一朵花，一个笑脸，看哪一朵都是你青春的笑颜，看哪一朵都是我前世遗落的诗篇。

花儿静静地绽放，我也静静地行走，就像一朵有脚的花。

花儿是春天的红唇，它在不停地诱惑着我的目光，走近，再走近……

在花蕊里坐禅，聆听唐风宋雨轻声诉说，曾经的辉煌与湮灭。

花开花落，都是过往，千年一叹，一叹千年。

沧海桑田，也就是一盏茶的时间，花依然是花，我依然是我。

与花对视

春天，与一朵花对视，尘远，心怡，少了些许的烦忧，平添几分素净。

世间的众生皆为花，原本是梨花一般的雪颜玉魄，却被名利玷污，渐渐地变得面目全非。人生本是一场大梦，再美的剧情，再长的故事，都有落幕时分，就像这满园的娇艳，经不得几场春雨，花飞花谢，落英满地。

花开花谢，自然的轮回谁也无法阻挡，与其哀婉叹息，不如笑对落花，品茶读诗。花谢自有花开时，我们的青春一去不返，但我们的心却能岁岁如花季。

发如白雪，怎知那不是盛开的梨花？皱纹如菊，慈祥温和的神情也如花般美丽。美丽没有年龄，不舍春光，不弃朝夕，活出色彩与味道，你就是最美的花。

寂静的时光，我更愿意与花相对，如果它愿意，我愿幻化为花，偎在枝头，与春阳缠绵，让花在红尘里体味悲欢离合，细细感受五味人生，只要它愿意……

早安春天

春天的早晨静谧而安详，各种生灵都在安睡。静听，似乎能听到大地悠长的呼吸，这个时刻适合读书写字，给心灵做个按摩。

清晨，不到 5 点就被啾啾的鸟鸣唤醒。昨晚比平时早睡了一个小时，醒来活动了一下，轻松安适，大脑很清醒，拿起手机修改昨晚给馆陶写的小文，感觉还不错，稍得安慰，沉淀一周再看。调节好生物钟，把心神安抚好，沉下心去亲近文字，文字才会真诚地亲热自己。

很好，以后就这样去写文，不逼迫自己，从从容容记录心里流淌出来的音符。日出而作，日落而息，随着太阳的升落而作息是很好的生活习惯，早就知道有规律的生活适合养生，我却做不到，晚上熬夜看书写文，早晨赖床。

小时候爸爸最爱叨叨的就是"早起三光，晚起三慌"。知道老祖宗留下的话是智慧，可我就是做不到，白天忙着工作，晚上才有时间去思考，寻找写作灵感，但长期熬夜，天长日久身体会吃不消啊！

早起的鸟儿有虫吃！以后努力当百灵鸟，早睡早起，做勤劳的人，写快乐的文。

玉兰当令开

玉兰，玉兰，默念你的名字，心间已有芳香弥漫。你是来自天上的一缕香魂，怒放或是凋零总牵动着我心，销魂抑或神伤。

玉兰，迎着你的微笑，走近你的纯净，我不敢深呼吸，我怕红尘里的纷扰忧伤了你的容颜。清风里，我默立你的身旁，呼吸着你的芬芳，让那缕芳魂进驻我心中的每个角落。

掬一捧清风送予你，你淡定的笑容似乎在告诉我，前世的我也曾是一朵玉兰，因贪恋尘世的繁华，忘记了归路。

你在云水里静放，我在红尘里眺望，度过时光，我去看你，或者你来看我。

玉兰，玉兰，永远是这般的美丽孤独。在那缤纷的世界里，我能一眼看出你，却不敢伸出尘世的手。我愿伴在你的身边，历经风雨沧桑，化作山冈上的一朵白云。

杏月香依旧

春天到了，万物复苏，我却愈加沉静，看书赏花写文，常常面对着一棵树，一朵花发呆。

久久地看着，看着，似乎自己也是枝头的那抹嫣红，在微风里轻梳羽翅。冰肌玉骨的杏花最是娇弱，似乎刚舒展开花瓣就被春风吻落。

文人墨客常常哀叹杏花的短暂，就像对红楼女儿的怜惜。其实，有多少人能修来花的灵魂呢？花落有果，今春谢去，来年又嫣然，人啊，却再无少年。

春夜，无梦相随，静静读花，看一枝红杏在岁月的枝头静默着，目光久久地依偎着那缕香魂……

与书为友

十年磨一剑，霜刃未曾试。

——题记

《华彩叙章》终于像小孩子一样呱呱坠地。捧着散发着油墨清香的文集，内心感慨万千。我就像叼着旱烟袋的老农蹲在田间凝望着丰收的麦田，不对，是已收获的麦田。我就像老地主，背着手，嘴里抿着一棵麦穗，围着粮囤走圈圈。我的腰杆挺得直直的，脚步铿锵有力，脸上溢满笑容，终于颗粒归仓啦，终于可以长出一口气啦。

捧着自己的书，感觉沉甸甸的，那是光阴的分量，那是一粒一粒的汗水码成的，那是由月光与星光编织而成的。关于我，关于我的时间、我的精力、我的精神世界，都可以在这本书里找到答案。

小女子出身书香门第，受父母影响，热爱读书，热爱写作。其实，我有诸多爱好，游泳、旅游、音乐、舞蹈、绘画等，但是我牢牢记住了一句名言：鱼与熊掌，不可兼得。于是，我放弃了别的爱好，专心写文。一个人默默摸索，潜心学习，终于写出了自己的书，活成了自己想要的样子。

前天给外地的朋友快递文集，从昨天开始陆续有了反馈，我的书受到大家的好评。有的朋友让我非常感动，执意给我转书费和快递费。朋友何须多言，有此心，足够啦！

当地的朋友莫要急，你是我的朋友，肯定给你留着。等我忙完手头的约稿，一定赠送。

书赠有缘人，书恋爱她的人。这几日，我的脑海里总是浮现出这句话：

你家有书架吗？大人如果不阅读，怎么指望孩子喜欢阅读呢？不喜欢阅读的孩子，怎么能指望她们会写作文？

朋友，你莫要误会，别认为不读我的书你的孩子就不会写作文。我的书出版之前，世上就有那么多经典的著作，我的书出来之后，世上的好书依然层出不穷。但如果不读书，你永远不懂读书的乐趣。书给你打开了一个神奇的世界，让你的精神富有，书籍是人类进步的阶梯，是你灵魂里的钙，让你活得自信，让你活得充实。

朋友，给孩子做个表率，读书吧，从此刻开始！

十年磨一剑

我的阅读是从三岁看小人书开始的，先是由奶奶、姑姑给我讲，再到自己阅读，一点点识字，后来又自己编故事。我从小就喜欢写作文，也许是因为性格内向，我说的话更多是与图书上的主人公聊天，我的童年比较孤独，但有书陪着，也算过得充实。

真正开始文学创作大概是从 1986 年一首小诗刊发在《廊坊日报》开始的，从此有了写作的冲动和信心。此后，我在陕西安康的都市报上开设美文专栏，整整持续了三年，其间多次获奖，又参加河北省作协、省散文学会、省民俗学会的文学采风活动，并加入河北省作协、中国散文学会、中国民俗学会，一点点努力，一天天进步。那时，最大的心愿是出一本自己的文集。

出文集是 15 年前的心愿，可是，随着十多年前我调到政府文化站工作，这个心愿便被收了起来。在文化站，我的一项工作内容便是整理古镇图书室，登记《人民日报》捐赠给古镇的图书。我看到来自全国各地近千本的个人文集纹丝不动地摆在单位的书架上。打开那些文集，扉页上有作者的亲笔签名，有的还夹着作者给主编的信件，甚至还有照片。

那段时间，我常呆呆地立在书架前，想象着书主人的模样。我似乎能感觉到他们内心的期待，如果他们知道自己的图书并没有人翻动，而是被直接打包捐给了远方，登记入库，打入冷宫，昏昏沉沉地睡着，从此，很少再见到天日，除去燕雀似的参观者在门口巴望一眼，再无人走近；如果作者知道自己视如孩子的文集并没有人去阅读，没有发挥丝毫的作用，他们会做何感想？

这些书惊醒了我，从此，我不再心心念念盼着出书，只是静心写文。我不想让自己的文集也遭到如此的冷遇。

自从去年当了霸州市作协副主席、《星河》副主编，特别是退休以后，我有了自己的时间，于是，那颗文学心又变得活跃了，出书的念头又压抑不住地冒了出来。于是，我把文章整理出来，编辑，校对，准备出版。

今天，我的宝贝《华彩序章》终于问世，内心五味杂陈，有欢喜，有期待，有骄傲，更有纠结。我的脑海里总是浮现出那几架被打入冷宫的文集，我不知道自己的书是不是也会受到这样的冷遇。

如今，爱读书的人不多了，但一个热爱文学、热爱文字的人，总要有自己的文集，这是文人最体面的名片。下午，我给远方的朋友发消息，计划给他们快递文集。很快，出版社就要把我的书放在各个网站销售，但我还是想给朋友免费赠书，书赠爱书的人，尽量发挥它的价值，才有意义。

会有人阅读我的书吗？谁能告诉我？

春华秋实

植物的生长需要时间，人的成长也需要时间，一本书的诞生更需要时间。付出汗水，不一定有收成，但不努力，肯定不会有收获。

春天种下的倭瓜开花了，结出了一个小小的瓜妞妞，看着它一天天长大，好欣喜。

连着下雨，花不开了。前几天，终于放晴，开了一串小花，可是，都是雌花，老妈翻遍了瓜秧，也没找到一个公子，最终雌花怅然地枯萎了。

花比人多情又勤奋啊！

我很早便开始写文，第一篇《我的船》刊发在《廊坊日报》上，大概是在 1987 年。一直默默低头赶路，终于出版散文集《华彩序章》，我的藤上也结了瓜。

出书了才知道，世上无难事，只怕有心人。一万个思虑，不如一个行动。

转眼，一年走了大半，时光不等人啊。努力、加油，要不断超越昨天的自己。

文学，没有封顶，只要用心写，肯定会有一个又一个的硕果。

2024 年 8 月 2 日

如烟往事

昨天与母亲聊天，听她讲述 1956 年到 1959 年她和爸爸在北京气象学院读书的往事。北京气象学院的前身是北京气象学校，是 1955 年创建的第一所培养气象人才的院校，我的爸爸妈妈是这个学校的第二届毕业生。

妈妈从天津第三十八中学考到北京，爸爸也因品学兼优直接由堂二里中学保送到北京。1956 年国庆节前夕，印尼总统苏加诺访华，毛主席、朱德元帅等亲自到西郊机场迎接。北京八大院校夹道欢迎，爸妈所在学校的师生代表也在欢迎队伍里，爸爸妈妈近距离看到了敬爱的毛主席，第二天国庆节，他们还参加了天安门国庆庆典游行，受到毛主席检阅。

两次见到毛主席成了爸爸妈妈一生中最幸福的事，毛主席的那句热情问候"同学们好！""好好学习，天天向上！"激励了他们一辈子。后来，他们作为学生干部带头积极报名去大西北工作，把一切献给祖国，献给党，献给热爱的气象事业。爸妈当年毅然放弃了留校当老师的好机会，放弃了天津、北京大都市的优越生活。

爸爸妈妈勇敢地做了第一批支边的气象人，一辈子坎坎坷坷、隐姓埋名、两袖清风，哪怕"文革"中遭受不公正待遇，他们依然没有动摇支边的决心，是毛主席的话鼓舞了他们。

爸爸妈妈的故事，我以前也了解一些，但他们两次见到毛主席的事，爸妈从来没有说过。昨天我和妈妈打听他们在北京读书的时间，她说是苏加诺访华的时候，我惊讶地问："您还知道苏加诺啊？"于是，妈妈才讲起这段往事，我也终于明白，她和爸爸为什么那么积极去甘肃支边，为什么那么苦、那么难，一生坎坷，他们都不抱怨，原来他们被毛主席检阅过，这件事成了激励他们一生的力量源泉。

　　我记下父母的这段往事，不是为了炫耀，而是出于一种使命感，我是第一批支边人的后代，他们是千千万万支边人中的一个，父辈们听从党的号召，不计报酬，无私支援大西北建设，这种奉献精神要让后辈记住，要传承。

2024 年 7 月 2 日

绣花枕头

读初一那年，政治老师是我的邻居，因为看他是个温文尔雅的中年人，平时又熟悉，也就没太把他放在眼里，尤其认为政治是副科，就没有重视，每次上课都偷着看小说。

记得那天上政治课，老师在讲台上讲得神采飞扬，我听了几句就厌烦了，偷偷在书箱里看《红楼梦》。当时老师在讲"千里之行，始于足下"，他看我一直低头走神，终于恼火了，朝我投来半截粉笔，正打在我的文具盒上。我正读到"宝黛喜读西厢"，懵懵懂懂地站了起来，呆呆地盯着老师。

"说，这句话啥意思？"

那时我已近视，跟父亲说了几次，他却忙得没空带我配眼镜。我眯着眼睛盯着黑板上的字，看得模模糊糊，竟然没注意到"始"字，只是眯着眼猜测着那行字。

"赶紧回答，别磨叽！"

"千里的路程，由脚下一步一步走来。"

我脱口而出，把最关键的"始"字丢了。

"你们班主任总和我夸奖你的语文不错，尤其作文好，哼，瞎说！"

我又扫了一眼黑板，终于看到了"始"。"千里之行，开始于脚下。"说完，我的脸上火烧火燎，羞愧地低下了头。

后半节课我的脑子里群蜂狂舞，盯着窗外的树梢发呆，记不起是啥时下的课。

课间，我去办公室找语文老师交作业。爸爸头一年曾在黄河河汊里打捞过这个学校的溺水学生，学校领导非常感动，与爸爸成了好朋友，任课老师对我和姐姐也总是高看一眼，尤其我因为作文好，更得语文老师的欣赏。

我进办公室时，政治老师正在和语文老师聊天，看到我穿着漂亮的粉色连衣裙，青春、娇俏、挺秀，语文老师得意地说："看看你们气象局老胡家的两个女儿，长得像双胞胎，又乖又漂亮，总是穿得那么洋气，学习还挺好。"当时，姐姐在本校读初三，门门功课都是班里的前几名，我们俩平时打扮得就像双胞胎，走到哪里都是靓丽的风景线。

"嘿，别看外表，绣花枕头！"政治老师非常轻蔑地说着……

我愣在那里，半天没回过神儿。这句话如钉子般钉在我的心上。

也许，他并没多想，只是随口一说，可是，他不知道自己随口说的话却严重地伤害了一个花季女孩的自尊心。多少年了，一想到这件事，我就叮嘱自己要加油、努力，绝不能做绣花枕头，一定要争气，给父母争气。

其实，我早该释怀了，虽然我很讨厌这个老师，但也应该感谢他，他的轻视激励了我一辈子要强，我一直在勉励自己要做个有出息、有内涵的人，还好，没活成他所说的样子。

2024 年 7 月 3 日

邂逅美人蕉

第一次见到美人蕉是在我七岁时，母亲去兰州出差买回一棵巴掌大的小芽，就像褓襁里酣睡的小娃娃。我欢天喜地地帮母亲把小芽种在窗前，看着它萌芽长叶，每天都在努力地生长着。

一天天过去，美人蕉在我的期待中渐渐挺秀，终于超过了我的身高，肥厚的叶片油亮而硕大。在落雨的夜里，聆听着雨滴与叶子的呢喃入梦，蓦然间，似乎打通了心灵与自然对话的渠道，脑海里浮现出一首首有灵性的小诗和童话，诗意就是从那时在我的心中种下。雨滴在蕉叶上舞着芭蕾，迈着优雅的舞步一步一步走到我的心上，于是，我也轻盈地与它翩跹起舞。

初夏的清晨，植株的顶端爆出了娇艳的花蕾，如丝绸般光滑细嫩，灿若火焰。修长的身姿，碧玉般的衣裙，朝霞般的笑脸，美人蕉，这个名字与它真是贴切。可爱的美人蕉从初夏开到深秋，仿佛有着无尽的力量。每天放学，我一放下书包就赶紧给它浇水、松土，然后搬个小桌子在它旁边读书、写作业、温习功课，它就像小伙伴一样静静地陪伴我的成长。它的笑颜伴随着我那悠长而又寂寞的童年，是它见证了我童年的懵懂与天真，在它的身旁读书学习，我多了一份专注与安静。

我的文学梦就是从它的身旁开始的。风起时，我的裙裾随着它的叶片翩舞；落雨时，我的心灵伴着它的节拍歌唱。每天掀开窗帘，首先看到它的笑脸，内心有着说不出的欢愉，浇水时与它低语，再比比身高，然后恋恋不舍地去上学；放学了，首先数数它的花朵，嗅嗅花香，给它的叶片喷喷水，有时还要拿手绢擦擦叶片上的尘土。小时候我是个淘气的小女孩，整天风风火火，屁股上就像长着刺，坐不了半个小时就溜到大院里疯跑。

自从妈妈种了美人蕉，我每天和它比身高，不由自主地挺胸抬头，身姿变得挺拔，性格也比从前多了几分安稳。妈妈说："每个人都有属于自己的花神，美人蕉就是芳芳的花神，以后你要乖乖的，不然美人蕉就不好好生长了。"那时，姐姐已读初中，功课非常紧，没有时间和我疯玩儿，妹妹还没有上学，就知道琢磨好吃的。于是，我把美人蕉当成自己的偶像，每天小心地呵护它。

每天温习完功课，我就捧着《安徒生童话》《格林童话》给它读，它仿佛真的听懂了，在风中微微点头，好像在回应我呢。那几本书我已倒背如流，实在无书可读我就发挥想象，把我的见闻编成童话故事，讲给美人蕉听，讲给同学听，讲给我的爸妈听。寒冬到来时，美人蕉冬眠了，小院里只剩无尽的思念。

人生如梦，40年弹指一挥间，当年爱花如痴的小女孩已到了知天命的年岁，远在黄土高原的安乐窝早已成了回不去的梦，慈祥的爸爸、善良的哥哥永远地消失在星河里。感谢苍天把风烛残年的美丽母亲留给了我，牵着母亲苍老的手，我慢慢地走，母亲，美人蕉，她们的身影在我的脑海里交替着，渐渐地重合在一起。

期待着春暖花开，盼望着邂逅童年的雨，那株伴我成长的美人蕉，陪我走过千山万水的美人蕉，原来一直在我的身旁啊……

落墨伊始雀归来

麻雀是最不起眼、最普通的鸟儿，在平凡的日子过着简单的生活。人们给小麻雀起了很多名字，好听的有树麻雀、霍雀、嘉宾、瓦雀、琉雀、家雀，还有南麻雀、禾雀、宾雀、厝鸟，不好听的叫老家子、老家贼、照夜、麻谷。

造物主似乎挺歧视小麻雀的，它既没有婉转的歌喉，也没有妩媚的羽毛，更不会优雅的舞蹈。它浅褐色的短羽上落着深褐色的斑点，欢快地蹦跳着啄食，小玛瑙般圆溜溜的眼睛机警地留意着周围，一有风吹草动便倏的一下飞到枝头。

土土的小麻雀就像其貌不扬的乡下女子，举手投足都带着天然的野性。谁能想到生活在穷乡僻壤的土家雀竟然是国画家的最爱，在清华美院的画作上竟会见到小麻雀精灵般的身影。画家寥寥几笔，俊秀灵动的小麻雀就跃然纸上，一幅山水花鸟画顷刻间变得鲜活无比。于是，名不见经传的小麻雀竟然从百鸟中胜出，成为清华美院的当家小花旦，被誉为"清华雀"。

小麻雀秉性奇特，喜欢乡下淳朴的生活。田野里、房前屋后总能看到它们的身影。靠近人类生活，却又保持着不远不近的距离。或许，远古时期，它与人类的祖先有着一定的亲缘。你看它的机灵、淳朴、善良还有它的骨气，与人类有着那么多的相似。看似娇小的鸟儿，却有着不甘屈辱的灵魂。

"不自由，毋宁死。"它如此有气节，甚至远胜于人类。小时候，食物匮乏，玩具也少，哥哥总是想方设法捉麻雀让奶奶给我炸肉丸子，偶有小麻雀就留下给我当宠物。绒线球般的小麻雀在我的掌心微微颤抖着，黑豆粒般的小圆眼紧盯着我，眼神里只有无助与哀伤。尖尖的小黄嘴抿得紧紧的，根本不理睬头一天安放的小米和水杯。奶奶说，麻雀气性大，养不活的。可是我不听，缠着奶奶帮我把麻雀的小嘴巴撬开，灌了一些米和水。小麻雀在奶奶的手里苦苦挣扎着，蹬开了米碗，打翻了水，撕扯下几片羽毛飘落在地上。它瑟缩在鸟笼子的角落里，挓挲着翅膀，半闭着眼睛，对我的呼唤再也不理。

奶奶把鸟笼子挂在了枣树枝上。傍晚时分，一对老麻雀叼着小虫飞来了。小麻雀吃了小虫，叽叽喳喳叫得很欢。它扑腾着翅膀，一遍遍地撞着笼子，老麻雀不住地用喙啄着鸟笼子的小门。我呆呆地看着这一幕却不知所措。那天奶奶出去串门了，家里的大花猫悄悄地爬上树枝，虎视眈眈地盯着老麻雀。不久，那对老麻雀愤愤地飞走了，小麻雀又一次发疯般地撞击着笼子，那激烈的叽喳声让人不忍聆听。

次日我早早起来跑到花园里捉了一条大青虫，当我让奶奶拿下鸟笼子，却看到小麻雀直挺挺地躺在里面已无声息。奶奶说，小麻雀死了。泪水模糊了我的眼睛，不知道小麻雀是否因我而绝食。我只想留下它陪我玩，我想把自己的玩具、零食都给它，我想给它讲故事。我的爱害了它，如果早知道是这样，昨天我一定喊来奶奶放它和它的爸妈一起走。一个阴影萦绕着我，多少年后看到麻雀总还有几分愧疚。

后来儿子长大了，也喜欢小麻雀。有一天一只小麻雀落到我家院子里，儿子也想把它豢养。我给他讲了自己与小麻雀的故事，他果断地说："妈妈，让小麻雀找妈妈去吧。"我踩在凳子上，帮儿子把小麻雀送到小屋顶，一会儿眼看着它被一对老麻雀叼走了。"人之初，性本善。"孩子虽小，只要你讲透，他什么都会明白，爱唤醒着爱。

小麻雀也许是热爱乡村的祥和与宁静，总是缠绵在人们的周围，因而总与人类有着扯不清的关系。小麻雀吃害虫，保护了庄稼，以为人类懂得它是有功之臣，偶尔嘴馋吃几粒庄稼人类也不会计较。哪知，自私的人类一时冲动就会给小麻雀带来灭顶之灾。"大跃进"时，小麻雀被划入"四害"之列。举国动员的麻雀剿灭战让它们从农村逃到城市，从绝望走向更深的绝望。举国狂热，人们像打了鸡血般兴奋，手下不留情，小生灵难逃这次劫难。2亿多只小麻雀的生命化为乌有，劫后余生的鸟儿在荒山野岭里瑟瑟发抖。

今年盛夏，重庆的货运码头撒落了一些大米，一群麻雀抢食后，死亡20余只。有专家说，那些小麻雀是撑死的。似乎是愚蠢的小麻雀没出息，食不知饱，暴食而亡。可是，从古至今，并没有人记载麻雀有这样的习性。又过一日，答案刷新：麻雀中毒而死，紧急召回这批大米。拍遍栏杆，我无语。如果不是搬运工马虎撒落了大米，又恰好被这些麻雀抢吃，那将是一场多么可怕的灾难。麻雀，你用生命照出了人性的丑陋，你用生命拯救了人们。

这些麻雀会被载入史册吗？卑微的生命并不喜欢那些虚无的光环，其实老百姓的心里已为你们塑了一尊《天使之吻》的雕像。清晨，走在公园里，一群麻雀不知从哪里飞来，叽叽喳喳地唱和着，飞到广场上、花丛中、树上。有几对麻雀不时用喙给爱侣梳理着羽毛，我的眼追寻着它们的身影，我的心随着它们灵动地跳跃、疾速地飞行。

2014 年 7 月 5 日

春至古镇

去年深秋，我们随着秋风飞离了古镇。午夜梦回时，思绪一次次飘回思念的地方……

中午去古镇收拾自己的办公用品，看着朝夕相处七年的王家大院和张家大院，物是人非，好伤感啊。摸摸雕花的门窗和精美的砖雕，拍拍百年老柿树，心里仿佛打翻了五味瓶。铁打的营盘流水的兵，离开是迟早的事，可我还是纠结难受。

看到保洁辛大姐、金霞妹子、赵队长，好亲热，她们把我们当亲人，给予许多的帮助，帮我们打扫办公室，关闭门窗，亲手缝制坐垫，尤其是带着我们采摘王家大院的百年老柿子，那快乐的情景清晰如昨呢……

整理史志办的资料，看到那一沓沓厚厚的发黄的五六十年代的胜芳老资料，那是王乃让老主任一辈子的心血啊。王伯有一年多没来古镇了，他不再操心史志办的工作，这些珍贵的史料如今丢在角落里，随着古宅一起昏昏欲睡，谁懂它的价值啊？还有谁拿它当宝贝？

忙里偷闲，我和二梅跑到文昌阁看了看玉兰花，花苞暴胀欲裂，再有十天就怒放了，我们却没有机会来听花开的声音。去年的这个时候，我和二梅每天都要散步到这里，看着玉兰一天天由绽放到凋谢，那时的我们无忧无虑，哪知有一天我们会变成寄居屋檐下的燕子……

年年岁岁花相似，岁岁年年人不同啊。春天来了，迁徙的燕子会飞回古镇吗？

在文昌阁，二梅告诉我花园的甬道是王伯设计的，当年她和王伯顶着酷暑拉着米尺测量，我的眼前出现了那个温馨的画面。

这些玉兰是张玉良镇长亲自带领大家栽种的，如今还有多少像王乃让老主任和张镇长这样热爱古镇文化、实干真干的领导？

看到糖葫芦，看到柿子树，看到张家大院的老杨树，看到王家大院的图书，我的心一揪一揪地难受，泪水几次模糊了视线。

想起在王伯身边工作的日子，我快乐得像个孩子，却不知道珍惜，就知道贪玩，总以为王伯每天都会来上班，有啥不懂的随口就可以问他，总想写古镇的故事，却懒惰着推托着。

突然有一天醒悟，王伯不会永远陪着我们，他早已卸甲归田，回家颐养天年，享受天伦之乐。我只有怅然若失地望着王伯的座椅、老花镜、水杯、书籍、尺笔，发呆……

时光无情，它没有给我成长的机会，在王伯身边工作的日子，我在写风花雪月的小资诗文，当我终于懂得肩上的使命，终于洗去铅华，静心撰写古镇民俗风情的文章，我与王伯却像隔着千山万水，见一次比登山还要难啊……

春去春又回，花谢花开，周而复始，我还能回到心爱的古镇，完成王伯的重托吗？

2017 年 3 月 9 日

一 幕

晚上在福州三坊七巷看到的一幕让我的心久久无法释怀……

在林则徐故居附近的巷口拴着三只黑耳羊，两只站着，一只卧着，头都朝着一个方向发呆……

景区里出现三只羊，如果说是供小朋友观赏，它们既不干净又不漂亮，皮毛脏兮兮的打着卷儿，又懒又蔫儿，楚楚可怜。"这是要做什么呢？"不时有过路人驻足观看，大家都感觉不可思议。

这些失魂落魄的羊如泥塑木雕一般不吃不语，对于路人的围观无动于衷，如果不是身子发出的轻微颤抖，根本看不出它们是活的。

我疑惑不解地看着这几只羊，突然前方传来叫卖声："羊肉串的卖，新鲜羊肉串！"随着叫卖声传来的还有诱人的烧烤的味道。前方有几个民工打扮的男子在大声吆喝生意，烧烤摊上烟熏火燎，糖葫芦般的羊肉串冒着油烟，滋滋啦啦在火上翻烤着。摊子旁边，挂着一只剥了皮的羊，食客自己挑选羊肉，称重、串串、烧烤，全程透明操作。摊主为了招揽生意，表示诚信，让顾客心明眼亮，吃到货真价实的羊肉串，只好出此下策。

羊儿眼睁睁地看着自己的伙伴被拉走，宰杀、剥皮、串串、烧烤，又看着红尘里的男女老少举着大把的羊肉串，咧着嘴笑着吃着从它们身边走过。这些刚从寺庙烧香拜佛的善男信女身上还带着香火味，转眼就要把这些可怜的羊吃到肚子里……

大街上熙熙攘攘，不时有老人孩子驻足，人们默默地摇头叹息。孩子们吃着羊肉串，摸着待宰的羔羊，不时地对羊低语："小羊乖乖，你饿吗？你的家在哪里？你想妈妈吗？"羊儿漠然地愣在那里，眼睛盯着前方挂在木桩上的已砍去羊头、剔了一半肉的羊架子，也许那是它的爸爸妈妈、兄弟姐妹，抑或是它的亲密恋人……

我默默地走开了，胃里翻江倒海一般痉挛着。烧烤的油烟味、孜然味与叫卖声不时袭来，我逃也似的跑远了，可那烤肉的味道依然不依不饶地追赶过来……

2017 年 2 月 2 日

谢 谢 你

　　今天是个不错的日子，朋友的鼎力相助令我欣慰，让我对这个小镇有了依恋。好友玲子遇到困难，看到他们夫妻那么焦急，一向不爱管闲事的我情不自禁地说，我找朋友试试吧，没有想到我的朋友春很快办成此事。

　　与春相识相知已 20 年，不远不近，却时有联系。那时我们同住一个家属院，因为两家的孩子整天黏在一起，每天吃过晚饭，我们一边闲聊一边在大院里看着孩子们嬉戏，我们从事同样的职业，因此比别人又多了几分亲热，于是话题终于从孩子谈到彼此生活的喜忧。慢慢地我打开了心扉，自己对理想的追求与幻灭，春是第一个知晓的。渐渐地我们就像孩子一样孟不离焦、焦不离孟，每天总要找时间聊几句，虽然那时我们都很忙，春是高三的班主任，我也教着小学的毕业班。虽然小学与高中差距很大，可是我们总能从中找到共识，也许至今说起都没有人相信，那时我们才 20 多岁，每次谈论的话题竟然都是教学、管理、育儿方面的心得。春博学多才又见多识广，我们在一起交流竟然如高山流水般合拍，每次在一起都说到很晚，临走时还是意犹未尽。

　　我的课堂设计管理理念，对学生的心灵梳理与抚慰，无不得到春的赞同。春惊讶于我教学理念的超前，不断地鼓励我大胆尝试，于是，我多了几分信心，工作上更是创意迭出。暑假里，春把孩子送到我家学习作文，短短一个月，孩子迷上了文学，小作文写得有声有色，更难得的是小小少年有了自己独特的见解。春问我，是否有什么法宝能开启孩子的智慧之门？我有吗？摊开双手反复打量，普普通通的一双小手，只是比常人多了几分温度。

　　我在小学教了 20 多年毕业班，却没有教过自己的孩子，至今都感到遗憾，春更是惋惜顽皮小儿没能做我的弟子。于是，春努力创造机会想要弥补遗憾，机会还真被我们等到了，2002 年 7 月高级中学计划开办初中部，春几次三番地找到我，想让我教初中的语文并且当班主任，这是我从来没有想过的事。我犹豫再三，终于经不住春的鼓励，大胆去面试，有春的热心推荐，再加上我的教学成绩与经历，终于顺利通过校领导班子的考核。当我第一次站在初中的讲台上，那种欣喜不亚于第一次走上讲台的时候。我很快在新的工作环境里找到了自己的位置，那时正是新生入学军训最累的阶段，我每天如陀螺般忙个不停，内心却充实快乐。

春说得没错，群体的文化素养决定了工作环境，和谐的人际关系让我找到一种久违的轻松。每天陪着这些初次离开父母住宿的少年们吃饭、锻炼，晚自习组织他们开主题班会，我用自己的学识、幽默征服了少年的心。每次悄悄注视教室那虚掩的门，心海都会漾起欢快的涟漪，我知道那里有一双期待的眼睛在默默陪伴着我，看到我和学生笑吟吟地走出教室，春的脸上也是如沐春风。每晚春都陪着我去宿舍查看孩子们是否安然无恙，时常有因为初次离家而哭泣的孩子，春都不厌其烦地帮我去安抚。终于忙完校园的工作，我们可以放松地骑车回家。那时还是土路，有很长一段需要在庄稼地里穿过，月亮羡慕地注视着我们，河沟里流水潺潺，蛙鸣悠扬，清风携带着庄稼的清香萦绕在身旁，我们时而无语，时而欢笑，走在春的身边，我有一种从没有过的踏实。

虽然春比我娇小很多，却像姐姐般引导我攀登，为我遮风挡雨。那些柔风轻抚的夜晚，是我今生难忘的日子，诗意的夏夜与风月无关，却有着水墨画般的优雅。我想，那些星夜相伴的日子也会如雨花石般定格在春的记忆里。

春，我知道你比我的烦恼一点不少，但你很少哭泣和叹息，因为你的内心如男人般坚强，这是我最欠缺的。你知道吗？能让我流泪的朋友不多，虽然那天你没有看到我的泪，但我的心如海潮翻涌。开学了，当我们校长知道我要辞职应聘到初中部，他多次派人来我家挽留，我知道老校长爱才，尤其是他搬出我的两个老领导来劝说，高级中学的三个校长也亲自出面挽留，那一刻，我进退两难。长这样大，还是第一次被人如此器重，权衡利弊，我还是回到了小学。

记得那天我告诉你决定时，你我的眼睛里都盈着泪花。我是退着走出那个杨柳依依的校园，你一直默默地看着我，那惋惜的目光让我不敢对视，突然你喊住我，匆匆跑来："芳芳，你知道吗？你不该落到这个小镇上，不该再回到那个春风不度的地方，我比你自己更了解你。"我细细地体味着这句话："比我更了解自己。"不知何时泪已如断线的珠子。我不是千里马，但你的确是个好伯乐，你的赏识让我有了自信和搏击风雨的力量。

后来我们都搬离了那个小区，再见面已是不易。虽然久不交流，再相聚依然有说不完的话题。光阴如箭，转眼我们的孩子都已长大，虽然时光无情地夺去我们的花样容颜，但那熟悉的笑容、那清纯的眼神依然清新如昨。在纷杂的尘世里，我们守住了心的宁静。每次遇到困难，我都习惯性地给你打电话，潜意识里，你已是我的亲人。

那个迷雾沉沉的冬日，在你的办公室，看到我申报微机被人重重阻挠，你悄悄地帮我把市里的关系疏通办妥。那天离开你办公室时，你心疼地说："芳芳，你的无助让人心痛，你太需要帮助了。"姐啊，你干吗总惹着我流泪呢。在这个举目无亲的地方，我一直如小草般在砖缝里艰难地挣扎，风雨的侵袭早已伤不到我的内心，你却让我泪落如雨。

我很平凡，只是一滴不愿落到尘埃里的水珠，是你用手掌接住了我，给我一个花瓣栖息。上苍给了我坎坷的人生，让我远离亲人落在这个小镇，却又给了懂我惜我的姐姐，这个小镇因你而温暖。如果有一天，我离开了这个地方，我会流泪，那也是因为牵不到姐姐温暖的手。姐，我不再抱怨命运的不公，不再懊悔小镇的冰冷，与姐姐在同一片蓝天下呼吸，我已知足。

这次我给你讲了朋友的难事，你没有拒绝。你说："你的事就是我的事，我一向都是很努力去办。"我知道这个事的难度，今天朋友得知事已办好，那种震惊与欣喜的神情让我快乐，让我幸福。他们没有想到我能有你这样的好朋友，我无钱无权，你根本没有需要利用我的地方，却一如既往地帮我，我想一定是我的人品打动了你，你的友谊是我最珍贵的财富。

姐，就让我在这里说出藏了多年的感动，姐，谢谢你，谢谢你的信任与赏识，谢谢你给我点燃的那盏灯，你是我最美的相遇！

誓言无声

黑夜给了警察一双黑眼睛，使命却让他们来寻找光明。

——题记

"几度风雨，几度春秋，风霜雪雨搏激流，历尽苦难痴心不改，少年壮志不言愁，金色盾牌热血铸就。"每次听到此歌，我的心中都涌动着一股激流，升腾起一种神圣庄严的情感。在我心灵的天幕上有一枚亮闪闪的徽章，那就是警徽，有一颗璀璨的星，那就是警察，那是我心灵的光，给我安宁和力量。

小时候，父母就教育我们要听话，不然警察叔叔就来抓你；老师教育我们捡到一分钱要交给警察叔叔；生活的常识也在告诉我遇到困难记得找警察；后来，我做了母亲，也在反复叮嘱孩子万一和妈妈走散了一定找警察叔叔；家里老人岁数大了，我们又像童年时父母叮咛自己那样再三嘱咐老人，万一哪天出去散步找不到家，一定找警察，他们会带你回家。

你看，警察在我们的生活中无处不在，无论大事小事，他们都会尽心尽力去帮助，他们就是及时雨，不但管得宽，而且管得严。他们用实际行动为我们排忧解难，守护着我们的幸福。警察的功绩不需要人们铭记，更不需要感恩戴德，他们的辛劳却与我们的幸福息息相关。

他们是那么普通，在平凡的岗位上数十年如一日无怨无悔地工作着，默默守护着我们的安宁。片警、交警等民警的工作是那么琐碎，常常让我们忽视了他们的存在。车水马龙的街道，熙熙攘攘的市场，人们在公园悠然自在地休息，和谐平静的生活是他们最想看到的画面。

警察的外貌与常人没有什么不同，却有着神奇的威慑力。他们也是血肉

183

之躯，却有着凡人没有的火眼金睛，那双鹰样的眼睛有着穿透黑暗的力量，他们时常在接踵摩肩的人群里扫视着，仔细搜寻着任何一个可疑因素，将一切危险消灭于萌芽状态。警察的眼神犀利如利刃，被他看一眼，似乎自己的五脏六腑都成了透明的，谎言与龌龊顿现原形。

我怕警察的眼神，怕自己小心翼翼藏好的心事被剖析，但我又是那么喜爱警察的眼神，它给我安心和力量，只要想到那锋利的眼神，再深的黑夜我也不再恐惧。无论我置身何处，无论我在何方迷茫，只要有警察，有那冒着寒光的眼神震慑邪恶，我就有了走出黑暗的力量。

警察也是平凡人，也有儿女情长，但是做他们的亲人却要比常人付出更多艰辛。刑警、狱警、缉毒警等，他们是那么神秘，常常真人不露相，让人们忽视了他们的存在。他们上班有点儿，却没有下班的点儿，吃饭也没有准点，手机 24 小时待命，一声命令便意味着黑与白、血与火、生与死、善与恶的较量。

黑夜给了警察一双黑眼睛，使命却让他们来寻找光明。他们背负着国家交给的使命，站在黑夜与黎明的中间，他们把血肉之躯铸成金色盾牌，挡在黎民百姓的前面。他们与黑暗搏击，看到世间的大恶，却没有修成铁石心肠，依然有伤有痛有心碎，却没有迷茫。他们牢记着入职时庄严的宣誓，他们懂得：国家安危，公安系于一半。危险面前，他们毫不犹豫地扑上去，用生命、用鲜血保护着人民。从共和国成立的那天起，无论战争年代还是和平岁月，警察的丰碑上镌刻了一个又一个闪光的名字。1998 年大洪水、汶川大地震、新冠肺炎疫情等，处处都能看到警察的身影，那是最美的藏蓝色，那是最坚固的盾牌，那是人民心上的暖啊！

人民警察是和平年代最危险的神圣职业。前段时间，我们的警察兄弟执行任务时在烟花大爆炸中倒下，从而引发网上的一连串爆炸，炸出灵魂的拷问，善与恶在灵魂的天平上称量。那么年轻的生命啊，他们也是父母的儿子，是丈夫，是父亲，是家庭的顶梁柱啊。他们的牺牲留给家人无尽的苦痛。"人固有一死，或重于泰山，或轻于鸿毛。"他们为人民利益而死，死得其所。他们是父母妻儿的骄傲，是警察的荣光，更是人民的幸运！

警察是一株屹立不倒的大树，撑起了整个世界的安宁。警察，这个职业是那么神圣，是热血男儿的心之所向，更令不爱红装爱武装的女汉子梦寐以求，他们怀着热血与激情投入警队这个大熔炉，练就一身钢筋铁骨，在腥风血雨里行走。他们朝着人间幸福的方向，发出一声声情与法的警示，引领迷途的人儿走出泥泞和黑暗。

谁不爱乐享太平盛世？谁不爱花好月圆？可是世间哪有岁月静好，那是我们的警察在负重前行，他们与黑暗搏击，与罪恶短兵相接地厮杀，守住了光明与福祉。生活从来不易，有狂风暴雨，有惊涛骇浪，是警察为我们擎起一片晴空。警察，是我们的骨肉亲人，他们平凡却不普通，他们背负着使命，守护着万家灯火，他们有爱、有恨，也有泪与伤。

朋友，爱我们的警察吧，是他们守护了社会秩序，维护了我们的尊严，敬我们的警察吧，是他们在默默呵护着人间烟火！他们是正义和勇敢的化身，爱警察就像爱我们的眼睛，他们流泪，会灼伤我们的心啊！

为了母亲的微笑，为了大地的丰收，他们把自己练成顶天立地的金刚，危难之处显身手。警察是宝剑，是火花，他们生如闪电之光耀，逝如彗星之迅忽！

2023 年 6 月 19 日

民间艺术的当代价值
——颜新元教授的艺术讲座

　　民间艺术是广大民众在生活实践中创造并传承的艺术，包括民间的音乐、舞蹈、戏曲、美术等，它的存在满足了民间百姓的自身的生活和审美需求，同时也充实了世界的多元文化。

　　颜教授带来了奇特而又珍贵的藏品：

　　一、明清时期平遥的民间老账本。账目清晰翔实，字体端雅娟秀，每一页都有一句吉祥话，细节处体现着古人的文化与修养。

　　二、老太太布画。用布制作的连环画书，套色彩印的木版画，内容主要是当时流行的戏曲故事，通俗易懂，便于携带翻看，主要供不识字的老太太欣赏。

　　老太太布画构思巧妙，方便实用，画面精美，充分体现了民间艺人令人惊叹的匠心和生活情趣。

　　三、古代乞丐乞讨时的唱词手抄本。唱词是打油诗的形式，简洁易懂合辙押韵，朗朗上口，全部是祈愿施主的吉祥话，令人愉悦的同时引发怜悯之情。生活在社会最底层的人竟然也注重文化，虽然大字不识一斗，唱词也是请先生代写，但在每日的乞讨说唱中潜移默化地学习并传播着文化，怎不令人感叹？

　　四、先祖雕像残片。供奉在祠堂里的先祖雕像剥落的一块残片，层层叠叠、深深浅浅的皮革和油漆包裹的横截面，就像时光的年轮，斑驳苍凉之中有着无以言说的美感。

　　一块化石般的残片，无意中被颜教授瞥了一眼，就这一眼让它的美破茧而出，惊呆了岁月，曾经的沧海桑田，曾经的凄风苦雨，全部化为诗意。残片依然是那个残片，却不再孤苦伶仃……

颜教授的课生动风趣，轻快却又内涵丰富。他来自民间，最接地气，质朴亲和。他关注民间艺术，热爱民间艺术，爱得如痴如醉，他懂得大俗就是大雅。民间艺术是高雅艺术的母体，是中国符号，时刻滋养每个华人的血脉。

他行走在民间，穿针引线一般把民间艺术的种子植入莘莘学子的心田，他是春风，是细雨，无声地传播着文化，用无言大爱感召着无数年轻的心，呵护着珍贵的传统文化。

他的授课声情并茂，时刻吸引着人们的视线。民间艺人惟妙惟肖地演唱动人心弦的民歌小调，风姿绰约的彝族少女穿着百褶裙，孔雀般婀娜多姿地行走，尤其是有节奏的踢踏声，美得令人击掌欢呼，如果你在台下，定会情不自禁地随着她翩跹起舞……

在这个金桂飘香的深秋，邂逅一场民间艺术讲座的盛宴，不早不迟，在我最渴望探寻传统文化的时刻，有良师益友导航。

感谢，文学的牵引让我幸运地走进中华传统文化的圣殿。感恩，博大精深的中华民族传统文化给予我行走的力量。感慨，国家灭亡还有重建的时候，文化断枯才是真的灭亡。

传承弘扬民俗文化、民间艺术，任重道远，吾辈当努力！

颜新元教授是个有温度、有色彩、有味道的人，他的亲和与热情让身边的人温暖幸福。

一个小小的帖子，被您如此重视，真让我感动。您是学者，是大教授，却没有丝毫的架子，真是出乎我的意料。那次在湖大听您的课，您精彩的演讲让我如痴如醉，下课后，我鼓足勇气走向您，要了您的微信，又与您合照。我从小就不喜欢追星，但那天，我竟然勇敢地靠近了您。

我从事的就是民俗文化的发掘整理，既是工作，也是爱好。您的课，坚定了我传承民俗文化的信心，并为当地的武术会、小吃、布艺、苇编、花灯、花会写了许多民俗调研报告。

真想有机会再次聆听您的民俗文化课。美好的回忆，难忘啊，湖南大学的那一堂生动的民俗课，让我走近尊敬的颜教授。感谢缘分，感谢文化的魅力。

湖南大学那个美好的夜晚，让我沉浸在艺术的海洋，您的课养眼又养心，更坚定了我投身民俗文化的信心。您是一本值得我一读再读的好书，您是我的良师益友，跟紧您，努力走得更远！

2016 年 12 月 10 日

第四辑・那些文

一生一世桑梓情
——评王英老师的《五味回眸》

王国维在《人间词话》里讲道："昔人论诗词，有景语、情语之别，不知一切景语皆情语也。"当文字承载内容的时候，它便也是感情的载体。霸州市作协王英主席新出版的散文集《五味回眸》给人最深的感触就是：人间烟火气，最抚凡人心。

《五味回眸》前半部分回忆了20世纪六七十年代北方的水乡记忆，后半部分描写了当代的工作与生活，是作者乡愁系列散文集中的一部。本书共有五个章节：一半烟火、一半清欢的乡情篇；纸上春秋、笔下山河的风光篇；万家灯火、人间百态的情感篇；老骥伏枥、志在千里的感悟篇；对话四季、品味冷暖的节气篇。我最看重充满烟火气息的乡情篇，我将蘸足浓墨来解读这个篇章。

作者以乡土文学见长，文字带有浓厚的泥土味道，仿佛从田地里生长出来的庄稼。他笔下的乡村不仅仅属于北方，更是一个民族的精神坐标。作者眼里的世界是多维的，他在感性里回忆，在理性里生活。他的文章重情却不煽情，有血有肉，有境界，有格局，是对昨天与今天的梳理，是理想与现实、情感与理智的和谐统一。

常言道，文如其人，一个人的文字里隐藏着他走过的路，以及人生旅途中的风风雨雨。王英老师的人生颇具传奇色彩，从军、从医、著书可说是他的人生三部曲，也是他生命的支点。他的童年恰逢国家三年困难时期，粮食极度匮乏，他在饥饿中成长，却长出坚不可摧的骨骼和斗志。跌宕的人生、渊博的知识、丰富的阅历，为他的行医和写作提供了极大的便利。生于中医世家的他孩童时期便跟着外祖父学习传统中医，缺医少药的乡村让他很小就懂得了百姓的疾苦，那时他就萌发了悲悯心，有了悬壶济世的远大志向。高中毕业求学无门的他就从赤脚医生做起，一边潜心学习临床医学，一边给乡民医疾送药。成年后，他通过不懈努力终于参军到四川成都军区某部队医院做了卫生员，后来随部队参加对越自卫反击战，经过血与火的洗礼，直面生与死的考验，在得与失的痛苦抉择中，他对人生的认知有了新的高度，战火让他得到新生。后来他从部队转业到地方开诊所办医院。

亲历残酷的战争，以及创建医院行医治病等经历，对他是一种人生磨砺。他看到人间的疾苦，看到人的渺小，看到人性的丑与美，从中悟出生命的真谛。从而他有了大彻大悟，有了摆脱名缰利锁的智慧和力量，他有了看透虚无假象的慧眼，他的生命获得了真正的自由。于是，他把精力放在行医和做公益上，帮扶贫病的退伍军属，下大力气投资扶助当地的文化事业，出资金办文学书刊，邀请全国知名作家来当地开办文学讲座，请著名省刊主编办文学改稿会等一系列重大的文学活动，极大地推动了当地的文化事业。他一边钻研医术，攻克一个又一个疑难杂症，一边写文著书，至今已出版了八部医学专著和文学专集。人生行至一个高峰的他返璞归真，行医诊病之余，他把目光投向自己的内心，在文学的海洋里畅游，思索、洗涤和丢弃生命不可承载的沉重，他在文字里得到真正的释放和轻松。

他的文章清新自然颇具美感，以质朴叙事话桑麻诗情，与读者低语谈心。文章短小精悍，以通达和明晰的语言，为读者呈上真实的乡村生活。深入浅出是文章的一种境界，用明快的语言表达深刻的道理，看似平白如话，却更考验作者的功底。他的文字温暖干净而有力，这是本事，更是境界。朴素的语言，毫不做作，虽是日常生活琐事，却有着抚慰人心的力量。他用心灵的春风吹落岁月的尘埃，弹响一个时代的琴弦，提醒人们不可忘记来路。

作者心里有爱，眼里有光，写景皆真，以情见长。无论写景，还是叙事，没有知识的堆砌，更无居高临下的喋喋说教。无论是写母亲的善良、智慧、辛劳、勤俭持家，父亲的淳朴、善良、无私和能干，还是写邻里的相处，总是闪着人性的光芒，不知不觉就触动了读者柔软的内心。他在爱与感恩里回忆远去的乡村生活，在留恋与赞美中描写乡村的风物和美景，以细腻的笔触书写身边的小人物，诸如打工妹小芳、理发的小凤、绣着花朵的婚纱等。他写人与土地、爱与感恩，写出了老村庄的样子和老一辈庄户人的朴实、无私。

民以食为天，缺衣少食的童年经历激发了作者的嗅觉，令他对美食格外敏感。书中描写了大量的乡间美食，令人垂涎。饮食也是一种文化，村民们就地取材烹制出各种特色小吃，经过时间的雕琢和沉淀，有些早已失传，有些已被人们奉为美味。小吃以其独特的风味记录着岁月的丰盈与沧桑，这是沸腾的农村生活，这是火热的日子。他的文字有生活，有香，有色，有味，有甘甜，也有苦涩，正是因为有真实的人生经历，才有了《五味回眸》独特的阅读价值。

父母对于孩子的成长，尤其是人格的形成至关重要，本书中有大量关于父母的回忆。作者善于思考，他总是从点滴小事中去琢磨家庭对于一个人成长的影响，他所关注的正是当今涌现出的育儿、教育、品德修养等社会问题。父亲是儿女的航标灯，是父亲给予儿女行走四方的胆气。《根的雕塑》一文中，作者饱含深情回忆了童年时父亲对自己的教育和影响。"他的厚道、直率、乐于助人在村里有口皆碑"，父亲鼓励作者读书，带他去庙里看村民请香灰当药，父亲告诉他，村里缺医少药，人们得病只能祈求神佛，可香灰根本治不了病，父亲抚摸着他的头说："你长大后，如果能当一名大夫，给村里人看病该多好啊！"父亲让年幼的作者阅读背诵《汤头歌》《药性赋》，为作者成年后做医生打下了良好的基础。"每每怀念起父亲，我总能从自己的言谈举止中看到父亲的影子，如倔强的性格，不服输的精神。我知道，爷爷是父亲的根，父亲是爷爷的枝，父亲是我的根，我是父亲的枝，这根与枝血脉相连，生生不息，如一条系在岸上的缆绳。"作者由一个普通的农家少年成长为享誉国内中医界的一名老中医，与父亲的教育和影响是分不开的。在《饺子酒》一文中，父母一下午包了六大盖帘子饺子，父亲邀请村干部来家里一边品尝热气腾腾的饺子酒，一边商议如何为村民谋福利。入夜，作者和父亲提着马灯把每个人平安送到家。也许，父亲都没有想到，那盏马灯的光一直照到了作者的心里，父亲无声的教育潜移默化中影响着作者。我们从中看到了 20 世纪六七十年代基层村干部以身作则，处处为百姓着想的形象。多年以后，作者长大也成了父亲这样的人，他做过十年村党支部书记，为村里做了许多好事，修桥铺路、建设村小学的校舍、筹建健身广场等，至今村民提起王书记依然赞不绝口。

母亲是家里的阳光，是孩子珍藏一生的温暖。《和谐腊八饭》一文中，母亲派子女去邻居家借粮，精选家里最好的大红枣和杏仁回赠给邻居。母亲是个讲究人，通过言传身教让孩子们懂得做人要厚道，不要占小便宜。艰难岁月里，邻里之间互相帮衬，友善相处，这也是村庄令人留恋的一个原因。还有，父亲给枣树割皮喂腊饭促进枣树多结果，体现了农民的善良与智慧。千层茄子制作烦琐，母亲却那么耐心，克服物质的匮乏，不厌其烦地给家人烹制美食。母亲对家人的关爱，就像一粒种子，深深埋在作者的心里，令他心里充满温暖，那些美食令他至今惦念。《冬至的饺子》一文中，母亲吃没有馅的饺子，宁可自己饿着，也要孩子们吃饱。母亲本是普普通通的农家妇女，她用自己质朴的情感影响着孩子，那是孩子生命里的钢，在母爱中长大的孩子内心柔暖，性格刚强，志向远大，这也是作者事业有成的一个重要原因。《韭菜花开滋味长》一文中，"不能糟蹋粮食，否则老天爷不管饭"是母亲的口头禅，母亲一生勤俭节约，用一言一行影响子女，使他们养成爱惜粮食、勤劳简朴的良好品质。有这样的母亲，怎能教育不出品行端正的孩子呢？这就是中华民族的传统美德，作者的母亲是千千万万母亲中的一个，她是那么的普通，却又那么的可亲可敬。韭菜花开滋味长，令作者久久回味的仅仅是韭菜花的滋味吗？那是作者对母亲最深最重的感恩与怀念。

家是爱的港湾，我们在这里歇息身心，积蓄奔跑的力量。在《粽子里的旧时光》中，作者怀念母亲包的粽子，以中华传统节日端午节包粽子的仪式感诠释孝道的传承与榜样的力量。在如今这个快节奏的时代，人们都在忙，都在追求速度与高效，一切都是匆匆忙忙，却忘记了生活的意义。慢下来，给生活一点仪式感，与家人围坐包粽子、包饺子等，给亲人一个交流的时间，给心灵一个喘息的空间，你会有更多的收获。这也是作者在字里行间传递出的呼声。一碗红糖水除去甜还能有啥味道？细读《一碗红糖水》一文才知，一碗红糖水把内心熨烫得平整舒坦，焦虑和忧思瞬间消散。作者的文章没有矫揉造作，没有媚气。他不仅写出了一碗红糖水的营养与热量，写出了家的温馨与甜美，更写出了家庭在社会上、在人心里的分量。看似一碗普通的红糖水，却有着良药般抚慰人心的力量，包含着母爱与呵护，那是来自家庭的温暖，对于有家难回和无家可归的游子，更有着催泪的力量。当故乡只剩下一个名字，老宅里再无守望儿归的父母，再也喝不到母亲沏的那碗甜甜热热的红糖水，谁能不泪目？

良好的家风具有强大的生命力，积善之家必有余庆。在《儿时的冰镇西瓜》中，作者的爷爷招呼众多村民来家里分享一个冰镇西瓜。旧时，普通人家在三伏天得到一个冰镇西瓜非常难得，一个西瓜浓缩了邻里之间的和谐友好，点滴中透出人性的善与美。爷爷的善良无私，那是融入骨子里的东西，早已悄然流淌到孙儿的血脉里。你看"兴奋""享受""一脸喜色""开心""惬意""快乐"等词语，多么有感染力。如今的幼儿园里，常把分享作为孩子们品德修养的重点内容，课课讲，时时说，而老一辈人却是身教重于言教。此刻，吃瓜的人是快乐的，写文的人更是惬意的，读文的我们也乐在其中。

作者的文字不仅仅是记录生活，更是写人生思考与感悟。行医治病是作者的本职工作，他常用医生的思维给生活把脉，查找病灶配制良药。你看医生眼中的庄稼，竟然也是一味良药。庄稼不仅仅养育了人类的生命，也让我们从中汲取了力量。《春分时节韭菜香》中的韭菜经历了严寒，内心藏着一种坚韧。作者由韭菜写到人，写到一种人性。苦难是一笔财富，只有历经磨难，才能激发出生命的馨香。由此，作者感叹，生命要有韧性，要从骨子里长出坚毅。如今，人们生活压力大，各种痛苦令人精神抑郁、崩溃，甚至放弃生命。到底为何呢？那是因为人们的脚步走得太快，而灵魂却没有跟上。如果人们能够从自然界悟出生命的意义，能像春韭一样坚强，我们的社会就会多一些温暖与和谐。

《五味回眸》中充满快乐的童趣，农村虽然没有城里那些优越的物质条件，但小孩子们在大自然里自在成长，享受着别样的童趣。《烤红薯的诱惑》中便描写了农村孩子的生活智慧和童年情趣。生活是一本翻不完的大书，不仅仅是课堂书本上那点死知识，还要从无字句处读书，从小融入生活中，摸索生存本领，在风雨中成长。如此，生命才能有韧性，有刚性，有弹力，有智慧。这让人不由得想起当今的教育，那些在温室里，在家人的溺爱中成长的小苗，衣来伸手，饭来张口，如何能长成参天大树呢？当然，农村的生活条件相比城里是苦了许多，你看《童年的槽子糕》一文，童年的作者多么羡慕小伙伴能吃到槽子糕，但他却那么乖，只是对母亲说了心愿而没有哭闹，他是多么体谅父母挣钱养家的不容易。"母亲听了哽了一下，酸酸地说，睡吧！外面，夜很黑。"作者没有煽情，只是简单的几行字，却让读者的心也悄然酸涩。了解过去的苦，才能懂得现在生活的甘甜，身在福中要知福、惜福，这样的文字胜过万千说教。作者看到如今的孩子娇生惯养，得到亲人太多宠爱，生命却非常脆弱，他甚是担忧如此育儿的不良后果。他多想告诉世人，适当让孩子面带三分饥寒，吃点苦，受点累，并非都是坏处。

作者怀着感恩的心，写下一行行有温度有味道的文字，从曾经的苦日子里提炼美酒，与读者共鸣，触动读者内心最柔软的地方。在《暖暖的破米粥》一文中，作者回忆童年时母亲常常天不亮就要早起，一边熬制破米粥，一边收拾庭院，破米粥的香气和母亲的勤劳能干跃然纸上。曾经的破米粥是为了节约粮食填饱肚子，如今却成了保健的美食受人追捧。过去虽然缺衣少食，但人们却生活得充实，有精气神儿，从来没有食品安全的忧虑。我们应该放缓奔跑的脚步，回望过去，认真反思并重拾曾经的健康生活，把活着过成生活。《童年的杂面条》描写的那个年代，食物极其匮乏，白面很少，人们一年到头也吃不上几顿白面，但巧手的主妇竟然用玉米面或黑豆面里掺和白面擀出杂面条。一大家子人聚在一起吃得有滋有味。日子是人过出来的，家庭和睦，老人慈祥健康，父亲在田地里辛苦劳作，母亲勤俭持家，子女乖巧懂事，那就是幸福。记忆里的杂面条搭配各种新鲜菜码和酱蒜，吸溜一大口，那叫一个香。小时候在姥姥家吃了一顿杂面条，竟然让作者至今记忆犹新，让我们再一次触摸到作者那颗感恩的心。

作者看世界写文章充满哲思，在他眼里，世间无不是之人，世间美丑都是相对的，就连骡马的粪便都大有用途，这也是一种美啊。《家乡的老面酱》描写了北方农村的一种传统小吃用骡马的粪便发酵，全村集中在村外的一处地方发酵。从中可知，中国的农民对粮食爱惜到骨子里，原材料只是剩下的馒馍馇烂饼子，村民却连一粒粮食、一点儿面都舍不得浪费，就连牲口的粪便也是利用到了极致。再看，各家制作老面酱都集中在一处发酵，没有人看管，更无摄像头监督，村民之间的信任也是达到了极致。试问当今，还有谁胆敢对他人不设防？大到各个公共场合、各个街道，小到各个家庭的前厅后门周边都布满了摄像头。如今，这种传统小吃的制作工艺早已失传，我们遗失的不仅仅是一种小吃，社会在进步，我们的生活水平不断提高，淳朴与信任等根植于骨子里的品格，我们又守住了多少呢？

甜面酱制作真是烦琐，那是一种慢生活。文中"母乳""甘醇""阳光"这样的字眼温暖而有张力，让我们时时能感觉到作者心里的暖意。老一辈人大多长得结实健壮，是他们天天吃农家饭，顿顿蘸老面酱的缘故吗？不一定，那是因为他们非常勤劳、朴实、能干，他们的心里充满阳光。作者写过去的农村生活，虽然苦累，但是那时的人们活得带劲儿。那种日子有奔头，那是有质感的生活，正是当代人可望而不可即的理想生活。当今的我们谁也不想回到贫困落后、缺衣少食的昨天，但我们应当学习老一辈艰苦朴素、勤劳能干的品格和创造精神，让生命有质量，这或许是医治精神空虚的良药呢。

作者不仅仅是在写远去的乡村生活，更是写人生的思考。我们从何而来，如何生活，将要去向何方？他就像问天的屈原，仰天长叹，叹一曲花开花落，问天问地问心，他不仅想医治人们肌体的病痛，更想根治人们灵魂深处的病灶。

作者的语言清新质朴却充满活力。《童年的风箱》一文中，作者描写风箱，"它稳稳地蹲在灶台旁""风箱悠长动人的曲调"等生动而富有画面感，现在的年轻人根本不知道风箱为何物，从作者优美的文字里就能了解到它的样子、功效和工作原理。作者就像一位技艺娴熟的钢琴师，先是用欢快的圆舞曲描写拉风箱，接着用舒缓的小夜曲讲述馒头出锅时受到母亲夸奖的惬意，随后用平静的《天鹅湖》介绍风箱的工作原理，突然笔锋一转，变得柔肠百转，就像梁祝里的《十八相送》。由于时代的进步，人们的生活水平大幅提高，风箱已光荣隐退，作者深感惆怅和遗憾，此时文章的曲调变得低沉而又落寞，但须臾间又变成高昂嘹亮的赞歌。作者庆幸自己处在这个伟大的时代，我们的国家变得富强，人们不仅解决了温饱，各种高科技也进入了生活。作者的文章充满正能量，读之总能汲取知识和力量，让人无法释卷。作者的语言也非常有张力："我想，风箱是有生命的，如果没有生命，为什么四十多年过去了，它还在我的记忆里鲜活着，如果没有，为什么每次看到炊烟，耳畔就会响起风箱'呱嗒、呱嗒'的声音呢？"如此鲜活的文字就像钟磬之音，声声敲打着读者的心扉，我们的耳畔也萦绕着风箱"呱嗒、呱嗒"的旋律。

细品《炊烟是乡村的符号》的语言，如诗如画似水柔情，不知不觉搅动读者的心绪，徒留满怀惆怅。"炊烟是乡村的符号，是记录在农村图景上的印记。炊烟伴随着日升日落的节拍起起伏伏，是那样的训练有素，在风儿一个眼神或一个无声的口令下即刻变换着姿态，向东、向西、向南、向北，直冲云霄，卧倒或爬升，它们成了每一户人家派出的代表。摇曳生姿的炊烟或者呈白色或者呈蓝色，让村庄的每一个角落都弥漫着柴草燃烧泌散出的疏淡而温润的清气，夹杂着从各家各户飘出的饭菜清香。""炊烟的方向，才是家的方向。""炊烟长长如村姑的秀发，如逶迤的河水，如青草覆盖的乡间小路，如煤油灯下母亲绵长的缝衣针，它们不断嬗变的姿态常常飘在我的梦里，且随着年龄的增长而越来越浓。"

《童年的土坯炉子》描写的是艰苦岁月里的一段温暖记忆。黑屋子，泥台子，下面坐了一群土孩子。北方的冬天滴水成冰，需要学生自己点炉子。本是一群还需要大人照顾的孩子，他们却自觉担负起从家里拿柴火点炉子的重任，孩子们相互配合把炉子生得旺旺的。这样的劳动让孩子们感觉很有趣，既锻炼了孩子们的动手能力，也加深了同学间的感情。这样贫困的日子却是作者心里充满光明与温暖的记忆。在作者看来，过去的生活虽然贫困落后，却像茶，苦中有一缕芬芳。再说《家乡的麦秸垛》，麦秸垛曾在农村随处可见，那是庄户人一年到头烧火做饭的必备，有了它，一大家子的日子才有了几分安稳。大人眼里过日子用的麦秸垛却是孩子们的乐园，农村孩子一边帮大人干活，一边享受着无拘无束的田园生活，一个麦秸垛竟然让小孩子们那么快乐。"躺在金黄柔软的麦秸垛里，如同躺在母亲温暖怀抱里一样温暖舒适。""家乡的麦秸垛，作为几千年农耕文化的象征物，它们就像一个个故乡的精神坐标，留在了历史的最深处，也留在了我们这代人的心灵深处。"仔细玩味这几句话，你是否品到文字深处的呐喊，为什么当今的年轻人有更多的迷茫与空虚，人们或多或少都有些焦虑，是否因为遗失了精神坐标？

蒲墩是庄户人就地取材的手编小家具，母亲劳作之余信手编织，不耽误下地干活，不影响洗衣做饭等家务活。在《蒲墩》一文中，作者的母亲勤快到不舍得让自己有一刻的休息，也不忍心浪费一点东西。看似毫无用途的玉米皮，在母亲手里竟然成了实用的艺术品。母亲心灵手巧，总是用心用情用爱去呵护家人，尽心尽力把贫困的日子过得舒适又体面，让孩子们心里装满阳光。人与自然和谐共处之道和绿色环保理念也是老一辈劳动人民的生存之道。

作者心里充满大爱，情感细如发丝，善于捕捉生活里的美好，他对生命、故乡、土地、亲友和病人有着海一样的深情，写不尽、诉不完。他笔下的故乡风物仿佛沾染了仙气，田野、土房、火炕、麦秸垛、老树、狗吠、炊烟、蒲墩等在他的眼里是那么优美，人情美、人性美、风物美、民俗美等诸多美好汇成一种大美。蔡元培先生说过要"以美育代宗教"。追求美，也可以说是一种信仰，即尊重大自然的天道，尊重人性，追求恬静、淡泊的审美格调。人创造了美，劳动创造了美，作者在回忆里多处写到各种劳动，艰辛又快乐，与读者分享劳动的意义，更是在诠释生命的意义。

作者回忆老去的村庄，回忆军旅生涯、行医、写文等经历，也是人文的省思。在苦与乐中记录真实的生活，留给后人去反思、去提炼，不忘先辈创业的艰难，努力为后人留下丰厚的精神财富。他是一座沉默的石桥，渡己渡人。他笔下的冀中农村充满烟火气息，牤牛河岸的四季美景、疫情中忘我工作的白衣战士、奔赴汶川抗震救灾的场景、深切缅怀的牺牲的战友等，一篇篇、一章章饱含深情的倾诉，他没有矫情，却字字关情。

《五味回眸》充满正能量，字里行间透着感恩、慈悲和美好，这些文字的温度、色彩、味道和光亮，永远不会在岁月里消失。读他的文，会让读者在精神上得到一种慰藉，释放自己的心灵，沉浸在那些清流般的文字里，来一场酣畅淋漓的沐浴，挤入那些有棱角的方块字里，打磨心上的老茧，重拾纯真，让我们坚强又真诚地活着。

人生有百味，五味最常在。作者用朴素的语言诠释着他的终极信仰：大悟、大爱和大美，这也是他文字的内核。这是他的泥步修行，在行走中思考，在思考中修行，努力营造内心的大自在，把曾经的高光与遗憾悄然释怀。

2024 年 4 月

至今莲蕊有香尘

——读《安康女作家散文评议》

"书卷多情似故人，晨昏忧乐每相亲。眼前直下三千字，胸次全无一点尘。"这是于谦《观书》中的诗句，正合我此刻的心境。《安康女作家散文评议》一直安卧在我的床侧，每天睡前总忍不住翻几页。初次见此书，是在李焕龙老师的办公室。当我捧起书，细细翻阅，方知此书竟然是焕龙老师给安康50位女作家写的评论集。一文一评论，读、思、写，看似简单的三个字，却蕴含着焕龙老师多少真情与心血啊。

书装帧精美，分辑合理，内容丰富，堪称精品。全书分为爱情、亲情、游记、纪实、哲理五部分，具新、奇、特、情、真等特点。焕龙老师的七字文题就很精彩，《抚平差异寻美妙》《拉直问号成叹号》《忆述精准数白描》《回归童真见莲心》，仅看题目就可知他为此书下了多大功夫，每一字词、每一标点，无不被他反复斟酌过。

焕龙老师一直是用手书写作，这些评论大多是在他工作之余完成的，我的眼前似乎浮现出他在灯下奋笔疾书的情景。捧着沉甸甸的书，仿佛捧着一颗火热的心。我为安康的女作家感到自豪，能遇到如此热心的伯乐，真是三生有幸。甚至我的内心有了几分妒意，难怪陕西文坛高手林立，有焕龙老师带着这支红色劲旅，怎能不兴旺？

女性散文比较随意细腻，轻柔妩媚，就像山坡上的野花，肆意生长，有一种独特的美丽。有的更像打碎的瓷器，散乱破碎，需要高手来拼接。焕龙老师用一双慧眼搜寻着散入草丛的花瓣，用一双妙手，巧妙梳理编织，终于让她们出落成初绽的小荷，婷婷于汉江之畔。在初春的二月风里轻摇曼舞，绿了香溪书院，媚了金洲。

这是安康文研室历时三年的一个文学科研课题，时间紧，人手少，任务重。困难面前，焕龙老师勇挑重担。定主题、写稿、选稿、归类，写评论时实在抽不出合适的老师操笔，焕龙老师就扛起如椽巨笔默默书写。对待每一个环节都需如淘金般仔细，吹净黄沙始到金，经历三个月的时间，终于给人们呈现了一本珍贵的文集。无论是各具特色的女作家散文，还是独具慧眼的评论，每一篇都令人眼前一亮。

我的目光与这些饱满的文字对视，一种力量直抵我心，柔柔的，暖暖的，目光抚摸着文字，文字慰藉着目光，久久地缠绵，舍不得离开。

那些从人间烟火里走出的文字，洗净烟尘，清清爽爽地绽放在书卷里，带着几分不羁，带着几分豪气，洋洋洒洒，就像二月兰，质朴端雅，微笑着站成一条小径，引领我走近安康，走近汉江，忘却归路。

一边品着紫阳毛尖，一边细品这本书，唇齿留香。看到一个个熟悉的名字：周晓莉、梁玲、黄振琼、温洁、谢静、李娟，有些是一面之缘，有些是交往多年的文友，我们在这里相会，敞开心扉，感知似水流年，汲取文学的力量。

梁玲那朴实坚强、一生多舛的《婆婆》；黄振琼那深情含蓄的《你远行的日子》；周晓莉在矛盾中求和谐，在交融中建真情，闪烁着人性美的《阿聪》；温洁那几分思念、几分幽怨、几分理智的《假如今生不曾错过你》；谢静纯朴温厚的《金丝燕的爱情》，尤其是用女儿心写就的可亲可敬、血脉相连的《我的乡村婆婆》。婆婆在冰水里为家人清洗衣服，"手上本已布满血口子的双手被冰冷的江水浸泡得红透了，一道道血口子周围都已泡得发白而且裂得更开"，这个特写镜头久久地停留在我的脑海，悄然摁动了泪水的按钮。焕龙老师把这个片段提出来，虽没有点评，但文字足以打动读者，也无须多言。

他这样说：故事却在这里拐了一个弯。实践告诉我们，唯有拐弯的故事，才更显得精彩，亦如河流，大凡拐弯处，总会生出奇峰、险山等另一番风景。该文的拐弯体现在由记事到说理、由叙事到抒情的转变。婆婆的言行是质朴的，似是乡村妇女应有的本分。在作者朴实无华的书写中，我们看到了润物细无声的春雨，听到了汉江绵绵不断的流淌声。真与情是焕龙老师选文的重点，他不仅是在指导年轻人写作，更是春风化雨般点拨年轻人学习生活与做人。

一篇篇美妙的文章，一个个美丽的女人，在我的眼前优雅着。"欲把西湖比西子，淡妆浓抹总相宜。"此刻用在这里，真有几分恰当。一篇文就是一朵娇艳的花，渐渐蔓延成文学大花园。焕龙老师就是《秋翁遇仙记》里那个爱花如命的老者，每一篇都是他的宝贝，捧在掌心揣摩、品味，量体裁衣，终于写出一咏三叹的散文诗般的评论。仔细品读，美文呼应着评论，评论解读着美文，仿佛景泰蓝上镶嵌的宝石丝丝入扣。

读懂一个人的作品，首先要读懂作者。焕龙老师是个有心的人，他善于观察生活，细察这些女作家，从点滴里揣摩出她们的性情，练就了一双能透视的眼睛，写出有深度、有味道、有温度的评论。也许，他比这些女作家更懂她们，引领着她们走过荆棘，走过险滩，攀登文学的山巅。

焕龙老师语言诙谐、精练、优美，点评到位，剖析深刻，开卷受益。每个类型选10篇逐一评论，甚至是同题目，点评时却没有一句雷同，无厚实的文学功底不可为。文字就像他手上的面团，信手拈来，就是一篇佳作。

写作需要喝彩，更需要指导。焕龙老师不是一味地喊好，逐字逐句指导，圈圈点点、敲敲打打，终成精品。人生虽然漫长，紧要的地方就那么几步，文学亦然。有时一篇文、一句话就能影响一个人的走向。文学路上有此良师益友，幸甚。

《红楼梦》里黛玉教香菱写作，建议她熟读唐诗三百篇，不能作诗也能吟。《安康女作家散文评议》美文、评论精到，既有可读性，亦有专业的理论指导，不失为学习散文写作的好教材。但它又不同于一般的专业文学教科书，没有华而不实、枯燥高深的理论，它更具社会性、群众性和实用性。

艺术从生活中来，回归群众中去。云，由地而生，又化成雨回归大地，循环往复，生生不息。这本书是大地，是文人生长梦想的家园，各种花在这里绽放，各种树在这里繁荣。它有呼吸，有脉搏，有滚烫的血液在流淌。它有温度，有骨骼，有灵魂，有着鲜活的生命。

这本书是巴山汉水的缩影，山围着水，水倒映着山，水柔美了山，山庄严了水。文与评琴瑟和鸣，演奏着一曲动人心弦的天籁。初见惊讶了眼眸，细品惊叹了心灵。50朵花蕾次第绽放，60、70，还会有更多的美文走在路上，蹚过汉江，踏过巴山，翻过秦岭，且行且悟，总有一日会惊艳岁月。

秦巴山水生长着诗意，生长着智慧，安康才有了如此众多的文学丽人。生在安康的文人是幸运的，尤其是生长在安康的内心娟秀的才女们，上苍给予她们更多厚爱。文学给了她们不老的青春，她们深深地眷恋着文学，文学也在温暖着她们。

安康的女作家是生长在汉江边的青莲，优雅绽放在千顷碧波之上。借用焕龙老师给汪姣写的评论做结尾吧。

"由此，我们目光所及，亦如作者，是孩子那明亮的眼睛。由此，我们与作者对视中，便看到了清澈见底的心池。由此，我们便从《莲心自有深深意》的静心研读中，看到了'心池里那朵莲悄然吐蕊，暗香盈盈'。"

是的，一次心灵之旅，无须奢华的出游。回归童真，方能见莲心。

2016 年 3 月 24 日

守住寂静的月光
——读包容冰的诗

　　一首好诗，能激起心底的浪花，不失为一种心灵世界的享受。读甘肃诗人包容冰的诗集，虽未谋面，却能让我静心品读下去，不知不觉走入他丰盈的情感世界，沉醉在他那博大而又质朴的情怀里。

　　作品是文人生活、情感和思想碰撞后的融合与升华，字里行间你会读到他真实的生活轨迹，读诗人的作品，亦是与诗人的心灵对话。得知诗人来自黄土高原的定西，我惊讶又激动，随着优美的诗句走入久违的故乡，亦走向自己沉睡的心灵。我的父母 20 世纪 50 年代在北京读完大学后支边到甘肃，我就在定西出生，在白银长大，甘肃是我的第二故乡。亲不亲，故乡的人啊，我随着包容冰的诗句找回故园的记忆。

　　在他的诗行里，你会品到一种独特的味道，那些带着地域文化的符号：洮河、羊皮筏子、塔尔寺、青海湖、胡麻花、黄芪、党参、洋芋、青稞、苦苦菜、尕脚花、连枷把、信天游……熟悉的字符仿佛丢在我心湖的小石子，荡起思乡的涟漪，童年时那些熟悉的生活场景不断浮现。他在《内心放射的光芒》中写道："一个人走进另一个人的内心，需要恒久的耐力和脚力 / 在一个人的心地 / 能居住多久 / 生根发芽。"这句正是我此刻心境的写照，牵着故乡情这根丝线，我走入他的世界。

　　"诗歌是我活在人间 / 向陌生人招手的信息 / 我的诗歌里找不到软弱的泪 / 和虚假的爱情 / 只有深沉的思想在低处徘徊。"我在想象的画板上勾画着他的素描：儒雅、知性、睿智、真诚、质朴、谦和、低调，文如其人，他就像一块璞玉。

深厚的文学底蕴在诗行里透出，妙笔生花展示出他驾驭语言的能力。诗语清新自然又多变，物我互拟，达到一种意想不到的美妙境界。风，在他的诗中描绘较多，却风格各异，千奇百变。"褐色的风舔着春天／绿旗袍的魂影""风奔跑着，吼叫着／刮疼我的嘴脸／与脊梁刮瘦冷却的夕阳／羞赧的脸庞""一缕湿湿的风踏着我的肩膀轻轻走过""细若游丝的叹息像一缕风消散，不留痕迹""风与阳光在树尖上交谈久了树叶就更黄／阳光就更香""寒露的阳光与风／抚摸秋天孕育的子孙／在寒露与霜降之间／风加速了它行走的脚步／冰凉且有些坚硬／撞到杏叶上，杏叶红了""狂风肆虐过斑驳的窗口／青春的躁动趋于平缓""乱跑的风四处打探我的消息"。诗中的风有质感，有性情，有着大自然中狂放不羁又婉约自律的多重性格。读着充满灵性的诗句，仿佛自己也变成了追风的精灵，在天地之间驰骋，尘世的负累似乎剥离了身心。

秋叶在他的笔尖亦是摇曳多姿。"仿佛把我看作一片游荡的黄叶／树叶抽空秋天的精气／落到大地""看到飞扬的叶子／像上帝发来的牒文／我感到生命的沉重和坠落""一片黄叶就是一首无字的诗／一首首无字的诗歌／谁能读懂它／在空中舞蹈多日的荒凉"。小小秋叶在他的笔尖修炼成不朽的精魂，他给秋叶赋予了缠绵的情愫。秋叶更像午夜陪他苦读、为他添香的红袖，因而他对秋叶如此钟爱。

诗人对大地有着不尽的深情，他的诗句仿佛是从泥土里长出来的，带着西部山野的气息。他在《秋天：寒露的阳光与风》里诉说道："在九月初一寒露的阳光里／沐浴思想／发黄变红的树叶／给秋天尽情地描述大地的幸福／我伸出劳动繁忙的手，捧一捧寒露硬邦邦的肋骨／支持思想软弱的部分／一年的收成／在旱情遗漏的指缝间／捡起父亲凝重的沉郁／揣在心中／洋芋蛋缩小些许／当归叶瓣低矮一半／黄芪与党参在胚胎中忍饥挨饿／物价不断上涨的行情，由不得萎顿了药农膨胀的梦境。"那秋天的田野、庄稼、药材和农民的喜忧生动地呈现在人们眼前，诗中有画，画中有情，情中有泪。对故土爱得如此深沉，让他的诗歌饱满又厚重，植根于大地，打通了走向草根的心灵隧道，结出有生命的诗歌之实。故土的一草一木融入了他的诗行，被他抚慰得有了温度。"炊烟与朝阳一同升起／炊烟与夕阳一同落下／如同我不绝如缕的思念／在夜深月明的乡村／长成歉收的一茬茬庄稼。"（《炊烟》）

现代化城镇的边沿不断扩展，渐渐蔓延至乡村，延续千百年的农耕生活在褪色，他却在夹缝中寻找着自己的位置，坚守着内心的宁静，他的诗依然是乡村诗歌，却多了哲思。"我的人生如同一颗土豆／自泥土中来／又到泥土中去／安顿稳发黄的尸骨／腾出灵魂在一朵花蕾里住宿。"（《土豆人生》）灵魂安置在花蕾里，只此一句，意境不仅深远，更是升华了自己的人生，这也是作者写作的意义，与"从尘埃里开出花来"一样美妙。大地是万物的母亲，养育了大千世界的万物，也给了人类不断叠加的智慧。诗人把耳朵贴在大地上，听到了大地的心声，如《走走停停》所思，"正因为大半生人在乡下／车轮在泥泞的道路上打滑／看到的不是醉人的风景／风景那边传来的也不是／让我心跳加速的谎言"。

容冰的诗有着丝绸般的质地，线条简洁，色彩明快，硬朗刚毅中透出柔性，自有一种无言的感染力，或令眼睛蓦然间湿润。"胡麻花盛开的季节／蓝蓝的胡麻花是大山的蓝头巾／母亲戴着它／妻子戴着它／我的两个如花似玉的女儿戴着它／在故乡的山坡上唱歌。"《胡麻花开的时候你一定要回家》里的故乡、大山、胡麻花、妻女，不时萦绕在诗人异乡的梦境里，渗入血脉的情，凝结成诗歌的精魂。

诗人已步入人生的秋天，却依然孩子般率真。"人是长不大的孩子／经常做着有负别人和自己的事情／语言是一把双刃剑／冷不防就把人心戳得流血／我的悔恨／缘于昨天语无遮拦／心肝的疼痛敲打灵魂／犹如一夜不停的耳鸣／给活着的人敲响警钟。"（《耳鸣》）这是诗人的性别符号，如果诗人不能仗义执言，诗歌也就没有了存在的意义，因说话而得罪人，是文人常犯的错误，活得太真，常常把理想与现实混淆，因而诗人的欢喜与忧伤一样多，诗人用心灵行走，忘记了穿戴铠甲。

婆娑世界充满诱惑与迷茫，诗人也不能幸免，他却在诗歌的菩提树下不断修行与禅悟。在《为了安静》里，他自言自语道："风 / 一直在吹为了安静 / 我把升腾的欲望 / 劝了再劝 / 压了再压 / 让堂前点亮的酥油灯盏 / 继续说话。"做自己的主人，看似简单，却不容易。他在《自慰的方式》里旷达着："不问谁在升迁 / 不管谁在发财 / 风清月朗的夜晚 / 独自走出来 / 抖落身上的泥土 / 和夜莺谈论赋诗觅道的秘籍。"他沐浴在诗歌的泉流里，涤荡红尘的烦忧，擦拭心的明镜台。"放低声音 / 只有给自己如是说 / 自己如是听 / 如果听懂自己的话 / 我就是我的知己。"（《放低声音》）诗歌更多的时候是诗人的心灵独白，"牧羊人披蓑戴笠 / 心静如水 / 内心熄灭激荡万千的河流像一尊雕塑 / 望着我欲说还休"，诗人在草原逢到的是他自己。空虚的人，常把目光投射到他人身上，智者懂得静静聆听自己的心声，做自己的知音，适时调试心上的天平，人生就少了孤寂。

在诗歌里静心禅修，在禅修里写诗，他的心有了安放的莲台，心上的折痕被哲思熨烫平整。"因果是一条颠扑不灭的铁律 / 因此 / 圣人畏因 / 如畏虎狼 / 凡夫怕果 / 如怕蛇蝎 / 智者在因地上心知肚明 / 如履薄冰 / 愚者在果囊里鬼哭狼嗥 / 血肉横飞。"（《圣人畏因，凡夫怕果》）人要常怀一颗敬畏之心，有所为，有所不为，人生就多了几分顺境。或许，他真的感慨良多，"对于圣哲的告诫——世间本无事 / 庸人自扰之 / 听，无事也有事 / 不听，有事也无事"。面对人生的失意与痛苦，有人沉沦，他却当成鞭策，当是成功的垫脚石，此乃智者也。

"内心的黑 / 是一扇窗 / 内心的白 / 是另一扇窗 / 黑白相间 / 是非同寻常的门。"他用诗歌为自己打通心灵的隧道，孤独却不寂寞，在自己心灵的艺苑里，他是自己的王。品读容冰的诗，你会找到一种沁透心脾的清新与安适，或可沉醉在庄周梦蝶般的意境里，无法自拔，独享水月天心的美妙。世间的纷扰都将与你无关，于是，你终于走远。

真愿他，守住那一袭寂静的月光。

2015 年 7 月 27 日

在风尘和雾霾中呼唤清风明月
——读王立世的诗

　　"你内心的伤口 / 像一扇隐秘的门 / 佛光照亮了暗处的蝴蝶"，山西诗人王立世写给仓央嘉措的这两句诗一下就吸引了我的眼球，把"伤口"喻为"门"，在我的阅读视野中还没有读过这样新颖的诗句。《灵魂早已越过十万大山》是一首禅诗，对生命的领悟真切、微妙、深刻、透彻，特别耐人寻味。我细细品读了他近两年的诗作，总的感觉是质朴、清新、自然，如天上的行云、地上的流水，但始终携带着生活的风尘，弥漫着人间浓浓的烟火味。貌似平静，平静背后涌动着情感的波澜。貌似简单，简单背后透视出生活的复杂和艰险。忧而不伤，悲而不泣，最易触动我们内心的喜乐，唤醒灵魂深处的疼痛。

　　认识诗人是从一杯茶开始的。2014 年冬天，《中国文学》在山东莱芜组织文学笔会，立世被评为"十大诗人"之首，我们同台领奖，是夜约了三个朋友一起品茶谈诗。立世属性情中人，说话不藏不掖，慷慨激昂，谈人生曲折的经历，谈社会严峻的生态，谈起他钟爱的诗来，更是一脸的沉迷陶醉，达到了物我两忘的境地。他渴望友情的滋润，怀有与这个世界沟通的热望，根据当时的氛围即席赋诗一首："我们的爱登场时，一切都要退到边缘 / 茶，是今晚唯一的道具 / 你亲手泡开，温暖着骨血 / 很多独白，都被省略 / 被捂热的词语，化成长亭和短亭 / 灯光熄灭时，我们走下舞台 / 灵魂的千万灯盏已被点亮。"读他的诗，感觉就像寒夜里饮下一杯温厚醇香的陈年熟普洱茶，内心的寒气顿时散去了大半，有一种好久没有体验到的温馨和安适。诗人寥寥数笔就写出四个文友雅聚的相见欢、情意浓、离别怅，结尾又令人振奋，仅仅一首短诗就征服了在场的文朋诗友。但我还是无法把这个沉默低调、儒雅博学的中年男子与诗人联系起来，因为我惯性地认为诗人大多是长发及肩、服饰奇特、性情乖戾、个性张扬，甚至疯疯癫癫、神经兮兮的形象，他却衣着朴素，为人随和，秋水般沉静又淡定，像一篇柔情又飘逸的散文诗。

归程中，我与立世恰好又同乘一辆车，我们一路上继续着文学的话题，他给我播放了一位女孩用方言朗诵的他的诗歌《故乡啊，我永远是你的孩子》："在城市的广场上 / 我依然是一个乡村孩子 / 站在人群里 / 我多像一株朴素的玉米 / 更多的时候 / 我像埋在地下的土豆 / 从来不怕别人疏忽和遗忘 / 因为我的内心像秋天一样丰盈。"他把自己比作平凡朴实的玉米和土豆，符合诗人的个性和志趣。在物欲横流的时代，他做到了淡泊名利、与世无争，他追求的价值不在灯红酒绿，而在精神的富足。"因为我的内心像秋天一样丰盈"，细细品读，似乎触摸到诗人那深邃旷远、充实明净的心灵，沉浸在茶一般醇香的诗句里，默默感知他高尚、美好、博大的情怀。

那一刻，有清澈的溪流漫过身心，受到一种精神的触动和洗礼。"这个用汉字构筑的世界 / 像陶渊明的世外桃源 / 我在里面遇到很多熟人 / 想起许多如烟的往事 / 活着，我宅在里面 / 死了，也要把骨灰撒在它的缝隙……"第二首《汉字》播放完了，我还愣在那里，蓦然间，眼睛湿润了。"活着，我宅在里面 / 死了，也要把骨灰撒在它的缝隙"，只有对文学爱到如痴如醉的人，才能写出如此有分量、有张力、有情感的诗句，他的诗深深地打动了我，震撼了我。

爱，是立世写作的主旋律，大情小爱在他笔端摇曳生姿。他描写故乡和父母的诗句，看似漫不经心，却能把你心底渐行渐远的乡情刻画清晰，让你的脉搏随着它的呼吸跳动，放不下又走不开。

他在《妈妈的骨肉》中写道："我常常想，我的生命 / 就是妈妈身上掉下的一块骨肉 / 我的心跳，源于她的呼吸 / 我的骨头，含着她乳汁中的钙 / 我说话的声音，走路的姿势 / 做事的方式，以及永远的谦卑 / 都延续着她的某些特征……"骨肉血脉的亲情最容易引起我们心灵的共鸣，尤其是写父母对自己潜移默化的影响，笔触轻柔似水，如月光般晶莹，如碧玉般温润，这是生命与精神之根的追寻。他笔下的母亲展现出东方女性的勤劳俭朴、温柔隐忍。

他写父亲用了一种版画式的雕刻手法，线条精练，意境深邃，简洁的诗句写出了父亲的寡言、睿智和豁达，这是我们共有的深沉的父爱形象，亲切的气息，熟悉的味道，令人情不自禁地怀想。朴素的词语却让父母亲人的形象清晰美好，这些超越凡俗的诗句，总在不经意间触动你内心最柔软的地方，让你陷入一种对亲情的追忆与感恩，唤醒心灵深处的火山，随着他的诗句喷发燃烧。

立世更像一个技艺高超的琴手，文字就是他掌间的音符，普普通通的文字经过他的爱抚，就有了温度，多了灵性，让人爱不释手。读立世的情诗，就像在饮葡萄酒，你会感觉平淡的日子有了滋味，渐渐地，口中有了兰的芳香。他在《与妻书》中写道："你偶尔迸出的一句方言 / 是我回乡时必经的一个驿站 / 你看我时波涛不息的目光 / 是我回乡时最近的一条水路 / 你在我怀中梦见故乡月 / 我早已化成一只啼血的杜鹃 / 你，不是什么女王 / 是我一生割舍不断的故乡。"

步入婚姻的殿堂，再美好的爱情也会被柴米油盐腌渍苍白，立世却把这种温开水似的爱情升华，相濡以沫的爱默默地融进血脉里。"驿站""水路""啼血的杜鹃""故乡"看似平平常常的几个词语，却蕴含着深沉的爱与感激。我们常把故乡比作母亲，那是栖息灵魂的地方，立世却把妻子比作了故乡，足见妻子在他心中的分量。诗中没有从正面写妻子的美丽、勤劳和温情，但我们却能从这几个词语中品出她独特的魅力。虽然通篇都是波澜不惊的诗句，却让读者的心随着诗句跌宕起伏。

谦和的立世像一位儒雅中透着几分木讷的学者，但读过他的一些爱情诗，才发现他是一座沉默的火山。他在《我和三千桃花在春天的路口一起等你》中这样写道："我放飞一群鸽子向你发出邀请 / 又和三千桃花在春天的路口一起等你。""那些文字不是荒野的石头 / 而是月光照出的一条情路。"这首诗有花的芬芳，有雪的轻盈，有玉的柔润，品读着葡萄般饱满的诗句，心不知不觉就醉了，情不自禁地融入他那海潮般的情怀里，蝴蝶般随着他的节奏曼舞。也许读者更想知道他心中的女神，梦里寻她千百度，那人却在灯火阑珊处。不必费心找寻，诗人的心上人就在他的诗句里。

"我在纸上为你描眉，你在梦中为我画容"，他在自己营造的精神家园里爱恋着，用笔尖触摸并拥抱着日渐苍老的流年。"我决定，让杏花村里的春风 / 吹皱你内心的一池春水 / 好让我在屋檐下 / 为你梳理一江的离愁别恨"，爱是世间最神奇的力量，它激发了诗人沉睡的诗情，奇妙的意象。唯美的诗句，仿佛不是写出来的，更像是从云朵里飘下来，从桃花潭里漫过来，从火山里喷涌而出，飞花碎玉般在香笺上摇曳生姿。

他的爱情诗炽烈如火，有着生普洱的香郁浓烈，感觉他是翩翩少年郎，但有时他又像耄耋之年的老人，坐在夕阳里，沉浸在回忆中，低沉缓慢地叙述着，即使谈论生死也是不温不火，却有一种只能意会无法言传的禅意与豁达，语言在他的手里就像打太极，看似轻松自如，却刚柔相济、内外兼修。

《钥匙》全诗八句："钥匙环上 / 系着一把孤独的钥匙 / 与左邻右舍碰撞 / 是它最大的乐趣 / 它偶尔也偷窥 / 同伴打开的秘密 / 只是再也找不到 / 自己那把心爱的锁子。"这是日常生活的情景，诗人却敏锐地捕捉住了，并借此写出了人生的个中况味，让我想起梁小斌的名作《中国，我的钥匙丢了》，立世这首诗是从小处着眼，写的是把锁子丢了，感觉更为沉重和可怕。

诗人正值壮年，却写下了《墓志铭》："我这个人心无挂碍 / 像一粒尘埃随遇而安 / 像漂流的浮萍缺乏方向感 / 被小人算计，也不愁眉苦脸 / 挨打，也不叫疼 / 坐以待毙，也懒得呼救……"在诗里，他把自己比作尘埃和浮萍，认识到生命的渺小和飘忽，面对得失荣辱泰然处之，正是这样一颗淡定而又博大的心，才让他拥有了浪漫的情怀和超然物外的人生境界。

对理想人生的追求和超凡脱俗的思想，让诗人难逃现实与理想巨大落差的纠结。他在《谁知我》中写道："我像残花落叶，时日不多 / 我像流水拐弯抹角，一天天流逝 / 我像被拔掉羽毛的鸟，啼出暮色苍茫 / 我被命运之手再三玩弄 / 我被煎熬，我被撕裂，我被粉碎，我被沉没……有时陷入泥淖，难以自拔 / 有时乱石挡道，额头被碰破 / 有时像哑巴吃黄连，欲语泪先流 / 谁知我偏头疼，昨夜又失眠 / 谁知我心如刀绞，灵魂常常邂逅刺客 / 谁知我流浪再流浪，就是回不到月的故乡。"险象环生，让人窒息，读着如此悲情和无奈的诗句，我的心攥成了一颗麻核桃。我深知，他忧虑的不仅仅是个人的命运，他从一滴水看到了太阳的光芒，也看到了世间的污浊，伸出的拳头不知击向何处，他的良知在痛苦中被撕扯着。

立世的诗有琴的优雅，有棋的缜密，有书的端雅，有画的意境。静夜里，一边品着茶，一边吟着他的诗，你会感觉有清风拂过心灵，尘世的疲惫悄然散去。孤独时，读读他的诗，总会有那么几句，如金玉般撞击着你尚未麻木的心灵，烈酒般的诗句让你沉醉，蓦然间有泪落下，冲洗着心上的尘埃。立世的诗沉郁、敏锐、豪放、顿挫、飘逸，贴着事物核心的表达，传递的是情，流露的是质。立世眼中都是诗，信手拈来的一首小诗却能平中见奇，达到了大音若希的艺术效果。品他的诗，要用一种品茶的心，一点一点细细品味，如果你的心足够静，你就会品到多种味道。《小麦如是说》："曾与伙伴们结成麦穗 / 在田野里锋芒毕露 / 风一吹，形成滚滚麦浪 / 有排山倒海之势 / 成熟的季节，告别了土地 / 被剥去皮，磨成面 / 掺进水，反复搓揉 / 今生，我不再是我自己。"诗人表面上是写小麦，实际上是写人，写逝去的青春、人生的磨难、迷惘和自我的丢失，与他的代表性作品《夹缝》写人类的生存际遇有异曲同工之妙。

"你颤抖的手玩不了刀剑 / 却能触摸到花草的指纹"，这是立世写给仓央嘉措的诗，更是写给他自己的诗。他有一颗怜悯之心，默默地体恤着人世的冷暖和疾苦。他用自己的纯真构筑着理想和爱的王国，防御着人世的严寒酷暑和狂风暴雨。他有许许多多的失意和失落，但他人生的理想信念坚如磐石，对自己的选择无怨无悔。他在《天真》中写道："在垂暮之年 / 我怕变得世故和圆滑 / 也怕沦为庸俗和腐朽 / 更怕丢掉 / 仅剩的一点天真。"这是忧虑，也是反讽，更是一种洁身自好。他执笔走天涯，在生活的风尘和雾霾中呼唤清风明月，在诗的世界里静静地禅修，修成芳草般坚韧的灵魂，岁岁春风，年年青碧。

借诗歌飞回灵魂的故乡

——读支禄的诗

丁酉鸡年，节庆的喧闹渐行渐远。闻鸡而起，灯下，打开了一本书。

新疆作家支禄的散文诗以精妙灵动的语言给读者描绘了令人震撼的大西北。综观支禄的散文诗，既有大写意水墨画的洒脱与雅致，也有工笔画的精致；既有交响乐的雄壮与浑厚，也有湖海大潮的浩浩荡荡；既有禅语的厚重与睿哲，也有小提琴曲《梁山伯与祝英台》中十八相送的缠绵。

精短的语句、得体的结构、新奇的语言、对美的敏感、特有的想象……一次次穿透时光，碾过一个人的心魂，缓缓地淌过一个人的心扉。

过路的人啊！你就在他的诗句里歇歇早已疲惫的身心，也许，干涸的心灵就会变得丰盈、灵动。

贴着诗人的心灵和眼睛去读，读懂了他的作品，也许就能读懂他这个人。他想对这个世界说的话，全在他的一字一句里。在支禄的散文诗中，诗人设置雪山、戈壁、沙丘、河流等场景，让鹰不止一次地出现，不停地对鹰进行全方位解析，那不是鹰，那是现实世界里的一个活脱脱的人，用诗歌的翅膀一次次飞回灵魂的故乡。

写作，让一颗孤独的心终于见到"春暖花开"。也许孤傲的心早已羽化为鹰，诗人冷眼望着苍茫大地，横渡、横渡、横渡……搏击风雨雷电。鹰是诗人理想的化身，草是现实生活的写真。一只鹰，即使在现实的夹缝里韧草般活着，在诗歌的苍穹里也能恣意腾飞。

鸡打鸣，狗吠叫。露水打湿大地之前，鹰还是决定要走了。

当我们抬起头注视鹰时，河流一样的雾气把村庄、鹰牢牢地拴在了一起。

雾啊！别再挽留了，在大漠称得上鹰的，一生就属于辽阔。

——《苍茫》

鹰，拍打着翅膀。一拐，一下子飞进了骨头。

沙丘上，轻轻的一声咳嗽，就从高高的天空射杀一朵干渴的云。

干渴，像一道又一道闪电飞来，打在心上。

——《鱼儿沟》

荒凉粗犷的戈壁，孤寂得让人绝望，却又唯美得让人再也走不出，丢不下的大漠啊！"蓝色一点一点渗进骨缝，一把时光的小刮刀割着，怀念岁月深处的疼痛。"（《沙漠》）"城墙之上，一只鹰不停地拍打翅膀。哗哗的响声，像一个黑衣人站在高处抖动衣服，多少黄沙一堆又一堆倒在古城墙下。"（《苍茫》）一个人孤独地坐在辽阔的大漠戈壁，流落异乡的诗人，又怎能不睹景思乡呢？也就有了"一些草哭着远走他乡，一些草又哭着回来"（《河西》）、"牛羊的哞叫像石头在柔软的草垫上滚动"（《江不拉克》）的怀恋、思情。

德国著名哲学家、文学家瓦尔特·本雅明说"巴黎教会了我迷失"，诗人离开家乡就是在自我迷失，诗歌也是这样一种主动或自觉寻找迷失的过程。其实，无尽的漂泊，意味着一个灵魂诗意的迷失。

诗人的"自我迷失"，其实是在否定自己，在否定中不断地完善、重构自己。也许远离是为了更真切地回归，回归是为了更远地出发。"长河落日圆"时，在中原的大地上每每回望遥远的边疆，顿时，我们看到幽暗的灯光下，一个人静静地在"大漠孤烟"中构筑"纸上故乡"。无边无际的风沙来了，用手紧紧地捂住内心深处的灯。

"为什么我的眼里常含泪水？因为我对这土地爱得深沉……"（艾青语）憨厚质朴的故乡人，血脉相连的骨肉亲人，祖父、祖母、父母……一个个淳朴、勤快、善良，二爷、曹家木匠、黑蛋、菊花……一生都长在田野里，仿佛会行走的庄稼，一句句、一行行，牵肠挂肚的深情诗句，惹得热泪在你心里不停地奔突。"那时，寂静的时光正一节一节抽取一个人的骨头，像从麦场高高的垛子上，一根又一根抽取劈柴。"（《母亲》）"月光下，庄稼人一颠一颠地把草背回了家，像把一个人的苦楚背回来，晾晒在灰暗的屋檐下，好久不出声。"（《锄草》）能镇得住村庄的土豆，地位崇高得像田园童话里的公主、女皇。还有那些日益走远的劳动工具，锄头、木锹、筐箩、筛子……一个个在他的笔下精灵般鲜活可爱，总在悄然扯远你的思绪，怀想遥远的故乡。

于是，一轮思乡的圆月渐渐跃上心头，心底有了潮汐。

这潮汐，延展着时间和空间。

顿时，灰暗的灯光下，滚动着镇住一座村庄的"土豆们"：

土豆不耐冻。久了，听见闷声闷气的咳嗽声。

咳一声天就落霜了，咳两声天下大雪了。塬上，白茫茫过后还是白茫茫的。

冬天，一窖一窖的土豆，才能镇住一座村庄。

————《土豆》

那时，就在云遮雾绕的岔口，也听到二爷喊鹞子的声音。

二爷说，有些鸟影实在太重，只要落在心里，就再也飞不起来，惹得他彻夜不眠。

————《二爷》

支禄是个沉默寡言的人，人群里几乎注意不到他的存在。认识他，是在第六届中国西部散文家论坛的笔会上。在达坂城参观后吃午饭，很巧，我们同坐一桌。自我介绍时，才知在座的全是"甘肃洋芋蛋儿"，熟悉的乡音很快缩短了我们的距离。

陇中，我熟悉的一方热土，曾在这里度过难忘的年少时光，铭刻心灵的碑石。那方土地也无须我们过多描绘，当年陕甘总督左宗棠西征新疆路过斯地，留下惊世一叹："苦瘠甲于天下！"这几乎成为100多年来这块土地的域徽。

定西谚语："定西有三宝，土豆、洋芋、马铃薯。"说的其实是同一种作物，也可见土豆对于定西之金贵。定西，那黄黄的土地，天生就是土豆的故乡！这里种出来的土豆饱满，吃起来满口留香！产薯大县安定区被中国农学会命名为"中国马铃薯之乡"。

……

饭桌上，其他的"甘肃洋芋蛋儿"都很善谈，滔滔不绝，大家兴奋地聊着陇中风土人情，只有支禄微笑着坐着，那个安静的样子很像一枚乖巧的"洋芋蛋儿"。

支禄是做新闻媒体的，印象中的记者大多诙谐幽默、语言犀利，得理不饶人。可他，挤牙膏般，问一句，答一句，谨慎得就像找工作时的面试。我心里就暗暗下了定语："不用看，他的文定是干巴巴的，也许每天写新闻稿把他的棱角和灵性早已磨没了。"

"不，支禄的诗歌很有名，诗歌、散文获得国内的许多奖呢！"一位在座的"甘肃洋芋蛋儿"介绍支禄说。

当然，我是半信半疑。不久，会议结束，我也匆匆返回河北。后来陆续读到支禄的一些诗歌，不断地更新着他给我的印象：在《诗刊》《星星》《飞天》《人民文学》《西藏文学》《散文百家》《西部》等国内外100余种刊物上发表诗歌、散文、文学评论、散文诗等千余首（篇）；荣获中国散文诗天马奖、中国曹植诗歌奖、《西北军事文学》2015年度优秀作品奖、甘肃省第十七届杂文奖；获得吐鲁番市"十大功勋记者"的荣誉称号；参加第十五届全国散文诗会；入选2015年11月最美新疆人……

此刻，历书上说，已经立春了！

夜半灯下，读他的散文诗，行走在字里行间，让我猛然想到"风雨雷电中跌倒的青稞，会扶着藏歌——站起来"（《尕海湖》）；想到了"一棵树不仅装满花朵和果实，还有风云和雷电，还有命运和沧桑，还有泥土和河流"（《一棵树》）；也想到了"在新疆，当前不着店，后不挨村时……流浪的人啊！你最好静静地坐在石头上，好好想想今后的路该怎么走"（《在新疆》）。

"其实感动就是这么简单，源于一字一句，直达灵魂深处。"支禄的散文诗就像一把把小锤头，一下一下捶打着心灵的大门，读着读着总让人想哭。他的许多散文诗充满悲悯，诗人把自己的心事托付给了一树一花一草，乃至小蝼蚁；山川河流大漠，都是有骨骼、有血肉、有灵魂的。于是，心声和情思、欢乐与泪水，织成了一种纯情、纯美的大西北的画布。

这一切，都仰仗诗人心灵的那把琴弦！

支禄笔下的干旱就像黑洞，无声无息，一望无际地吸干了所有的水分。西部的天空下苦苦挣扎的河流、生灵，令人心悸，似乎瞬间把读者的心攥成了麻核桃，眼睛、舌头都干渴得无法转动。

读着读着，更是"别有一番滋味"！

支禄的散文诗中多处写到秦汉唐宋等朝代，这里是古丝绸之路的重镇，这成了他创作的重要元素，加上巧妙地与历史对接，散文诗就多了一份厚重。他有一双慧眼和灵耳，赋予万物以思想、情感和灵魂，他在寻找着自然与人的契合点，渴望与万物同呼吸，在童话、神话与现实里穿行，在冰与火里淬炼，渴望着修一颗不染尘埃的心。

"艺术天才"、"黎巴嫩文坛骄子"、阿拉伯文学的奠基人纪·哈·纪伯伦曾说："我们所有的词语，不过是思想筵席上散落下的碎食屑。"从字里行间品读诗人深邃的思想，他的意象奇特而空灵，视觉独特，哲思与诗意交融。他的文字也像一只自在翱翔的鹰，时而飞翔，时而停歇，时而贴近生活，时而超越现实。他擅长运用对比，巧妙地突出事物的本质，坚硬与柔软、轻与重、动与静，描写精到、自然，用词精准、新颖。

法国象征主义诗人、散文家斯特芳·马拉美一贯主张："诗是不可解的，诗是神秘，诗是谜语。"读支禄的诗，最好让自己静下来，一杯茶，伴一缕月光细细品味，不知不觉你会沉醉在他的诗行里：

"嘉峪关如历史的一个喉结，不能代替嘴巴发话。"（《嘉峪关下》）"在新疆，河流像干死的闪电，闪电是河流的魂魄。"（《河流》）"一棵草的喉咙里卡着一片绿叶，已无法说出春天的去向。"（《嘉峪关下》）"岔口，像一张大嘴巴。大口喝西北风。犬牙交错的石头像一口并不整齐的牙齿。让风吹着。牙，在松动。再也啃不动坚硬的时光。"（《塞上》）"风声像无数瓦罐奔来抢去盛雨，就是始终看不到雨的影子。过路的人心里清楚：河西的天空早已干渴得不像个天空的样子。"（《河西》）

支禄的散文诗中多次用了"镇住"："土豆镇住一座村庄"，"一点甜蜜就能镇住无边的荒凉"，"在七克台蔚蓝镇住戈壁"，"麦捆像山峁镇住了村庄"。镇住的效果是安稳，从宏观到微观，大到社会、村庄、船舶，小到人的内心，有了中流砥柱，有了压舱石，安稳了，一切自有秩序，这是作者内心潜在的祈愿：安居乐业，悠然生活。

"一捆柴放下，稳住一座村庄。"这里诗人用"稳住"，却没有用"镇住"，作者把词的分量掂量得很准呢。

"一个穿长袍马褂的人提着水罐，宽大的衣襟像是传说中的翅膀，沿着陡直的岩面下来，水罐满后，又沿着壁面云朵样小心翼翼地飘上去。"（《岩画》）"蜥蜴在月光中，来回飘过。就像鬼影一样，忽来闪去。"（《饮酒》）同一个"飘"，用在不同的诗句里，却有着不同的味道。蜥蜴的"飘"，是动态的美，写出了蜥蜴的灵活、迅捷；而《岩画》里的"飘"却是虚幻的神韵之美，既写出了画中人不食人间烟火的仙味，又突出了画像的逼真。

"牛羊卧在丰茂的水草下边，眼睛一眨一眨宛若神话王国里的小狐仙。风吹草低，牛羊躬起的脊梁一次次吹成天空的云。"（《昌吉》）诗人把牛羊比作小狐仙，真是美得令人心颤的比拟，窥一斑而知全豹，由此可知支禄对大漠里的生灵爱到骨子里呢。

"火，坐过的地方，像是一摊夜的心事。"（《野火》）诗人把灰烬比作夜的心事，让这把野火有了思想。

"今夜，苍老的月亮有力气扶起一地麦子，却捡拾不起一粒地上的麦粒。"（《月亮》）这里既写出了麦子的生长，麦子养活了村庄，也写出了长眠在土里的人们，生于斯，长于斯，无声无息，就像庄稼的一生。

"拉满弓已是4000年，猎物等待射杀已4000年；逃跑的羊惊恐了4000年；悠闲的羊悠闲了4000年。"（《柯庆岩画》）诗句里多处用了4000年，并不给人重复感，而是彰显着岩画的古老，行文巧妙、机智，穿行于绝妙的时空。

此刻，唐朝的鬼、宋朝的鬼从沙丘后面灰头灰脑地出来，一个个诡秘地望着我们。他们在荒漠中，一年四季喝着西北风，这次总算沾了点儿酒味。

听到喝酒声，楼兰女也从遥远的罗布泊出发，一路上艳丽的衣襟飘成波浪状拂过高高的星群。

马帮、商旅、剑客……在月光下一一复活。回望北方，让风不停地吹着多毛的胸部，像吹着一滩滩荒草。

——《饮酒》

唐宋鬼魂与楼兰美女同时出现，腐朽里开出艳丽的花儿，既有画面的美感，又有历史的厚重。诗人由荒草联想到他们多毛的胸部，似乎他们真的复活了，活得有了质感，活得触手可及，从梦中走出，已在璀璨的灯火中高歌劲舞。

支禄的散文诗创作耽于哲理，倾向于内心的真实，以象征的意境表达生与死、灵与肉、永恒与变幻等哲理性主题。支禄的散文诗中多次写到骨肉、灵魂、刀子、胡杨、骆驼、草等，贴着事物的核心写，写出西部的粗犷、荒凉、孤寂，这也是西部生灵不屈不灭的灵魂。

他对文学爱得如痴如醉，诗歌就是他的恋人，他把心捧出来，交给读者。他的文章给人一种力量，一种深思，一种无穷无尽的梦想和期待。

无法言说的乡愁，魂里梦里萦绕心头。《西部》杂志总编沈苇这样评价：

支禄的写作是贴近乡土的写作，他更像一位在泥土中刨食的诗人，亲近麦草、糜子、村庄、黄土小路、积雪的山坡、牛背上的鞭痕……其诗作散发着"故乡深沉的泥土气息"。支禄也是一位移民诗人，当他的诗歌从河西走廊一路向西深入新疆大地，边地风物以及想象力的助佑，拓展了他诗歌的表达空间，在不倦的吟咏、颂赞乃至悲叹中，确立起抒情的主体性，并且达到两情相悦、物我交融的境地。支禄的平民情怀，总使他自觉或不自觉与"沉默的大多数"站在一起，所以他写打工仔、流浪汉、拾荒者、智障包身工，底层人的命运其实是诗人命运的一部分。

2005年6月，支禄携妻带女穿过河西走廊，进入吐鲁番盆地，耐住寂寞和清贫，忍着思乡的煎熬，忍着近50度的高温，12年的坚守，一点一滴不停地把自己修炼成大漠里的胡杨。他的散文诗字里行间透着深深的情，酣畅淋漓地宣泄，词句仿佛顽皮的孩子，在你的心坎儿与肋骨间蹦跳着，揪肝扯肺，滚烫的泪流回心里，把心肺灼伤。

故乡和新疆是他生命中的太阳与月亮，更像冰与火，也是理想与现实的碰撞，他在思念中忧伤，在现实中搏击，在夜与昼里极力平衡着咬牙行走，一次次奔向灵魂的故乡。他对情感把控稳准，总是欲语还休，写完这样的诗，心里仿佛被什么掏空，又好像被乡愁填满，仿佛一不小心打翻了这坛乡愁的老酒。被岁月酝酿了40年的诗句，每一个字词，每一个标点，都在呼唤，呼唤着远去的村庄，呼唤着与时光一起走入永恒的亲人。

诗人在路上，诗歌在远方。

诗人用文字铺一条小路，走近昔日的时光，承欢父母膝下，再给他们捶捶背，让他们歇歇累弯的腰身。

诗人的脚步和灵魂总有一个在路上，且行且思，读景、读人，不忘初心，在路上，泪与心灵结伴而行。

"路漫漫其修远兮，吾将上下而求索。"故乡和新疆被他稳稳地挑在肩头，从汉唐出发，追随着古丝绸之路的驼铃声，穿过河西走廊上的家乡，踏过的天山、戈壁、大漠、坎儿井、火焰山，一步一幽叹，一步一缕香，找寻着生命的意义。诗歌是他最动听的话语。

在散文诗里，诗人终于把自己修成温润的和田玉。

法国艺术与文学理论家罗兰·巴特说，散文是一列有目的地的火车，而诗歌只有起点，目的地却是未知的。诗是非常专业化的写作，支禄的散文诗凝练、含蓄，有韵味和质感，玲珑精致的词句给读者无限广阔的空间，让人回味和思索。读者的思绪随他翩舞，一点点地充实、丰富、丰盈着我们的心灵空间。由此可知，诗人有着雄厚扎实的文学功底，独特的写作技巧和缜密的哲思是他为自己编织的翅膀，使他能在诗歌的国度里自由翱翔。

由此，我看到才情和勤奋是诗人脚下的风火轮，让他在岁月里惬意驰骋。

支禄的散文诗正像马拉美从语言学和哲学角度所分析的那样，诗歌的深度和复杂，它不仅仅具有抒情性和音乐性，它有骨骼，有灵魂，有着柔韧而又强大的生命力。他的散文诗一改诗坛的萎靡与无病呻吟，质朴的诗句如璞玉般坠在岁月的胸膛前。他的写作首先是接地气，更有前瞻性，一高一低并不矛盾。他从熟悉的生活入手，深挖，贴着核心，写出物外的东西、灵魂的重量。他以力透纸背的功力把散文诗的创作推向了一个新的起点。

文学是人学，引导着灵魂的走向。一首诗、一盏灯、一部书、一朵雪莲花……既是对自己灵魂的检阅，亦给读者心灵无声的滋养。支禄是为良知写作的诗人，他的诗歌从泥土里生长，是辛勤的汗珠升华而成的珍珠。品读他的诗歌并不轻松，大漠的干旱、万物生存的艰难、农民劳作的艰辛，无不令人揪心。

艰难、艰辛以及揪心，给人无穷无尽的力量！

支禄的散文诗苦涩却不晦涩，苦难却不哀怨，艰难却不消沉，读他的诗，你将拥有那片辽阔，在云际安歇灵魂。

这一生，他要用诗歌飞回灵魂的故乡！

2017 年 2 月 5 日夜写于胜芳古镇

用灵魂叩拜文学的朝圣者
——读《当代著名汉语诗人诗书画档案》

春暖花开的时节，收到文友王立世赠送的《当代著名汉语诗人诗书画档案》，捧着这个重达 3 斤 6 两的大块头，我的心里也变得沉甸甸的，似乎触摸到诗人编著这本大书的艰辛。

认识立世是在山东莱芜的一个笔会上，冬夜约了三个朋友一起品茶，立世就讲述了他为编撰这本书，不辞辛苦地向海内外汉语书画家诗人约稿的经历，无数个电话、无数封挂号信、无数次登门拜访，他硬是靠坚持不懈的精神和自己的人格魅力，把众多著名诗人聚集在一起，编成了这本国内首部诗书画结合的典籍。那是多大的工程啊，著名诗歌评论家吴开晋先生读后感言"篇篇皆心血，字字融甘苦"。一般人就是费一番苦心，恐怕也难以做到。那天晚上，我们海阔天空地谈文学艺术，谈到当今诗书画里的文人，说到牛汉、屠岸、雷抒雁、周涛、叶文福、旭宇、刘章、吴开晋、谢幕等名家，立世自豪地说："我编的《档案》里就有他们的作品！"我对这本书满心期待。

莱芜归来，我们多次在电话里谈起这本书，谈到令他感动的一些人和事，例如，浙江老诗人董培伦为参加此书，报了老年大学书法班，经过一年多的苦练，书法有了长足的进步。我随着诗人的感慨而感动着。2014 年春节前一周，新书终于出版，听到电话里那喜悦的声音，我也激动得如鸟雀般蹦跳着，遗憾的是临近春节，快递公司已放假，只好顺延至年后，也好，好饭不怕晚，在幻想与期待中，元宵节那天《档案》终于姗姗而来。

我在单位取了书就迫不及待地打开包装，终于看到这本装帧精致的诗书画档案。我选了一条安静的小路回家，不时地打开书看几眼，就像饥饿很久的人终于得到了面包，走走停停，读读看看，既看不够，也看不倦。浅灰色的烫金封面，典雅又大气，端庄又高贵，象征了中国文人那高洁的灵魂。"当代著名汉语"几个字是印刷体，"诗书画档案"是大书法家沈鹏亲自题写，洒脱笔法，正是文人潇洒不羁的写照。书名的一角题着"王立世主编"，墨很轻，字很小，不仔细看几乎看不清，这很符合诗人一贯的低调作风，低到尘埃里，却开出美丽的花。

捧着《档案》轻轻翻看，突然眼前一亮，看到我仰慕的老诗人刘章的诗歌《执手霜风吹鬓影》："残月，残星，/ 山影，树影，/ 山谷里挤满晓风。/ 霜路像从茧里抽出的丝儿 / 飘忽朦胧 // 接过你手里的包，/ 道一声珍重，/ 我从此影单 / 你回去星空。// 走几步，怕回头，/ 不自主回头，/ 你手在空中，/ 风吹鬓影，/ 小溪水，如烟，如凝。// 漫长的人生路上，/ 一瞬间成永恒的风景，/ 无论千里万里，/ 总有一双暖手在背后，/ 听冰融、雪融、霜融。"刘老师的诗淡雅、凝练、空灵，透着一种妙不可言的禅意。这首诗有王维的诗风，诗中有画，行中有乐，句中有情，词中有禅。细读慢品，更像一幅写意国画，婉约、雅致、意境深远，堪称诗中精品。

雷抒雁老师的《答友人赠瓦当》，也是一首令我一品再品的佳作。"一片残瓦，/ 裹三尺红绫。/ 如此俗物，/ 竟然成了珍奇。// 你指说那些古怪图样，/ 夸帝王霸气，世风奢靡。// 我抚摸历史断处，/ 觉世事沧桑多凄迷。// 那一刻该是西风落照武陵原，/ 轰然倒下宫阙，/ 埋下这一片瓦砾。// 一匹红绫，/ 许是红袖一缕。/ 断垣下，/ 牵出谁的哭泣？"这首诗开篇的"残瓦对红绫""俗物对珍奇"这两处鲜明的对比，给读者造成一种视觉的冲撞，达到了平中见奇的效果。然后诗人由瓦当外在的图案写到内在的意义，一句"我抚摸历史断处"把诗句推向了一个高度，瞬间让瓦当变得厚重珍贵，紧接着写到轰然倒下的宫阙，埋下这一片瓦砾，写出世事沧桑的无奈，给人一种窒息般的压抑。"一匹红绫，许是红袖一缕"，缓释了心底的压抑，红裹住了瓦当的灰暗，红袖一缕拂去宫阙倒塌的尘埃与惊恐，刚刚安稳的神情又被"断垣下，牵出谁的哭泣"催出寒泪千行。雷老师善于运用对比，轻与重、急与缓、冷与暖、静与动，一句"牵出谁的哭泣"把瓦当写活、写重、写美，他的诗就像一曲琵琶，时时扣动读者的心弦，让人不由自主地随着它的节奏跌宕起伏。雷老师的诗歌看似轻描淡写，却是力透纸背的功夫，不由得令人感叹诗歌的魅力，让你不知不觉地就陷入诗的情网里，无法自拔。

听立世讲，雷老师非常支持《档案》的编撰，提供了一些知名诗人的书画创作情况，遗憾的是，《档案》尚未出版雷老师就因病而去，至今每次提起此事，立世都露出感激又遗憾的神情。

《档案》中的书画作品也是异彩纷呈，有旭宇、欧阳江河、张况、聂鑫森、叶文福、高洪波、陆健、石跃峰、马新朝、汪国真、柴然、王爱红的汉字书法，阿尔泰的蒙文书法，次仁罗布的藏文书法。石祥和梁上泉各自把家喻户晓的《十五的月亮》和《小白杨》写成了书法作品，是一大亮点，引人注目。在画作方面有寇宗鄂的红高粱和红萝卜、孟伟哉的牦牛、许淇的骆驼、王耀东的鱼、叶晓山的大雁和苍鹰、伊蕾的百合、于丹的玫瑰、叶光寒的荷花、金铃子的蝴蝶等。书法笔走龙蛇，苍劲、宽博又大气，我的心游走在线条与墨色构建的境界里，解读着书法家那深邃而又丰富的情感世界，似乎找到一条走向心灵的隧道。绘画就像深居绣楼的佳人，千呼万唤始出来，有的清雅俊逸，有的朴拙沉稳，有的冷艳孤傲，书中有了她们满室生香。

诗人的书画就是诗，诗也是思想深刻或意境空灵的书画。捧起《档案》就是与众多才子佳人的雅聚，读诗赏画醉字，却无不给人以美的享受，情的陶冶，思想的启迪。

我从《档案》中寻找立世的作品，目录看了好多遍，却没有寻到，我有些怅然若失。合上书，我静静坐在夕阳里，眯上眼睛，似乎又看到诗人那儒雅的微笑。他用了三年的时间组稿编撰，放下文人的矜持，有时为了拜访某个名人接连吃闭门羹却痴心不改，如果没有超凡的心，是不容易做成这件事的。我的脑海里闪出一个场景，在青海湖边，那些匍匐在路上磕长头朝圣的信徒，怀着虔诚之心，矢志不渝地前进，一叩一拜，无论前面是泥坑还是砾石。对，立世就是这样用灵魂叩拜文学的朝圣者。

立世的诗歌在当今诗歌界很有名气，他的诗凝练厚重又深刻，带着几分禅意，如《汉字》："这个用汉字构筑的世界／像陶渊明的世外桃源／我在里面遇到很多熟人／想起许多如烟的往事／活着，我宅在里面／死了，也要把骨灰撒在它的缝隙……"他对文学的热爱到了如痴如醉的程度，可是，他竟没有放一首自己的诗在档案里。他是当代文学界里的姜子牙，给别人封神，却忘了自己。

这本档案安卧于我的枕畔，终于让我戒掉了用手机上网的瘾，每天睡前和醒来，总要先翻看几页诗歌，赏几幅书画，心里方觉得踏实。这是一部名家诗书画集，具有划时代的意义，尤其是诗歌，多是经典之作，没有功利，没有媚颜，那是灵魂的歌唱，那是心灵的泉水。捧起它，总让我爱不释手。我捧着书，它捧着我的灵魂。

孟伟哉先生生前评价，编撰《档案》是一件"功德无量"的大事，必将在中国乃至世界文坛产生重大的影响。鲁迅先生评价《史记》是"史家之绝唱，无韵之离骚"。今天，我借花献佛，以此诗句送给立世及所有为此书耗费心血的同人们。《档案》的出版填补了中国诗歌史的空白，是中国文化界的一件大事，必将载入史册，赢得未来。

勇把铁笔铸英魂　只留浩气满乾坤
——评《志愿军老兵新传》

每一个志愿军将士都是可歌可泣的传奇，是用血、用泪、用苦难、用痴爱、用生命唱响的英雄赞歌。他们是千千万万志愿军战士的缩影，是永远的战士，是五星红旗上最闪亮的那颗星！

65年前飘荡在朝鲜半岛的硝烟早已散去，滔滔江水依然在诉说着那场震惊世界的战争。《志愿军老兵新传》是一部珍贵的史料，给我们展示了真实的令人震撼的抗美援朝战争，描绘了志愿军英雄伟大而又高尚的内心世界，以及战争结束后英雄们在平凡的工作岗位上依然保持老兵本色，传承伟大的抗美援朝精神，引导读者深刻认识这场战争的重大现实意义和深远的历史意义。

全书共分为五个部分：将校风采、瑰丽人生、创业精英、余晖璀璨、巾帼英姿。每一篇章都有它独特的魅力，细致入微地记述着英雄在战争与和平年代中的感人事迹。这部书从编排到撰写堪称精品，标题是精巧的诗句，语言精准朴素有韵味，行文沉稳流畅有力度，点点滴滴彰显着军人的风采，字字句句总关情。全书收入120多位典型人物，653页，75万字，如此宏大的篇幅，耗费了众多编辑的心血，他们以弘扬抗美援朝精神为己任，心无旁骛地记录并歌颂着最可爱的人，不知不觉自己也融入其间，成为新时期最可爱的人。

将校风采

这一章节主要描绘了抗美援朝五次战役的残酷，记录了将校们运筹帷幄沉着指挥，创造了一个又一个战争奇迹。

首先写到的是战神秦基伟，"手持梭镖闹革命，威风八面上甘岭"。秦基伟这个被称为"秦大胆"的抗战英雄，在上甘岭战役中更是令敌胆寒。秦基伟任志愿军 15 军军长，美第 7 师与韩国第 2 师集中 40 架飞机，320 门大口径重炮，127 辆坦克、战车，以每秒钟落弹 6 发的火力密度向我上甘岭阵地发起猛攻。"两个小小的高地承受了数万发炮弹的轰击之后，别说人，就连苍鹰、兔子也跑不掉，几百门大炮急射，炮弹像瓢泼大雨般浇过来，侥幸飞出一两只蚊虫，那实在算命大。"

这些文字，让你的神经不由自主绷紧，如此惨烈的战争，没有卓越的智慧和周全细致的谋略，没有强大的意志，无论如何也无法坚持到胜利，但我们的志愿军做到了，他们有着钢铁铸成的意志，是颠不垮、砸不烂、煮不熟的铜豌豆。秦基伟一个人扛着两副担子，七天七夜坐镇指挥，是祖国、是人民，让他有了战胜劲敌的雄心壮志。

"狭路相逢勇者胜，三十九军第一功"写的是麦克阿瑟口中"可怕的人"——39 军军长吴信泉。云山之战是志愿军与美军首战，对手是美陆军第一骑兵师，号称"王牌军"，师长曾担任巴顿的参谋长，以精通战术著称；而志愿军第 39 军曾是长征中的"开路先锋"，以善打硬仗、恶仗而闻名。

文中写道：阻击战异常惨烈，天上，美军几十架飞机狂轰滥炸；地上，一波又一波坦克配合步兵的冲锋，茂密的树林变成了焦土。志愿军战士们冲入美军阵地，炸坦克，与美军抱成一团，用脚踹，用手抓，用牙咬，实在不行就拉响手榴弹，与敌人同归于尽。经过两天三夜血战，志愿军重创美一师，全歼美军黑人连，为此美国修改法律，不再将黑人单独编队。

吴信泉军长指挥英勇的志愿军战士，与世界上最强大的美军殊死一搏，打出了军威，打出了国威，稳定了战局，在世界军事史上引起强烈的反响。

"九死一生钢铁汉，威震敌胆万岁军。"梁兴初这个九次负伤的打铁战士被炮火冶炼成铁打的将军，罗荣桓称他为"虎将"。在德川的松骨峰阻击战中，敌人以坦克、榴弹炮和 30 架飞机配合 2000 余名步兵进行猛烈攻击，激战

5 个小时，始终无法突破 3 连阵地。梁兴初集中兵力、火力对南逃之敌展开猛攻，先予以严重杀伤，再割裂围剿。经过一昼夜围歼，敌人除少数逃脱均被歼灭。战报传到志愿军司令部，彭德怀激动地在电文后面写了："中国人民志愿军万岁！38 军万岁！"38 军从此被称为"万岁军"，梁兴初这位流血不流泪的"打铁将军"也不禁激动得流下热泪。

战功卓著的梁兴初在"文革"中遭受不公正待遇，却丝毫没有动摇革命信念，他的高风亮节让人敬佩有加，梁兴初有气度、有胸襟、有魄力，无私无畏，是真正的"虎将"。

"巴蜀骁将历百战，书文翰墨伴余生。"这里写的是志愿军第 18 师师长、少将王定烈。少年王定烈在抗日战争和解放战争中屡立战功，后来出任刚组建的空军 23 师师长，他采取"摸着石头过河"的办法，一边摸索，一边训练。朝鲜战场上，他亲率空军 18 师入朝参战，与号称"空中霸王"的美军飞行员较量，使美军许多老牌飞行员败下阵来。

王定烈退居二线后，想方设法帮着老区脱贫致富。"习文学书，修身养性。"王定烈文韬武略，是难得的人才，率兵打仗骁勇善战，尤其是白手起家创办空军和导弹学校，其中的艰难不亚于一场攻坚战，但他勇挑重任，克服重重困难，终于圆满完成了党交给他的光荣任务。革命英雄主义在激励着他，他的经历更是抗美援朝一不怕苦、二不怕死的大无畏精神的体现，他的人生可圈可点，他的事迹值得载入史册。

"善行大爱二十载，谁人不识赵将军。"这里写的是少将赵渭忠。赵将军离休之后经常做公益，20 年来，他个人陆续资助了 850 余名孩子，全家三代人捐款 100 余万元。他还动员社会各界为希望工程拉来赞助突破 1000 万元，建起 40 余所希望小学，捐助学生超过 3000 人。

他说："我资助孩子就是为了报答老区人民对子弟兵的养育之恩。我是一个兵，是我应该感谢你们啊！在革命老区，每一个县都有无数的人为革命献出了生命，我们不能忘记他们，耽误后代啊！我是一名高级'叫花子'，为孩子们要饭，我心甘情愿！"脱下军帽，戴上小红帽，赵渭忠将军怀揣火种，点亮了数以万计的希望之灯，照亮了贫困孩子的未来之路。

瑰丽人生

坚韧、谦虚、低调、无私、奉献，这就是伟大的抗美援朝精神，也是我们中华民族的精神，如果静下心来深入志愿军老战士中间，你会发现无论是将帅还是普通士兵，这是他们共同的精神品格，让人发自内心地敬重。

英雄们解甲归田，隐功藏名，甘做老黄牛，扶贫助困，一生勤勤恳恳，造福一方。

"铁骨扬正气，热血谱春秋"写的是中国的保尔·柯察金——朱彦夫，朝鲜战场上，他孤胆坚守长津湖 250 高地，全连的战友都已阵亡，只剩多处负伤的朱彦夫独自与敌人殊死搏斗，朱彦夫被救起后辗转回到祖国救治，因为伤情严重，他经历 47 次手术，昏迷 93 天，最终被截去四肢。他凭着坚强的意志、超常的生命力，终于战胜了死神。

伤好之后，他拒绝了去光荣院由专人护理，坚决要求回到老家，后来他做了村支书，带领乡亲们战天斗地，终于让家乡变成了富裕村、文化村，受到百姓的交口称赞。他以身作则扶危济困，是大家的主心骨，村里的老百姓都得到过他的帮助。当他从村支书岗位退下之后，又克服种种困难，以满怀豪情书写《极限人生》。

朱彦夫是"最可爱的人"，是志愿军战士的杰出代表，是中国的骄傲！朋友，当你读到这些文字的时候，你的心是否有一种悸动，正常人做不到的事，他做到了；正常人能做到的事，他做得更好。如果你还在为生命的意义困惑，那就读读他的《极限人生》，你会找回迷失的自我，你会庆幸、惭愧，你将得到一次灵魂的洗礼！

"百战英雄归故里，残身荷锄五十秋"写的是一辈子只求奉献、不求索取的老英雄孙明芝。在朝鲜战场上，他手持铁锹砍毙三个敌人，手腕被敌人的子弹打穿，骨头都露出来了，竟然又俘虏了 6 个敌人，他还用高射机枪先后打落 3 架敌机。战后，他转业到地方工作，由于战伤时常发作，身体每况愈下，组织安排他离职病休。他回到农村的老家后隐功埋名，身边的人都不知道他的英雄事迹，就连妻儿他都没说过。他总是说："同村参加作战的 20 人，仅活我一个。想起牺牲的战友，我这点功算啥！看到群众受苦，我的心中难受，就想流泪。"

孙明芝取之国家甚少，予之国家甚多。这就是我们的子弟兵，时刻牢记自己来自老百姓，不忘初心，功成身退后低调生活，继续无怨无悔地奉献，依然是可歌可泣的英雄。无论是战士，还是农民，他都是让人仰视的高山。

"迟到四十年的'一级国旗勋章'"写的是隐功埋名活着的"烈士"李玉安。他是魏巍写的《谁是最可爱的人》中英勇牺牲的 13 名烈士中的一个。松古峰阻击战中，他并未阵亡，而是身负重伤，被朝鲜人民军救下，随后被送到国内治疗才幸运地保住了性命。当时由于战事紧迫，团里不知他还活着，把他归入烈士名单。后来他复员做了工人，履历表上只写参加过解放战争和抗美援朝战争，负过伤。他说："我从来没有把自己看成功臣、英雄，一个中国人、一名共产党员保家卫国，流血牺牲是应该的，全连 100 多人只剩下我一个，是党、人民和战友给了我第二次生命，我活着就要像个战士，像个党员，要对得起死去的战友。"他的一生甘于清贫，克己为人，坚持原则，一身正气。在战场，他是最可爱的人，解甲归田后，他依然是最可爱的人，无论时光如何流逝，无论何时何地，他都是永远的英雄。

"负重千钧不移志，粪臭换来五谷香"写的是老兵曾义宽的事迹，抗美援朝战场上他舍生忘死背弹药，光荣复员后回到乡里勤恳劳作，一生甘于清贫。志愿军的功劳簿上留下这样的记载："曾义宽，克服了一切困难，行程一万余华里，负重三万余斤，保证了前沿部队得到及时的物资供应。特此记一等功一次，并授予'二级模范'称号。"他复员后回到老家，县政府委任他当副县长，被他婉拒，他执意回乡里成了默默奉献的老黄牛，耕种、拉粪，任劳任怨，不怕脏累，一干就是十多年。

"眼前多少难苦事，自古男儿当自强"写的是老战士廖德珠的感人事迹。廖德珠参加抗美援朝复员后做了政教干部，建设屯兵营地，后来响应党的号召，主动回乡参加生产劳动。三年困难时期，他曾饿得沿街乞讨。后来他做了村支书，带领乡亲们创办林场、砍伐场、粮食加工厂和民兵突击队，开荒种粮、种茶树，很快他们大队在乡里第一个用上电。凭借改革春风，他又带动乡亲们脱贫致富。

廖德珠的一生可谓辉煌，无论是驰骋沙场，还是搏击商海，他总干得风生水起，令人刮目相看。真是了不起的老兵，可亲可敬！

创业精英

英勇顽强的战士，脱下军装，依然是响当当的战士。无论是拿枪、拿手术刀，还是拿笔、抚琴，依然是大写的人！

"学医求知路漫漫，知根报本情深深"写的是全军名医王传贵的事迹。他先是冲出山门，参军入朝，然后冲刺高地，成了国医名家，给国家领导人看病。他撰写了《实用经穴按摩》《中国实用经穴按摩》等12部专著，被选作军内外中医教材。后来他又走出国门，弘扬中医。李肇星大使曾这样评价他："你为弘扬中华文化做了努力，你在世界医学舞台赢得了赞誉，你的成就令我钦佩。"

军医王传贵成才出名，为国争光，却不失本色，时刻牵挂乡里，无私地帮助乡亲，他用一生来践行"最可爱的人"这五个字。这五个字不是随随便便写出来的，那是一生的操守、坚韧的品格、卓越的才华凝结而成的。

"医海搏击，铸就辉煌"写的是重庆医科大学向国元教授的事迹。他小小年纪就深受革命思想的熏陶，报名参军，在炮火中成长为勇敢的战士。他勤奋好学，叩开了重庆医学院的大门，毕业后留校任教，后来调入医院，做了骨科医生。他还编译《临床外科理学诊断》一书，而今已成为医学界有名望的骨科专家。

有思想，有抱负，勤奋、刻苦，是志愿军战士的另一面，向国元阳光自信，积极向上，拼搏奋斗，用精湛的医术回报社会，医者仁心，可敬，可赞！

"巴山蜀水船工号，响彻神州千万家"写的是音乐家陶嘉舟的事迹。他在朝鲜战场上用音乐激励战士们的士气。"文革"中，他无辜受到政治迫害，下放农村劳动改造，他一边从事超体力劳动，一边偷着免费教孩子们音乐，还自学针灸，为乡亲们治病。"文革"结束后，他恢复了工作，与妻子办起音乐学校，为国家培养了大量的音乐人才，写出了《船工的号子》《枫叶红了》《风流千古》等脍炙人口的歌曲，唱响大江南北。

陶嘉舟是战士，是音乐家，他用美妙的音乐，倾诉着一个战士对祖国无尽的爱恋，即使身处逆境，依然无怨无悔地爱着艺术，坚守信仰，他把自己化成音符，用生命为祖国唱响最忠诚的赞歌。

余晖璀璨

这部分主要写了志愿军老战士们在耄耋之年克服一切困难，把记录历史当成使命，争分夺秒地书写，向祖国，向人民，向所有的志愿军将士交了一份令人满意的答卷。

"耄耋之年仍奋斗不息，耕耘不止且硕果累累"写的是老战士林源森的事迹。林源森参加了解放海南岛的战役和抗美援朝，在朝鲜战场荣立三等功。转业后他做过教师、报社记者、编辑等，退休后又圆了当摄影家、作家的梦。

2000年是志愿军赴朝作战50周年，他萌生了为抗美援朝将士编撰一部书的想法，让不朽的军魂浩气长存，让烈士的英魂重返故乡。他的想法得到首长和朋友们的大力支持，他马上付诸行动，成立编委会、组稿、编审，不到半年便编成《震撼世界的一千天》上下册。此书出版后，社会反响强烈、好评如潮，不少人称赞此书出得及时，出得好，立意高，是大手笔，点燃了老战士的战斗激情，是世世代代的传家宝。

解放军原总政治部和全国文联给予很高评价："对你们弘扬民族精神，积极宣传抗美援朝光辉历史的壮举深表敬意。""这是一部以苦难、热血、泪水、生命和豪情铸就的辉煌史诗。"

林源森历尽磨难，无论身临枪林弹雨还是十年蒙冤受难，都没能动摇他的革命信念。恢复工作后，他呕心沥血地工作，春蚕吐丝般奉献着自己，誓把逝去的青春补回来。耄耋之年，他再一次为自己吹响了冲锋号，为抢救整理抗美援朝老兵的资料不顾年老体衰，争分夺秒忘我工作，他是蜡烛、是春雨、是天边的启明星，感召着、影响着、激励着更多的人投入宣传抗美援朝精神的队伍中来。

"笔底烽烟化春雨，浇灌黄花分外香"写的是老战士郝树森的事迹。郝树森在朝鲜战场经历了战火洗礼和生死考验，退休后，他在妻子的病床旁以惊人的毅力和顽强的精神手写完成了100万字的《战地黄花分外香》，这是一位耄耋老人丰富的精神世界和深厚的爱国情怀，凝聚了他一生的心血。

多么可敬的老兵，倾注毕生的心血，用手中的笔复活了一个个革命先烈，用手中的笔书写对祖国、对人民、对志愿军最真诚的爱！

巾帼英姿

这部分主要写了志愿军女战士的传奇人生，有培育特奥冠军的王惠村，有女情报员宋报华，有命运坎坷老有所为的苏凝，有火红年代以苦为荣的肖昌琪，有医德高尚的好医生陈声玺，有热心公益献歌扶贫的张贤能，有热心宣传志愿军精神的陶白玉，有勇攀艺术高峰的黄素嘉，有戴孝出征历经磨难的鄢红，还有英年创业大展宏图的魏永效。

　　这些巾帼不让须眉的英雄是当代花木兰，她们用青春和智慧书写了辉煌的人生，无论是硝烟滚滚的战争年代，还是和平建设时期，她们都保持着战士的风骨，不骄不躁，不卑不亢，勤勤恳恳，任劳任怨，演好每一个社会角色，她们是最可爱的人，更是最美丽的人！

　　凝聚发展正能量，唱响发展主旋律。读完此书，感觉有一股正能量在我心中回荡。编者深入挖掘和发现了一些志愿军无名英雄的功绩，抢救了抗美援朝战争的珍贵史料，记录了抗美援朝战争的光辉历史，宣传了志愿军为祖国与世界和平立下的不朽功勋，弘扬和传承了伟大的抗美援朝精神，为最可爱的人树立了不朽的丰碑，为中华民族的子孙后代留下了极其珍贵的精神财富和精神食粮。

　　"究天人之际，通古今之变。"编者既注意了宏大的历史背景，又突出了志愿军伟大而又平凡的人生，真实、细腻地展示了人性的本真和善良，语言平实，让人感动。

　　感谢《志愿军老兵新传》的何焕昌主编及诸位编辑记录下志愿军不朽的业绩，弘扬伟大的抗美援朝精神。让我们珍惜来之不易的和平生活，做新时代最可爱的人。

2016 年 10 月 11 日于湖南毛泽东文学院

仰望英雄

——评《志愿军将士话胜利》

当一个人拥有了根深蒂固的信仰，就会矢志不渝地为之奋斗，无论置身于何种艰难困苦，都会迸发出灵魂深处的力量，贫贱不能移，威武不能屈，战争击不垮，磨难只能使他的意志更加坚强，就像真金一样，烈火的锤炼只能使他闪闪发光。伟大的志愿军战士是毛泽东思想武装起来的钢铁战士，他们用血肉之躯创造了一个个战争奇迹，告诉世界中华民族的信仰是不可战胜的。

《志愿军将士话胜利》是由志愿军老战士林源森老师主编的一部回忆录，该书收录了志愿军将士讲述的抗美援朝战争中刻骨铭心的往事，一篇篇感人肺腑的故事、一个个高大勇猛的英雄在眼前浮现，往事鲜活如在昨天，他们是历史的天空中最耀眼的星星，默默地散发着璀璨的光芒，照亮了中华大地，照亮了我们的中国梦。

为纪念抗美援朝胜利60周年，本书编委从全国30多个省市（区）征集了数百篇文稿，选取了约400篇入书。作者大多是亲历战场的志愿军将士，他们满怀豪情地书写了催人泪下的感人篇章：论胜利、抒豪情、忆往昔的峥嵘岁月、展望祖国的美好前景、盼望早日圆我"中国梦"，种种元素组成了一曲无比激昂、壮丽的胜利乐章。在这宏伟的乐章中突出了伟大的抗美援朝精神主旋律。

全书论说精辟、叙事感人、感悟深刻、抒情壮美，战争的惨烈、敌人的凶残、将帅的智慧、战士的英勇跃然纸上，尤其是惊心动魄的上甘岭战役，让人重新认识钢铁是怎样炼成的。这部书引导读者深刻认识这场战争的重大现实意义和深远的历史意义，理解中国人民志愿军以弱胜强的秘诀，洞悉最可爱的人崇高而美丽的灵魂。

2016 年盛夏，我和朋友去黑龙江的红旗岭农场采访北大荒老知青，无意中邂逅曾参与抗美援朝战争的老铁道兵，走进了他们的生活，走进教科书、影视和文学作品中的往事，聆听着那一桩桩惊天地泣鬼神的英雄故事，我的心忍不住痉挛，泪水一次次奔涌而出。从此，我陷入了一种情绪里，踏着英雄的足迹，捕捉着远去的背影，用我的笔、我的心，寻找并记录着抗美援朝老兵的故事。

2017 年，我与林源森老师相识。得知我对红色文化感兴趣，正在搜集与抗美援朝有关的资料，林老师非常欣赏我写作的历史责任感，多次鼓励我要多撰写抗美援朝的故事，让我们的后代知道那些流血牺牲的英雄，珍惜今天的幸福生活。林老一次次给我快递相关的资料，再三邀请我去他家面谈。十一长假期间，我终于看到了尊敬的林老师和他的夫人，听他讲述亲历的那场战争，那些感人肺腑的往事竟然如此清晰，我有些恍惚，如坠梦里。林老从朝鲜战场退役后与夫人从事了半生的教育工作，他曾历任工会干部、中学教师、记者、编辑。历史的使命感使他退休之后并没有赋闲在家，而是每天笔耕不辍，宣扬伟大的抗美援朝精神，他仿佛在与时间赛跑，争分夺秒地搜集和编撰，把自己毫无保留地献给了祖国，献给了人民，献给了为之奋斗一生的伟大事业。

林老夫妇生活非常简朴，狭窄的两居室被书占据了大部分，客厅、卧室、墙角、沙发，都有书的一席之地，随意抽出一本书翻阅，不用猜就能想到是与抗美援朝有关的，那段红色历史已占据了他全部的时间与精神空间。虽然他在北京工作生活了近 60 年，却只有一套房屋，他的资金和精力都用来记录和宣传那神奇的 1000 天，为之痴、为之狂、为之流泪、为之欢喜，那是他灵魂的麦加，他一步一叩首，默默地构建着心灵的殿堂。

林老静静地讲述着那些惊心动魄的故事，说到战士们舍生忘死流血牺牲时几度哽咽，泪水一次次盈满眼眶，夫人悄悄地帮他拭去眼角的泪水，默默递上一杯热茶，轻轻握住了林老的手。我不忍打断林老的思绪，按住翻江倒海的心绪，静静地记录着……

从林老家捧书归来，这套书一直安静地卧在我的床头，每天入睡前翻翻看看，每次都有所触动，一种痛、一种伤、一种自豪、一种感动、一种愧疚，在我的内心交融。每每挑灯夜读，我感觉自己就像战场上拼杀的战士，渴望着用生命谱写荣光，一直渴盼着把内心的波澜倾注在笔端，化作惊世华章。也许是我调子唱得过高，踉踉跄跄没走几步就困住了，《志愿军将士话胜利》成了我仰望的珠穆朗玛峰，左冲右突，寻不到一条通往顶峰的路，困惑、焦虑占据了我的内心。每个失眠的夜里，它总是顽固地浮现在心头，暗暗提醒我，不忘初心，莫忘使命。

千里之行，始于足下。不能再拖，一千个决心不如一个行动。春天，万物复苏，正是读书写文的好时节，周末，收拾好心绪，再一次捧卷品读，一遍遍地梳理、思索，终于迈出了艰难的第一步。

《志愿军将士话胜利》共有上、中、下三部，分为"将帅风采""英雄丰碑""战场搏击"三大篇章。每一章节都有着扣人心弦的故事，领袖的悲欢、将帅的喜忧、战士的伟大情怀、亲人的缅怀，点点滴滴都在诠释着什么是伟大，什么是最深沉的爱。我的思绪也在历史的硝烟里游走着。

提起抗美援朝战争，绕不开临危受命的彭德怀总司令。《彭德怀在抗美援朝战争中卓越的军事指挥艺术》一文写到，彭总在政治局讨论出兵朝鲜的会议上发言："出兵朝鲜是必要的，打烂了，最多等于解放战争晚胜利几年就是了。如果让美军摆在鸭绿江岸和台湾，它要发动侵略战争，随时都可以找到借口。"简短的几句话，却彰显了伟大战略家的胆识与气魄，敢于在敌强我弱、形势对我很不利的情况下下定出战的决心，怎能不令敌胆寒？彭总善于把握战机，掌控战场，结合战场实际创造性地确定作战方针。志愿军入朝作战 80 天，取得三次大规模的胜利，毙、伤、俘敌 7 万余人，把敌人从鸭绿江边驱逐到 37 度线附近。苏联的指挥官有了骄傲轻敌的心理，彭总审时度势，说："战争不是儿戏，不能拿几十万战士的生命去赌博，就这样定了，不南进追击。错了，我负责，杀我的头。"彭总扬长避短，灵活运用兵力和战法，刚毅果断，坚定指挥影响全局的军事行动，他非凡的胆略、精湛的指挥艺术，值得后世歌颂与景仰。

曾经无数次在影视作品里看到志愿军战士扛着枪，唱着"雄赳赳，气昂昂，跨过鸭绿江"。志愿军战士跨过鸭绿江时到底是什么样的心境，读者却无从得知。林源森老师在《跟着彭总同跨鸭绿江》中写道："天黑得越来越沉，开始下起了蒙蒙细雨，一会儿变成了朵朵小雪花，飘到我的头上，碰到我的脸颊。生长在南国的我，在异国他乡第一次见到雪花，那凉凉的软软的感觉至今不忘。我在心里默默唱着：听吧，战斗的号角发出警报，万众一心拿起武器。再见了，亲爱的妈妈，别难过，别悲伤，祝福我们一路平安吧！"每一个战士内心涌动的都是为正义而战，为和平而战的浩然正气：我们下定决心为保卫祖国和朝鲜的尊严与安宁献出自己的一切。那夜，在鸭绿江大桥上，林老邂逅一辆军车，后来得知是彭总的车，战士们感到无比荣幸与自豪，那天的邂逅成了林老最温暖的记忆，鼓舞着他勇敢地走过朝鲜战场那些枪林弹雨的日子。今天，循着林老的文字，我也和战士们追随着彭总雄赳赳地跨过了鸭绿江。

《抗美援朝第一战》中写道："一个民族要有骨气和志气，当年我们的武器装备不如美国，但我们抗美援朝是正义战争，我们的士气超过了美国。正是凭借着民族的骨气和志气，我们战胜了以美国为首的联合国军，洗雪了中华民族的百年耻辱，这种精神财富要世世代代传承下去。"一个民族的骨气，至关重要，那是民族之魂，即使当今的和平年代也非常需要民族的骨气。这是老一辈革命者留给我们的精神财富，这种民族骨气早已汇成热血，凝成铮铮傲骨，铸就民族魂，是中华民族赖以生存和发展的精神支柱。回望过去，如果没有这种民族骨气，中华民族何以有今天？短短40余年，我们的祖国大踏步前进，工业、农业、国防、教育、科技、医疗、交通等各行各业有了质的飞跃。高楼大厦如雨后春笋，高铁快如闪电，我们之所以能创造这样的辉煌，那是因为中华民族血液里强大的基因。

《忆两年的停战谈判》中写道："我们不能指望敌人放下武器，立地成佛，要立足于打，以打促谈。事实证明，一个觉醒的民族是不可战胜的。""战，是为止战。"抗美援朝是正义战争，为了祖国和人民的利益，我们的战士要敢于亮剑。美帝国主义侵略者都是纸老虎，对其必须施以重拳。谈判桌上的话语权来自战绩，只有把他们打倒、制服，才有主动权。

《"中国人民志愿军战歌"诞生记》为我们讲述了志愿军战歌的诞生过程，一位战士出征前写的一首小诗，几经传唱，最终成了军歌，鼓舞了无数战士浴血奋战，奋勇杀敌，这首歌有血有肉，有坚硬的骨头，它已融入战士的血脉，长成铮铮傲骨。艺术来源于生活，只有俯下身把耳朵贴近草根才能听到大地的心声，写出不朽的文学作品。

在《我们会见了彭德怀司令员》一文中，彭总给巴金等战地记者讲，作战主要是靠战士。自古以来，兵强第一，强将不过是利益和士兵一致的指挥员。指挥员好比乐队指挥，有好的乐队，没有好的指挥员固然不行；可是没有好的乐队也不行。个人要是不能代表大多数群众的利益，他便是很渺小的。志愿军政治部甘主任说："人都是有感情的，战士的心是热烈而伟大的，有的战士背着炸药与敌人同归于尽，他们是不简单的，他们是有深厚感情的。牺牲自己不是一件容易的事，这样的感情，我们不能让他埋没，我们有责任表扬出来，让祖国人民知道。"我们文艺工作者也是有感情的人，接触到这样伟大的心灵，难道我们还不能交出个人的一切吗？为人民英雄树碑立传是作家的责任与义务，写最可爱的人，宣传他们的精神，这样的文字才有意义。

《谁是最可爱的人》是一部传世之作，一座爱的丰碑。魏巍是这样评价志愿军战士的：战士很平凡、很简单，他们品质纯洁、高尚，意志坚韧、刚强，气质淳朴、谦逊、胸怀美丽宽广，他们是历史上、世界上第一流的战士，第一流的人！他们是世界上一切善良人民的优秀之花，是我们值得骄傲的祖国之花！我们以我们的祖国有这样的英雄而骄傲，我们以生在这个英雄的国度而自豪！魏巍是文人的楷模，冒着生命危险深入前线，与战士同甘共苦，挖掘真实的战斗故事，用自己的心去感受战士们那平凡而又伟大的情怀，写出了不朽的作品。

《怀念魏巍》一文中引用魏巍的一段话："历史是人民群众创造的，抗美援朝这场惊天动地的反侵略主义战争，打出了军威、国威，取得了伟大胜利，也是志愿军将士在全国人民支援下创造的光辉战史。"一位伟大的作家魏巍走了，他留下的光辉作品与高尚人品将永远照耀人间。"六十载擎如椽巨笔谱写志愿军英雄史诗，三千里任纵横驰骋堪称最可爱的人之魂。"战火洗礼了他的灵魂，淬炼了他的精神，他把自己全部的精力、全部的情感，毫无保留地献给了志愿军战士，魏巍是中国文坛的一座丰碑，值得每一个作家敬仰！我们的文学家、艺术家要以魏巍同志为榜样，深入无比壮阔的社会主义建设大潮，深入改革开放前沿，写出无愧于伟大时代的伟大作品。

在《中华民族的硬骨头》中，第四十军刚解放了海南岛，没来得及休整直接转战朝鲜，部队装备还是小米加步枪、炒面加步枪，虽然与联合国军的装备有着天壤之别，将士们却毫不畏惧，战士石宝山抱着两根爆破筒，高喊着"为了祖国守阵地"扑向敌群，与敌人同归于尽。"战斗英雄连"三三五团八连浴血奋战六昼夜，打退美军两个营在飞机、坦克、火炮掩护下的28次进攻，消灭敌人300余人，副排长吴志州在四天断水断粮、五处负伤的情况下，一人歼敌50多人，被志愿军总部授予"一级战斗英雄"。这就是我们英雄的抗美援朝战士，面对强敌，毫无畏惧，用血肉之躯创造了一个又一个战争奇迹。这就是我们的志愿军战士，他们有着钢铁一般的意志，英勇顽强，视死如归。让我们记住这些可爱的战士，告诉我们的儿孙，这些战士曾像朝阳一样年轻，像花儿一样美好，却永远地长眠于那片土地，孩子们，你们要记住，他们是我们的亲人啊！

抗美援朝是志愿军战士用生命写成的大爱，爱祖国，爱人民，爱和平，爱生命，爱一切美好的、正义的事物。

中国近代史是中华民族的屈辱史，清政府腐败无能，使中国得了软骨病，丧权辱国，任人宰割，民不聊生。新中国成立，中国人民站起来了。抗美援朝战争改变了中华民族昔日的"东亚病夫"形象，谁也不敢再小看中国。一个民族骨头不硬不行，骨头不硬，就受列强欺辱；骨头不硬，在国际上就没有地位；骨头不硬，就难以振兴中华，抗美援朝战争打出了我们民族的硬骨头！

在《守卫上甘岭》一文中，上甘岭战斗历时 43 天，美军第七师，李承晚的第二师、第九师，美军空降一八七团，以及仆从军阿比西尼亚营和哥伦比亚营总共 6 万兵员，出动飞机 3000 架次，投掷重磅炸弹和汽油燃烧弹 5000 余枚，使用大炮 300 多门，发射 290 发炮弹，出动坦克 118 辆，先后向我军发起 900 多次冲锋，一天达 30 多次。战斗结束，山石被炸成三四十厘米厚的粉末和碎渣，山峰被削低两米，我军几条凿坚石而成的坑道被打短了三四十米。仅看这组数据，足以震撼人心，战士们始终像钢铁巨人般屹立在英雄的阵地上，敌人付出 25000 名士兵的伤亡却没有得到半寸土地。战士们英勇、顽强、舍身报国的精神让人惊叹，黄继光、孙占元、牛宝才、朱有光、王万成等英雄的名字，不过是上甘岭战斗中涌现出的上万名英雄模范人物的代表。我为我们的祖国有这样多的英雄子弟兵而骄傲。

《上甘岭》电影家喻户晓，战斗打到白热化时断水断粮，战士在战壕里分吃一个苹果，苹果在战士的手里传了一圈，却只咬了一小口。女护士一边给战士们包扎伤口，一边深情地唱着：一条大河波浪宽，风吹稻花香两岸……这些可爱的战士啊，他们的心里只有战友和祖国，自己的嘴唇干裂出血了却舍不得吃一口苹果，他们的内心被大爱温暖着，被祖国和人民鼓舞着，这才有了上甘岭战斗的奇迹。这样的战士，我们怎能忘记？

在《破冰强渡清川江》一文中，11 月的朝鲜气温已到冰点，部队要冒着炮火强渡清川江追击敌人。江面结了一层薄冰，江水刺骨寒冷，人在水中像有无数的小钢刀刺向大腿，刺向全身，彻骨寒冷。敌机在头上盘旋侦察，不时丢下照明弹。战士们相互鼓励着，搀扶着，咬着牙上岸，冷风一吹，棉裤立刻变得硬邦邦，像铠甲一般。读着这段话，我的心不由得哆嗦，在冰河里徒步涉渡，没有钢铁一般的意志又如何能做到？但我们英勇的志愿军战士硬是成功强渡，其中还有女兵。他们是用毛泽东思想武装的战士，有着非凡的毅力，他们这种大无畏的英雄主义精神，值得我们每个人继承，他们超越了生命的极限，创造了一个又一个的奇迹。

有战争，就会有牺牲。"醉卧沙场君莫笑，古来征战几人回？"《毛岸英》一文中写道，国难当头，毛岸英挺身而出，这不是每个人都能做到的，有些高干子弟甚至高干本人都做不到。毛岸英的牺牲，抽走了主席生命之树的一半绿色，留下无尽的伤痛、思念和孤寂。伟人的情感比常人深沉，喜忧不形于色，但比常人的凄苦更深重几分，无言的悲伤无以诉说。一支烟、一杯茶、一张照片，陪伴主席度过每个难眠的午夜，只有一声叹息："唉！谁让他是我毛泽东的儿子！"唉，谁解其中味，伟人的悲伤谁能抚慰？满怀愁绪，无处话凄凉。

在《泪中的思念》一文中，毛岸英的牺牲不仅给父亲留下难言的苦痛，也给妻子刘思齐留下无尽的哀思。思齐在情感的油锅里挣扎着，苦痛着。她是无数志愿军妻子的缩影，每一位失去丈夫的妻子都是如此地悲伤，无尽的哀愁无以诉说，唯有寒泪千行，梦里话凄凉。这就是我们的人民，舍小家，保大家，这就是英雄的中华儿女，识大体，顾大局，千万悲伤一个人默默吞咽。璀璨的军功章上有他们的一半，史册里也应有他们可圈可点的痕迹。

一级战斗英雄胡修道作战英勇，不怕牺牲，是那个时代乃至后世传颂的英雄。他先后参加了 1952 年秋季战术性反击、上甘岭战役和朝鲜东海岸防御战。在上甘岭战役中，19 岁的他和班长还有一个新战士坚守 597.9 高地 3 号阵地，经过一天激战，打退敌军 40 余次进攻，歼敌 280 余人，创造了战争史上的奇迹。杨朔在《金星英雄》中给予这个普通战士很高的评价。为什么现代化装备的侵略者在朝鲜战场碰得头破血流，因为在朝鲜战场的每一条战线上都布满胡修道这样英勇无畏的战士，他是千千万万可爱的战士的缩影，对祖国的深情、对人民的大爱，给了他们无尽的力量，激发出他们灵魂里的勇猛与顽强，把他们铸造成不可战胜的钢铁战士。

对于志愿军英雄，我最熟悉的莫过于一级战斗英雄李家发，走近英雄李家发，世间的一切瞬间变得阳光明朗。聆听他的妹妹李家英诉说英雄的故事，热泪不知不觉濡湿了你的眼睛，即使是铁石心肠的人也无法抑制内心的波澜。轿岩山之战是抗美援朝战争最后一场战斗，胜利已向志愿军招手，耳畔已响起祖国和亲人的深情呼唤。一个暗堡拦住了前进道路，密集的子弹击倒一个个勇士，天空亮起总攻的信号弹，没有时间去犹豫，生与死早已抛到九霄云外，19岁的李家发怒吼一声，纵身跃起用胸膛扑住枪口，敌人的暗堡成了哑巴，大部队潮水般涌上轿岩山之巅，英雄的李家发生命的时钟永远停在了那一刻。李家发的鲜血染红了山谷里的金达莱花，当春风吹绿了轿岩山冈，漫山遍野的金达莱花在怒放，朵朵都是祖国亲人遥寄的哀思，白兰鸽在翱翔，那是英雄的化身吗？飞吧，鸽子，朝着祖国的方向，白发双亲等你一年又一年，直到抱憾离世，他们依然在呼唤心爱的儿子：回来吧，我的孩子，到我的梦里来，让我再抱抱心爱的孩子，再让我感受一下你的体温……母亲离世前，念念不忘地叮嘱女儿："再去朝鲜祭拜，记得抓一把我坟头的土啊，放在家发的坟头，那样我就能陪着自己的儿子。再从家发坟上抓把土，撒在我的坟头，让他永远依偎在妈妈的怀里。让我们母子团聚在一把热土里！"

如果一切可以重来，如果家发再次面对生死攸关的抉择，他依然会勇敢地扑向枪口，因为他是英雄，注定不平凡。英雄无小情，他的心里充满家国情怀，祖国安危、人民利益高于一切，让他舍生忘死！半个多世纪过去了，英雄已淡出人们的视线，可是英雄的家人时刻都无法淡去对他的思念。家乡遭受洪灾，乡民流离失所，父母把国家划拨筹建家发英雄博物馆的经费献出赈灾。而今双亲在遗憾中离世，妹妹痴心不改，竭尽全力奔走呐喊：宣传英雄精神，筹建纪念馆！等了一年又一年，纪念馆遥遥无期，家发英雄的家人和他一样英雄，还在执着努力。

硝烟散尽，英雄走远，但英雄的精神不会丢失。共和国不会忘记，人民不会忘记，英雄流血牺牲，怎能让他们在九泉之下再流泪？不该忘记，不能忘记，不敢忘记啊！家发是我们的英雄，是共和国的脊梁，他和黄继光、邱少云一样是国家一级战斗英雄，他的名字、他的事迹与他们一起载入史册，在中国人民革命军事博物馆占有一席之地！在家发的家乡，英雄的名字与事迹妇孺皆知，他的故乡以他的名字命名为"家发镇"，他的母校为"家发中学"。人民的心上早已建起高大的家发纪念馆，被后世子孙代代敬仰。写入史册的名字会被时光掩埋，刻入石碑的事迹亦会随沧海桑田模糊，唯有融入人们灵魂深处的精神与呼吸同在。英雄注定非凡，在他扑向枪口的那一刻，灵魂已升到九霄之上，凡间的屋宇岂能安放他的无疆大爱、似海深情？英雄无家，四海为家，英雄无私情，处处皆亲人！

说起希望将军赵渭忠，几乎人尽皆知。赵渭忠将军说："我不图名，不图利，就是为那些失学的孩子做事。"赵将军退休后，全身心地投入希望工程。20年来，他把自己的积蓄、退休金全部捐献给希望工程，他走到哪里就把希望工程宣传到哪里，个人却过着节衣缩食的朴素生活。20年来，他和老伴儿先后给希望工程和灾区捐款100多万元，资助贫困生5000名，援建希望小学35所。人们亲切地称呼他为"希望将军""希望爷爷"。他曾说："我为自己是中国人民志愿军这个集体中的一员而感到无上光荣。党和政府给了我这么高的荣誉，这是党和人民对我的关怀和厚爱，应当十分珍惜。"赵渭忠将军把自己的所有无私地献给了人民，他的精神世界无比富有，对人民的大爱，让他走出了世俗，悲悯地注视着人世间。赵将军是无数将帅的缩影，战争年代，他们是英雄，和平年代，他们依然是英雄。他们注定不平凡，用一生的行动诠释人性的大善与壮美。走近他们，你的灵魂在潜移默化中得到净化，走近他们，你会感到自己如大海般富有。

《上甘岭》《英雄赞歌》《英雄儿女》等文学作品曾陪伴着几代人的成长，激励着中华儿女奋发向上。在书卷里，在屏幕上，在故事里，英雄与我们虽远犹近，多少年来，我曾渴望着与英雄零距离接触。采访北大荒农场上退伍转业的老铁道兵，他们过着贫困而又知足的晚年生活，聆听老兵讲述在朝鲜战场的经历，感受他们那无私又博大的精神世界，我的心灵受到震撼。采访林源森老师，聆听他讲述的抗美援朝往事，阅读他编辑的《志愿军将士话胜利》，我的心再一次受到震撼，那些高大的英雄形象逐渐清晰，那些鲜活的往事，重锤般敲打着我的心扉。2017 年 11 月，参加抗美援朝出国作战 67 周年庆典，走近魏巍笔下最可爱的人，我的灵魂似乎得到了一次洗礼，那慈祥的面容、那爽朗的笑声、那感人的故事，让人惊叹，他们曾经历过那么残酷的战争，经过血与火洗礼的灵魂获得了凡人所没有的沉静、圣洁和豁达。

我们的将士在战场上英勇无畏，在和平年代无私奉献。他们是大写的人，是一群脱离了低级趣味的人。他们甘于平凡，乐于奉献，他们是中华民族的脊梁。抗美援朝打出了国魂，打出了中华民族的志气。抗美援朝是中国战争史上的里程碑，具有划时代的意义，伟大的抗美援朝精神是中华民族的宝贵财富，激励着一代又一代的中华儿女不屈不挠奋勇前进。

林老是 1950 年第一批入朝作战的志愿军老兵，参加了抗美援朝第一场战斗，经历了抗美援朝战争全过程，荣立三等功。他退休后，为最可爱的人著书立传，硕果累累，全身心地宣传弘扬伟大的抗美援朝精神，参与策划主编了《震撼世界的一千天》《志愿军将士话胜利》等 11 部真实反映志愿军将士英雄事迹的丛书。捧着沉甸甸的《志愿军将士话胜利》，仿佛捧着林源森老师那颗火热的心，字里行间读到的都是林老的大爱以及他对美帝国主义侵略者的刻骨仇恨、对战友深切的缅怀和博大而又深情的家国情怀。经历战火洗礼的灵魂，有着常人无法理解的坚强和大爱，对人生的感悟、对生命的珍爱，超凡脱俗，令人敬仰。

林老以宣传伟大的抗美援朝精神为己任，用一生践行着誓言，把一切献给党，献给人民。他倾注了全部的精力和爱心编著了这部歌颂抗美援朝伟大战争的史诗——《志愿军将士话胜利》，努力唤醒人们灵魂深处的东西，为心灵注入了新鲜血液，让后世子孙得到生生不息的力量。伟大的抗美援朝精神，值得每一个中华民族的子孙牢记，那是融入民族血液的记忆。

如果没有英雄们前赴后继的牺牲，就不会有我们今天的幸福生活。和平年代，依然需要信仰，它是一道强光，穿透我们的思想、情感和意志，为我们注入生命的活力，使我们脱胎换骨，承担使命，继承烈士的遗志，为实现伟大的中国梦奉献青春和力量。

2019 年 3 月

万众一心保家国　众志成城谱战歌

——读《胜芳抗战》

　　《胜芳抗战》是一本抗日战争纪实著作，作者是抗战老英雄张星垣。看到他撰写的这部革命回忆录实属偶然，但更是缘分。2014 年我参加整理胜芳史志，负责抗战人物的篇章。对于从胜芳古镇走出的张星垣，我并不陌生。他是原湖北省军区副司令员。抗战时期他和戈福声等人组建了 1000 多人的胜芳自卫团，于 1937 年编入河北人民抗日游击军第五路序列，1938 年 10 月胜芳子弟兵独立团改编为冀中军区独立第四支队第三大队，并调离胜芳，开赴抗日前线。

　　今年春天，偶遇张星垣的侄子去政府办公室送《胜芳抗战》，听到张星垣的名字，我停住脚步。宣传办的工作人员委托我把这本书捎给史志办。这是一本 30 页的小册子，2 万多字，翻开册子，我就再也放不下了。没有想到自古以商业闻名的胜芳古镇竟然有着如此辉煌的抗战历史，我的心里充满了崇敬和探寻的热望。

　　胜芳镇原来隶属文安县，自古就是富足的鱼米之乡、京畿之地。近代以来，社会动荡，这里也成为战乱、匪患之地，因而当地百姓自我保护意识强，既重商也尚武。卢沟桥事变爆发，日寇入侵，烧杀抢掠，地方政府随着国民党军逃跑，散兵游勇和土匪乘机作乱。

　　枪炮打碎了胜芳百姓的安稳日子，为了保护地方的安全，血性汉子胜芳商会会长戈福声挺身而出，组建了一支武装队伍。人们推选张星垣任教练，随后又成立了手枪连、武术队，基本保证了胜芳镇的治安。随后这支部队在共产党的领导下，经过无数次战火的洗礼，得到锻炼与发展，先后十多次整编，成为独立第一旅第二团第一营（胜芳、苏桥组建起来的部队），英勇奋战，为革命立下了不朽功绩。

在抗日战争中，这支队伍转战冀中区、晋察冀、晋西北，西渡黄河保卫陕甘宁，保卫党中央，进军晋西南，北上绥远收复失地。在解放战争中，他们回师陕甘宁参加解放大西北的战争，进军青海，建设青海，全国解放后又参加抗美援朝。这支部队经过千百次战斗，光荣地成为中国人民解放军的主力部队之一。

一个不足 4 万人的北方小镇竟然培养出如此骁勇善战的革命队伍，不能不令人叹服。胜芳自古人杰地灵，有着悠久的历史和灿烂的文化。国难当头，男渔女织的村民宁死不屈，毅然拿起镰刀斧头，冲在抗日最前线。据老人回忆，当年父子、兄弟争着当兵的场面随处可见。谁不知白发爹娘需要守护，谁不知娇妻爱子需要照顾，谁不知田地需要劳力耕种，谁不知奔赴战场意味着生死两茫茫？明事理，懂大义，有担当，祖辈的遗训令热血男儿没齿难忘。挥泪告别白发爹娘，再拉拉妻子难舍的手，抱抱心爱的孩子，毅然离去，不再回头。谁不疼自己的儿女，谁不牵挂赴汤蹈火的亲人，谁不知当革命军属的危险？但民族危难之际，个人的安危早已被英雄和他们的亲人置之度外。

胜芳古镇有着千年厚重的历史与灿烂的文化，爱祖国、爱家乡、爱自由、识大体、顾大局，早已融入胜芳人的血脉，他们誓死不当亡国奴，众志成城，气贯长虹。胜芳自古武术会众多，现仍存有 15 道传统武术会。自小习武，潜移默化，培养了青年们勇敢顽强的集体性格，这也是古镇为什么能建起这支英勇无畏的革命队伍的一个原因。

胜芳镇组建的这支部队，在中国革命战争史上占有光辉的一页。广大人民群众为这支部队也做出了重大贡献。最初原警察分局巡长王祝清召集 20 人组成小分队，不断招兵买马，购置枪支弹药，扩充编制，后来人数发展到 500 人。1938 年 9 月，这支部队奉命改编为"冀中军区独立第三大队"，部队换防调离胜芳。这对于这支土生土长的地方武装而言是个考验，部队调离胜芳所需经费和物资装备是一笔不小的开支。

"有钱的出钱，有力的出力，有枪的出枪"成为胜芳人的共识。胜芳各界人士对部队调防大力支持，能解决的困难尽量解决，部队需要的物资全力筹办。500多家商户捐出枪支达500多支，连渔民也扛起了打雁的大抬杆加入抗战队伍，爱国学生们宣传抗日救亡并参加抗日队伍。团结抗战的高潮在胜芳一浪高过一浪。为了解决战士家庭的生活困难，各商户出钱，给每人发十多元的安家费，并帮助解决其他困难。不到一周，顺利完成换防。10月初，部队从胜芳出发，胜芳的老百姓站满河道两岸，敲锣打鼓，鸣放鞭炮，船上岸上一片欢腾。全体指战员满载父老乡亲的期望，分乘十几艘木船，浩浩荡荡开出胜芳镇。组建一个团所需的武器弹药、器材装备、粮食物资和各项经费都是由本镇筹备，粗略统计不少于白银百万两。

读着这段历史，热泪几度盈眶。英雄的子弟兵，英雄的胜芳人民，你们就像大地一样毫无保留地奉献着所有。百万余斤粮食，百万两白银，仅仅看到这两个数字就足以令人震撼。

读完《胜芳抗战》，我的心久久不能平静。硝烟早已散去，但抗战英雄们的呐喊声依然回荡在大清河两岸。总想拂去历史的尘埃，追随这支抗战老兵的足迹，让他们的精魂融入每个胜芳人的血脉。

经多方查找，我终于联系上张星垣的儿子和侄子，得知张星垣是保定军校毕业生，20多岁时与戈福声组建这支抗日队伍。后来他带部队南下，参加解放战争、抗美援朝战争，曾任湖北省军区副司令员。张星垣战功卓著，曾获二级独立自由勋章、二级解放勋章、二级红星功勋勋章，于2001年去世，享年88岁。

随后我又找到张祖台的弟弟，得知张祖台就读保定育德中学时就从事地下党的秘密工作，后来跟随戈福声转战南北，战功赫赫。

我还找到内蒙古军区原政治部主任王桐三的儿子和外甥，了解到王桐三从胜芳师范毕业后加入戈福声的抗日队伍，后来去了贺龙的一二〇师，参加了百团大战、内蒙古剿匪，于2005年去世，享年94岁。

接着我又找到王冰的侄子，王冰祖上是胜芳八大家之一敬胜堂王家的后代。当年他跟随戈福声作战，后来去了保定抗日军政大学，分到华北军区。他带着胜芳这支队伍去了延安，解放后任中共中央党校二部的副主任，于1990年去世，享年80多岁。

面对灾难深重的祖国，胜芳人民万众一心，义无反顾，献儿孙、献家底，为了拯救处于水深火热中的中华民族，情愿流尽最后一滴血，拼尽最后一口气。英雄的胜芳，英雄的人民，你们将永远载入光辉的史册。

2015 年 8 月 25 日

以一灯传诸灯

霸州市作协主席王英身兼多职，平凡却不简单。他的人生颇具传奇色彩，从军、从医、著书是他的人生三部曲。他的本职是中医主任医师，兼任霸州市作家协会主席，出版了多部医学专著和文学作品集。他是个有情怀的人，坚持做公益，帮贫扶困，下大力量投资扶助当地的文化事业。

他的文章以乡土文学见长，有浓厚的泥土味道，仿佛地里生长的庄稼。他的文章短小精悍、清新自然，颇具美感，朴素的语言毫不做作。作者心里有爱，眼里有光，写景皆真，以情见长，没有知识的堆砌，更无喋喋说教。无论写母亲的勤俭持家、父亲的无私能干，还是邻里相处，总是闪着人性的光芒。

故乡的一草一木令作者牵肠挂肚。《母亲的葫芦瓢》一文从农村的葫芦瓢着眼，塑造了一个淳朴厚道的母亲形象。曾经，葫芦瓢是农村的日用品，舀水盛面轻便又实用。如今，塑料制品取代了朴拙的葫芦瓢，村民遗失了朴素的生活，令作者惆怅。"借一小瓢还一大瓢，这就是母亲与乡亲们之间的交往方式，也是村庄里人们最简单的交往方式。"多么淳朴的民风！善良的母亲没有高深的大道理，却用行动教育子女严以律己、宽以待人。

作者是个生活中的有心人，善于观察事物，文笔细腻又生动。《家乡的麦黄杏》一文中写道："母亲把摔烂、有疤、带虫眼的杏儿留下来自家人吃，把熟透的好杏装进篮子，上面放了一个葫芦瓢，让我挎着篮子一瓢瓢送给左邻右舍品尝。""别人吃是扬名，留着自家吃是添坑，人活一辈子，一定要落个好名声，这才是最重要的！"母亲虽然没有多少文化，却懂得朴素的为人处事之道，注重子女的品德教育，从点滴小事做起，在潜移默化中教孩子做人。

父母对于孩子的成长，尤其人格的形成至关重要。在《童年的槽子糕》

中，作者羡慕小伙伴能吃到槽子糕，但他却那么乖，只是对母亲说了心愿，却没有哭闹，他体谅父母挣钱养家的不容易。"母亲听了，哽了一下，酸酸地说了声'睡吧！'外面，夜很黑。"作者没有煽情，只是简单的几行字，却让读者的心悄然酸涩。了解过去的苦，才懂得现在生活的甘甜，身在福中要知福惜福，这样的文字胜过万千说教。

在爱与感恩里回忆远去的乡村，老一辈庄户人像大地一样朴实，像泥土一样无私。他笔下的风物仿佛沾染了仙气，田野、土房、火炕、麦秸垛、狗吠、炊烟、蒲墩等是那么优美，蕴含着人情美、人性美、风物美、民俗美等诸多美好。他没有矫情，却字字关情。

"以一灯传诸灯，终至万灯皆明。"他的文章充满正能量，字里行间透着感恩和美好，文字的温度、色彩和味道永远不会在岁月里消失。作者就是一盏传递光亮的明灯，把智慧和温暖分享给世人，用文学的光明照亮孤独的灵魂。

一幅诗意的秋色图
——品读王英老师的《白露为霜》

白露为霜的时节，作者用细腻的笔触描绘了一幅美丽的秋色图，那是立体的画、流动的诗，可观、可嗅、可听、可思。

作者从秋雨开始，步步展开，秋露晶莹剔透犹如深情的眼眸，在秋风里颤动，引诱着读者的心也随之蠢蠢欲动。站军姿的玉米、迎风招展的红高粱，谦逊的稻谷、红苹果、胖梨子，真是诱人。俏皮的丝瓜花爬在墙头轻舞，打探着佳音。农人从田野里劳作归来，带着刚采摘的小青菜，悠然自得，好惬意的田园生活。暮色降临，村庄披上了轻纱，朦胧、婉约，成为游子心上无法释怀的乡愁。结尾，作者巧妙地用"譬如朝露，去日苦多"提醒人们思考人生，珍惜短暂的人生，莫虚度光阴。

王英老师擅长写乡土气息的抒情散文，他对这片生于斯、长于斯的土地有着深厚的感情，无论走多远，依然深深地眷恋着故乡。故乡的一草一木，就像他的羽毛，总是被他小心翼翼地梳理着、抚摸着，故乡的山山水水在他的笔下摇曳生姿。故乡是他落地生根、开花结果的地方，是他取之不尽的精神宝库，是他用之不竭的创作源泉，是他行走世间的精神支柱，是他歇息疲惫身心的绿洲，是他情感的归宿。

喜欢读王英老师的散文，总是不知不觉就深深地陷进去，一些走远的记忆重临心上，于是，那些久违的甜蜜或酸涩一股脑儿地涌上了心头，让我热泪盈眶。

2023 年 9 月 10 日

哀歌一曲慰疯娘

——读《疯娘》有感

卑微的疯娘走了，如一片枯叶，在瑟瑟秋风中，无声地飘落。你是疯娘，混乱的神智，含糊不清的口齿，却把母爱吟咏得美如天籁。可怜的疯娘啊，狂风暴雨般的毒打，麻木了你的肉体，却让母爱出奇地清醒。你是一朵苦菊，挣扎在凄风苦雨中，把苦泪融进生命，却留给人间清香一缕。悲苦的疯娘走了，你可听到松涛的哀鸣、溪水的呜咽？睡吧，疯娘，依偎在大山的怀抱里，这里没有饥寒与离别，风住雨散，只是疯娘思儿的哀号，日日响彻山谷，夜夜回荡松林。

那天在网上看到一篇怀念母亲的文章《疯娘》，读完我泣不成声。太久没有被文字打动了，苦命的母亲卑微如草芥，却那样无私无畏地爱着儿子，无怨无悔地逝去。她的遭遇如重锤一样敲打着人们的良知，呼唤着人间的真情。

文中的母亲是个神智混乱、衣不遮体、口齿不清、丑陋愚笨、不懂自尊的流浪女人。因为文中的父亲家徒四壁，不惑之年还无力娶妻，这个女人便被奶奶领回家里与儿子成亲，期盼生子延续香火后再把她赶走。次年，疯女人生下了儿子，奶奶强硬地抱走孩子，任凭疯女人的泪水与乳汁一并涨涌、干枯。从此疯娘只能可怜地远远地注视着儿子，张开双臂喃喃地念叨儿子的名字，在风里站成石像……

家中添了两口人，贫苦的日子更加艰难。疯女人时常在村里无意地招惹一些麻烦，每次都以丈夫皮鞭的抽打了结，可怜的疯女人只有撕心裂肺地干号。于是奶奶决定赶走这个疯娘，让她自生自灭。那是腊月的一个傍晚，奶奶做了几个像样的饭菜，拉住疯女人的手，眼睛红了："树儿他娘，这个家太穷，养不起你了。吃饱了，你就走吧！"疯娘听懂了奶奶的话，拼命地摇头，然后端起她的那碗饭把一半拨回锅里，意思是以后我就吃半饱，请一定留下我吧。奶奶流着泪摇摇头，疯娘哭着给奶奶跪下了，她张开双臂，嘴里含糊不清地说着："树儿，娘抱抱，不摔……娘想树儿……"奶奶的铁石心肠被打动了，把孩子交到她的手里，却又用双手在下面小心地接着，生怕她像丢垃圾一样把孩子扔了。

孩子出生一年了，疯娘才第一次把娇儿抱在怀里，却又要面临离别，疯娘的泪水一串串地落下来……卑微的疯娘，可怜的疯娘啊！她轻轻地亲吻着儿子，然后一声不响地把孩子放到炕上，一步三回头地消失在夜幕里，饭也没有吃一口，是死是活无人牵挂。

五年后，疯娘又出现在村头，依然是那样的脏，依然是那样的疯，嘴里一直嘀咕着："树儿，树儿……"特别让人不能理解的是，她在一群顽童中认出了自己的儿子，奶奶和父亲商量后把疯娘领回了家。可是，六岁的儿子已经懂得了自尊与虚荣，对这个疯娘的态度一直是厌恶、排斥。疯娘每次小心翼翼地接近儿子，换来的都是儿子大声的呵斥。直到有一次，村里大户家的公子欺负儿子，疯娘像老母鸡护小鸡一样冲上去保护儿子，打跑了那个小坏蛋。人家找到家里来不依不饶，于是招来丈夫残暴的抽打。可怜的疯娘抱着头蹲在地上，声声哀号唤醒了儿子心底的亲情，终于喊出了出生以来的第一句："妈妈！妈妈！"疯娘和挥舞皮鞭的父亲如同遭到雷击一般突然止住了哭喊和抽打，疯娘把儿子紧紧搂在怀里，一任泪水落满儿子的小脸……

争气的儿子考上了城里的高中，每周疯娘都要走很远的山路给儿子送干粮。那次，邻居给了疯娘一个桃子，她舍不得吃留给儿子。看着儿子开心地吃着桃子，疯娘幸福地笑了……回家的路上，疯娘悄悄去山上给儿子找桃子，却失足摔下了山崖。可怜的疯娘就这样无声无息地走了，手里还紧紧攥着一个红艳的大桃子。大睁着的眼睛里没有一丝的恐惧与哀伤，鲜血染红了的嘴角上却挂着一抹微笑……

大爱无言，满篇的舐犊之情搅动着我的泪海，声声血泪不断地拷问着人们的良知。她是个没有理智的疯女人，她的爱却是清醒的。苦命的女人一生没有穿过一件合体的衣服，没有吃过一顿可口的饭菜，时常无意中惹祸招来暴打。卑微的女人不懂得尊严，一直生活在人们厌弃的目光里，战战兢兢地在灰色的世界里苦苦挣扎。

可是，她又是一个合格的母亲，她的世界里只有三个字：爱儿子！在她的脑海里只有母爱是清醒的，只知道无怨无悔地呵护儿子。可是就连这样卑微的爱也被贫穷剥夺了，她离家五年，又找回了这个没有温暖却充满牵挂的家。她是疯子，却又那样清醒地知道：孩子是她的魂，她连庄稼与野草都分不清，因为错割麦苗遭到毒打，却能给儿子在山上找到桃子，最终丢了性命……

疯娘，你何曾疯？你卑贱如草芥，还不如农户家的牛马猪羊，你除了身上的衣服一无所有。你却有着人间如山般厚重、如水般纯净的母爱。疯娘，你神智混乱，口齿不清，却把母爱吟咏得美如天籁。

疯娘，难忘你冬夜默默放下怀中娇儿悄悄离去时眼中的泪光，人们都说你是疯子，像牲畜一样不懂得感情。可是，你泪光里的哀怨与不舍、悲愤和无奈却让我心悸。那是母亲的目光，那是人间的大爱，那是万物生长的阳光……

疯娘，一向肆意发疯的你为什么今天却出奇的平静？你知道这个家太贫穷，你不会劳作，不懂家务，丈夫一个人支撑这个家太累；奶奶既要照顾孩子，还要看护你太难。你走了，少了一张嘴，孩子可以得到更多的食物与呵护。疯娘，你疯吗？那个寒冷的冬夜，写满了冷漠，无奈的丈夫、无情的奶奶、无知的儿子，只有无助的你是清醒的……

疯娘，你是山间那朵迎风摇曳的野菊，默默生长，悄悄逝去，没有人知道你曾来过。可是溪流知道你的美丽，大山知道你的苦痛。疯娘，卑微的疯娘啊，打骂已经让你不知疼痛，只有儿子时时拉扯着你的心。疯娘，没有人知道你从哪里来，又回到了哪里。但是山河知道你是伟大的母亲，你是大山的女儿，如今又回到了大山的怀抱。

"生死中年两不堪，生非容易死非甘。"疯娘，就让这曲悲歌送你一程。

聆听真实自由野趣的生命

——颜新元教授书画印象

"迎面而来的时间隧道里，一辈子一辈子的铮铮信仰，像火箭脱去的壳，从视域中渐次淡去，渐入烟云……云烟里，现出我孑然身影，和曾经的几许爪印。外围裹着的版画方阵，是被主人遗弃的早已失语的'传统'。'传统'，一群先我而来的野狗，与我随行。走向何方，我们彼此导引。"

这段诗句是北航教授颜新元先生用毛笔为"国风·新语——颜新元画展"写的前言。一杯茶，一缕阳光，捧卷细品，你会品到颜教授独特的审美、别样的情怀、禅意的艺术视觉，还有真的、自由的、野趣的生命。

2018 年早春二月的京城，突然瑞雪飘飘，终于慰藉了一冬的干渴，伴随着瑞雪翩翩而来的还有期盼已久的"国风·新语——颜新元画展"。雪在等先生的画展，抑或接地气的艺术感天动地，才有了这场跨越时空的相逢。本次展出颜新元新旧作品共计 150 幅。其间穿插展出古版画及 57 幅水墨画，包括一幅长册页《阳春三月》，同时展出颜新元收藏的宋代至清代木版画原拓作品，并有部分古印版对应展示，91 幅古版画全部为首次发表。

与先生相识于 2016 年，在桂子飘香的湖南大学校园，一场别开生面的民俗公开课深深地触动了我。先生的课可谓视觉的饕餮盛宴，他在课上表演民族舞蹈，绘声绘色地介绍着他收藏的老古董，佛造像一角的层叠漆皮、古代老太太布画、发黄的古账簿……这些宝贝林林总总地汇聚在一起，看似有些杂乱，却有一条丝线贯穿，那是融入生活的文化，可观、可嗅、可听、可摸。

一堂民俗文化课，令我彻底坠入传统文化的深谷，如饥似渴地吮吸着传统文化的养料，心灵与文字日渐沉稳。

元旦前后，先生在世纪坛举办《信仰考古·明清非遗文物展：中国梅山文化的脉动》民俗文化展。我没能赶上开幕式，很是遗憾，选了一个安静的午后，独自静静地徜徉在艺术的海洋，心弦不时被那些妙趣横生的老古董们拨动，尤其是那一面山墙的小佛像惊呆了我，数量如此庞大，年代跨度如此之大，一件件收集，没有虔诚礼佛的心，万万做不到。每一件都带着先生的掌温，每一件都与诚心爱心碰撞，每一件都在与各种目光对视，或冷或暖，或悲或凉，最终被先生温情的目光抚慰。

世纪坛梅山文化展中的老宝贝众多，每一件都令人心动。我在里面流连很久，在那一面墙的小家仙面前站了很久，看着，想着，不知不觉心痛了，泪眼蒙眬。思绪不受控制地想到那些曾经供奉于千家万户的小造像，怎会想到有一天自己会成为"四旧"，被后人卖成钱，好在他们很幸运地辗转来到先生的家，终于不再漂泊。我想着被时光淹没的荣光与悲欢，渴望走近他们的故事。

这次在北京798艺术区的桥舍画廊终于见到了久别的先生，他依然干练幽默，笑容依然温暖谦和。还有雪纯嫂子，她贤惠多才，无师自通画得一手柔暖如梦的田园油画，虽是初见，却像久违的阿姐那么亲切。还有两个小孙儿，滕一阳和小妥妥，顽皮聪慧可人。

在画展上，我有幸结识先生邀请的贵宾法国远东学院的范华教授，范教授一开口便语惊四座，他的汉语比有些土生土长的中国人还标准。范教授研究中国道家和民俗文化已达20年之久，他对中华传统文化的痴爱让人动容，更令中国文化人汗颜。嘉宾还有清华美院的刘巨德教授以及著名画家尚扬、杜大恺、戴士和、曹力等人，他们对他的褒奖文字分别列于展墙起首，不事张扬却十分抢眼。满堂的文朋画友冒雪来祝贺，从侧面可知先生谈笑有鸿儒，往来无白丁。置身于艺术的海洋，与形形色色的文化人雅集，内心多了一份安然。

先生是个有趣的人，他的画趣中有味，笔下的花草树木似乎被他点化，都有了思想，用各种形体语言争着抢着与我对话，一堆堆秋果，一条条小乌鱼，一朵朵花儿，美艳地在纸上过着安稳的日子。雪地上的枯枝在阳光和蓝天的映照下，似乎也有了思想，就像先生淳朴孤傲的灵魂，仰首问天，探寻着天地的玄妙。

他笔下的人物真实又普通，仿佛朝夕相见的邻居，劳作的打工妹、午憩的汉子、演唱的老大妈、舞蹈的女子，就连生活在最底层的拾荒者也在他的画卷中占了一席之地，生活的五味杂陈在笔墨间沉淀，无味的日子被他经营得风生水起。

先生擅长画各种动态，骑车、骑马、骑驴、骑摩托、骑三轮车、驾拖拉机等，有的敏捷，有的笨拙，有的顽皮，有的轻快，总有那么一丝丝在撩动着你的情感，蓦然地想起远去的故乡，还有那曾经熟悉的生活悄然碾轧着你日渐麻木的心灵。

先生的画幽默风趣，自嘲着生活的不如意。例如《别人骑马我骑驴》，骑马、骑驴、行走者，寥寥几笔却画出了别样的神情与心态，说出了大众的心声，比上不足比下有余就是幸福生活。在当今这个浮躁社会多少人心理失衡，乖戾、抑郁，先生却开出了一剂良药。仁者医心，雨润有根之草。

先生的画朴拙简洁却具有很强的艺术性，行笔自由、构图大胆，笔触粗狂、开放、夸张，有着水粉画艳丽、柔润、明亮、浑厚的艺术效果，最终却以表达内心情绪的版画形式展示。他非常重视画面的精神内涵、意境和内在的情感表达，具有强烈的艺术感染力，恰如其分地表达自己对所处时代、社会、文化的审视和思考，创作出具有精神内涵和文化力量的作品。

先生的画老幼皆宜，不同的人看到不同的画语，似乎每个人都能在画中找到与自己心灵呼应的那个点。《阳春三月》这幅沃野踏春的长卷生动记录了普通百姓的生活状况，有着《清明上河图》的意趣，画中的人物数量多、形态多、种类多，从耄耋老人到襁褓里的奶娃，都在春光里绽放着内心的喜悦。你看恋爱中的小情侣，青年男子撩起衣服，露出腹胸，无声地向姑娘释放着青春的魅力，姑娘满心欢喜地扑向恋人，却不想被母亲轻轻揪住衣襟，母亲似乎想拦住姑娘跃跃欲飞的芳心，姑娘柔软青春的身姿随着母亲的揪扯弯成曼妙的S

形，犹如娇媚的春花，随风摇曳，又似草原的小河，轻轻流过春天的原野。

还有一群中年大妈凑在一起排队，有的勾肩搭背，有的交头接耳说长道短，有的低头沉思，有的看着远方，虽然年龄相近、身份相似，神情、心思却各不相同。排队购物、等车，这样的场面人们司空见惯，展现在先生的画卷里却多了别样的味道，关注普通人的生活，为百姓倾诉心声，这也是先生的画大受欢迎的一个原因。

还有一个奶奶带着三个小孙儿出行的画面，也许是接送孙儿上下学，抑或带着他们去春游，老人的慈祥、孙儿的乖巧跃然纸上，看到我们熟悉的生活画面，怎能不触动内心的柔软？

还有一组画描绘打工者的生活，妻子背着幼儿疲惫地跪倒在地上，丈夫抱膝在一旁呆坐着，旁边有一个戴着帽子的老者神情黯然地站着。大好春光，人们都在忙着计划一年的生活，各自为生计奔波，他们也是绽放在春天的花朵，努力地生根散叶，酝酿着幸福的果实。

还有一对夫妻，丈夫摸着口袋，或许在数着里面那捏出汗水的钞票，思忖着将要出门打工。妻子背着幼儿紧随其后，幼儿在背篓里睁着好奇的眼睛，快乐地捕捉着飞舞的彩蝶，他怎能知道春花开了，父母将要远行，留给他的是无数个等待，还有童年那无尽的孤寂。

画中那两个舞蹈的少女令人眼前一亮，鲜亮的衣裙，优雅的身姿如音符般摇曳，她们双手捧着苗族银头饰，在春光里载歌载舞，夜莺般的歌声伴着清脆的银铃透过画卷婉转飞扬。

春的芬芳，春的热烈，春的曼丽，春的生机，春的愁绪，在这里竞相绽放。长长的画卷里人物繁多，却不杂乱，颜色绚丽，却不俗艳，画面里流淌着一种无声的旋律，如歌如诉。徜徉在先生的《阳春三月》里，踏着春的节拍，聆听着春的心语，那一刻，自己也成了娇艳的春花，在青春的枝头摇曳生姿。

先生的书法就像他的画一样充满自由和野趣，蕴含篆刻之味、枯焦之笔、巧拙之趣、古朴之韵。他的书法近似乱石铺街的"六分半书"的板桥体，七分是字，三分像画，笔随心走，墨随笔舞，细观笔画，如枪似戈，如舞似蹈，有着妙不可言的美意。真隶行书相参、布局上字形大小不一，书体有架势，有笔力，金石味浓，朴茂劲拔、奇秀雅逸，方方圆圆、正正斜斜、疏疏密密，排列穿插得十分灵巧和别致，多了朴拙灵秀，少了滑熟和媚俗。他的书法，贯穿着一股气脉，有节奏，有呼吸，有温度，有味道，如剑似绸，富有骨感却又柔媚。

展厅的一角是古版画方阵，展示了先生珍藏的 90 幅宋代至清代木版画原拓作品，部分古印版对应展示。大如门扇的宋代古印版《洛阳界》，刻画了一组骑马疾驰的兵将，画面上人马栩栩如生，嗒嗒的马蹄声似乎踏破岁月的冰河，奔驰而来。还有那半壁墙的古版画：土地爷、财神爷、宗师、本方镇信、骏马奔腾、徐氏家庙、请水科、表钱、鬼门关、福主无显灵官大帝、跨鹤进钱、四界、冥洋厂精造、树神等，画面粗犷恢宏，阔刀粗笔，更显宋之简洁韵味，刀刀见功力，笔笔有精神，令人爽心悦目，有着非常重要的文化考古和艺术研究的价值。

在先生的书法和绘画里都能读到版画和金石味，看看他一生的收藏，数不胜数的佛造像和版画，就可知他艺术的根须已深扎古代民间文化的土壤，再加上不知疲倦的钻研、探寻，从中提炼出艺术的精华，将其潜移默化地融入他的作品里，崇古而不泥古的他珍爱传统又不被传统所缚，始终坚持表现当代的学术主张，以及他与传统共同的审美特质。一幅画，老少皆喜，各自在画里品味着人生的苦辣酸甜。

"在几十年的时间里，在有意无意间，我坚持着与家人一起把对美的发现、对美的表达看得比富裕更重要。"先生对美的渴寻、对美的表达如痴如醉，他的笔下、他的眼里、他的心上，展现的都是生活的美趣。

一个人走过的路、读过的书、做过的事，总能在他的诗文绘画里找到痕迹。先生半生坎坷，多舛的命运并没有让他低下高贵的灵魂，在跌宕中，他攀着狰狞的山崖，一步一步走出低谷。"至今，我仍然对生活与艺术中的种种深怀兴趣。"凭着对艺术的执着、满腔的热爱，他把生活过成艺术，把艺术还原为生活，在光与影的交织里，在水与墨的交融里，提炼着最真的纯、最纯的爱、最暖的情。

先生的那幅手写前言吸引了无数的参观者，人们细读慢品，唏嘘感叹。先生告诉我，有个人询价想要购买此卷，竟然有不买画专买前言的怪人。我给先生留言：您的展览前言说到了许多文人的心里，就像一粒粒石子，撞得心痛。那幅字非常有冲击力，他能选到您的这幅字，说明他非常有鉴赏力，他读懂了您的心声，读到了您写这幅作品时的心绪，这幅字有您对当今文化的焦虑，有您对自己人生坎坷的慨叹，更有您对未来的展望。别说他喜欢，所有参观的人都爱您这幅作品，无论是字还是内容，都值得玩味。读着，让人欲哭……

"此处，我把自己摆成作品，特邀荒郊野外这群无依无靠却又呆萌洒脱的生灵，在我左右，卧下来，咱一起体会——真的、自由的、野趣的生命。"放慢脚步，去先生的书画里，品读他那真的、自由的、野趣的生命。你会逢到最初的自己，或许，能找到回家的路，抑或，寻找到内心的宁静与柔软，做回真实的自己。

桑榆非晚霞满天
——画家艾秀琦印象

海在远方缄默着，轻轻捧着初升的朝阳，一点一点拨开云层，把五彩霞光洒入人间。湛蓝、金黄、酒红、橘黄、半紫半红、半粉半黄、半金半百合，绚丽的霞光不断变幻着，如梦如幻，他的画笔在宣纸上如痴如醉地倾诉着。

走进艾老师的画室，首先映入眼帘的就是这幅创作中的《我的太阳》，五彩的霞光瞬间照亮了寂静的画室。陶醉于艺术中的艾老师如入无人之境，奇幻的天空，深沉的大海，自在飞舞的海鸥，似乎都在热烈地祝福着2021年的吉祥和美好。此刻的画室静得只剩呼吸和心跳，我却分明听到了帕瓦罗蒂在纵情歌唱《我的太阳》。霞光在他的眼里荡漾着，给他那卷曲的银发镀上了一道金边，也给这间冬日的小屋带来了暖意，寂静多年的轩窗映出了生动的画面。

宣纸瞬间生动起来，霞光从天空穿透云层，铺满海面，随着海水轻轻摇晃。从天空到海面的光影层层叠叠，好似一架巨大钢琴，霞光在琴键上快活地弹奏着。太阳在云层里若隐若现，如同宇宙那热烈跳动的心脏，海水随着它的节奏轻歌曼舞，溅起的浪花化作鸥鸟，化作快乐的音符，在云层和波浪勾勒的五线谱上穿梭。艾老师给洁白的海鸥点上丹嘴、红足、灰翅尖，小海鸥受到画家的摩顶和点化，灵动又吉祥，矫健的翼翅携着太阳的光芒，飞入冰封的灵魂。

画完第一轮，艾老师还在打量着自己的"孩子"。我们已沏好武夷岩茶，连忙招呼他过来品茶。这个冬天，我们都在忙工作忙生活，好久没聚了，有些惦记，想说的太多，却又觉得无须说。谈起刚过去的2020年很是感慨，无论是国际还是国内，无论是国家还是个人，2020年注定不平凡，有笑有泪，有失有得。这个冬天出奇的寒冷，寒流一波又一波袭来，却阻挡不住春的脚步。

艾老师的画风雄浑豪迈又清冷，他似乎偏爱冷色，尤其是大地色、赭黄色运用最多，雄壮的黄河在他的笔下澎湃着，苍劲的铁枝胡杨，点点金叶悄然诉说着内心的孤苦和痴恋。印象中艾老师很少运用艳丽的色彩，甚至有些惜色如金，红色只是对画面的偶尔点缀，而这次他竟然大肆渲染《我的太阳》，如痴如醉。记得有人看过艾老师的画展，对他这样评价：艾老师的经历非常坎坷，画里透着他的苦泪。细思量，真是如此，他是个灵魂有香气的人，质朴、孤傲又干净。他画中的胡杨枝干遒劲，仿佛不屈的灵魂在呐喊，胡杨是他，他就是胡杨。滔滔黄河撞在悬崖上，溅起浪花千朵万朵，那是他灵魂的歌唱啊。他画江南的小桥流水人家、灿烂的油菜花、金黄的麦田、寂静的白桦林、童话般的雪野，一切美好的事物在他的笔下摇曳生姿，自然界的一切在他的画卷里神圣而美好。

他走过千山万水，看过人间冷暖，有过辉煌和失意，触摸过人性的丑陋和美好。半生在凄风冷雨里踽踽独行，暴雨撞击了他的前胸又拍打着后背，他躲在夹缝里，听到命运在狞笑，咬碎牙齿和血吞入肚里，跌跌撞撞朝着前方奔去。"天将降大任于斯人也，必先苦其心智，劳其筋骨……"艰难的日子，他在心里一遍遍默念着这段话，汲取生命的力量。

"冬天到了，春天还会远吗？"你看，迎春花开了，冬天就要逝去。再漫长的黑夜也挡不住太阳的光芒，你看，太阳已升起，多么辉煌，多么灿烂，啊，我心中的太阳。

啊，多么明亮，多么美丽的太阳，温暖了这个苍白的冬天，照亮了我们的生命。

2021 年元旦

踏雪寻梅
——记李珂钧先生的冰雪画

"相约冬天，踏雪寻梅"，是这次文学笔会的主题。不巧，今冬无雪，略感遗憾。

这是书画家献艺的盛会，近 20 名书画家现场创作，徜徉在艺术的殿堂，感受着中华传统文化博大精深的艺术魅力，心灵在丰盈与饥渴间跌宕。

墙上贴着冰雪画大师李珂钧老师的照片，我曾在《中国文学》杂志的封面上见过。那双睿智又犀利的眼神早刻进我的脑海，虽未谋面，名字和画已不陌生。

先生肖像前支着一张巨大的画案，春雪般的宣纸安静地等待着，先生在一旁气定神闲地喝茶。沉思半小时后，先生抓起斗笔，在宣纸上放笔走马，笔随气走，墨随意化。浓浓淡淡，皴皴擦擦，提按顿挫，轻重徐缓，游刃有余，看似轻描淡写地勾画着梅干的轮廓，细观每一笔都那么劲拔有力。游龙般遒劲的枝干跃然纸上，粗壮嶙峋的主干从左边挺起，蜿蜒着占据了整个画面。众多的枝丫看似凌乱，实则都是有规律、有节奏地生长着。梅的铜枝铁干给人以力量，看到它，总让人情不自禁地挺直腰杆。梅的枝干挺出，沉稳、苍劲、冷峻。先生调颜色了，期待着那抹绚丽。先生握着笔，安静地注视着枝干，好似父亲爱恋地端详着心爱的孩子。

开始，我一直安静地在旁边观察先生作画，生怕打搅了他的思路。周围煞是热闹，创作的、求作品的，这一切似乎都与我们无关。他把一腔豪气汇入笔墨里忘我地挥洒，我在一旁看得如痴如醉。我帮先生压纸递笔，渐渐地熟悉了，先生主动与我讲话。知道我也喜欢绘画，喜欢梅花，得知我读书时笔名叫梅子，先生的脸上有了笑容，竟然主动教我画枝干的技巧。勾画花朵了，仰势的花朵如林妹妹般带着三分孤傲气，俯势的娇羞可人如同醉卧芍药茵的史湘云，侧面的花是那犹抱琵琶半遮面、点点心事叫人猜的宝钗，正面的花就像风流俏丽又泼辣的王熙凤。也许是爱煞红楼女儿，看哪朵花都像那诗意的佳人。

花团锦簇的枝头，有些拥挤与凌乱。"这朵点一下，就把旁边的突出了。这里再点一个小花苞，画面就灵动了。"他一边晕染着，一边不时地给我做着指导。"先生，是不是画黑色的蕊，梅就多了一分雅？""嗯，你竟然懂得画蕊啊，可以呢，跟我学画吧。"我以为自己听错了，琢磨着他的话。"如果喜欢画，跟我学吧。"先生又重复了一遍，这次我听清楚了，激动地抓起画笔在他旁边做着点蕊的动作。

先生的梅花有呼吸，有节奏，有张力，就像一支交响曲，更像一首平仄押韵整齐的诗词。每个枝干，每朵花都是有呼应的，相依相伴，和谐、流畅、磅礴、大气、唯美。他的画已经由艺术升华到哲学，慢读细品，你就能体会到画里透出的禅意之美。"疏影横斜水清浅，暗香浮动月黄昏。"站在那含苞怒放的梅树前，尘世的烦忧似乎尽数剥去，朝圣般读着花魂里的圣洁、忠贞、坚强、美丽。枝干上的冰雪映衬着惊艳，让我的心底涌起莫名的感动。每一个枝干，都是一行诗句，每一朵花，都是美艳的红唇，都是端雅的字符，默默地传递着惊雷般的呐喊，却又无言，注视着尘世，渴望着香满乾坤。

李珂钧先生是冰雪画派创始人于志学的关门弟子，他是个老实人，品位高洁自律，经得住岁月的雕琢。他爱画如命，是冰雪画派中的代表性画家。他的导师启功先生曾这样评价：珂钧的书画是心灵的自然流露，是静虚、清旷的襟抱的形象体现。在笔墨的处理中，他要求精神超越规矩法度之外的冥合自然，这是一种笔法技巧成熟而近于无技巧的艺术境界。中国美术家协会主席刘大为曾说：面对珂钧的作品，不得不为他卓绝的艺术创造力和为追求艺术理想而付出的难以想象的繁杂劳作而致以深挚敬意。天道酬勤，多年近乎严苛的勤奋，终取得累累硕果，他的冰雪画享誉国内外，经常受邀去美国、德国、法国、日本等国家举办画展，他还被聘为美国费城美术学院和日本名古屋艺术大学客座教授。

梅，中国的国花，它凝聚了中华民族坚贞不屈的高洁品格。先生爱梅如妻，恋梅如痴，不仅画出了它的形，更画出了它的魂。梅妍纸上，怒放在他的笔尖，香满他的心田。梅是他，他就是梅。他在画梅，也是在画自己。